SÄÄF EKSTEDT

DAS NORD

THRILLER

HarperCollins

Die Originalausgabe erschien 2022 unter dem Titel
Nord bei Bookmark Förlag, Stockholm.

1. Auflage 2023

Deutsche Erstausgabe

Umschlaggestaltung von Hafen Werbeagentur
Umschlagabbildung von Jag_cz / Shutterstock
Gesetzt aus der Stempel Garamond
von GGP Media GmbH, Pößneck
Druck und Bindung von GGP Media GmbH, Pößneck
Printed in Germany
ISBN 978-3-365-00439-5
www.harpercollins.de

Zum Buch:

Als Jugendliche bauen Alex und seine Freundin Hannah einen Unfall, bei dem ein junges Mädchen ums Leben kommt. Weil Hannah ihn anfleht, nimmt er die Schuld auf sich, obwohl eigentlich sie am Steuer des Motorrollers saß.

Jahre später – Alex hat inzwischen eine Ausbildung als Koch absolviert – verliert er Knall auf Fall seine Stelle und steht plötzlich ohne alles da. Umso glücklicher ist er, als er unerwartet ein Jobangebot von seinem Bekannten Emil unterbreitet bekommt. Als Commis de Cuisine in einem renommierten Sternerestaurant soll er Emils Platz einnehmen, der dort nicht mehr arbeiten möchte. Ohne zu zögern, nimmt Alex das Angebot an und findet sich schon bald im nördlichen Teil Schwedens in der Küche des Nord wieder.

Dort lernt er die Besitzerin Alice Duwal kennen, zu der er bald eine Bindung aufbaut. Die beiden beginnen eine leidenschaftliche Affäre. Bis Alice ihm mitteilt, dass sie alles über seine Vergangenheit weiß und ihn in der Hand hat. Als dann auch immer mehr Anzeichen darauf hindeuten, dass er nicht Alice' erste Affäre ist und seine Vorgänger immer auf mysteriöse Weise verschwanden, beginnt er gemeinsam mit seiner Kollegin Sofi, der er sich anvertraut, nachzuforschen.

Zu den Autorinnen:

Katarina Ekstedt & Anna Winberg Sääf sind das Power-Publishing-Duo, das jetzt die Thriller-Szene erobert.

Katarina Ekstedt (geb. 1976) ist eine schwedische Verlagsleiterin und Autorin, die in Stockholm lebt. Sie ist mit dem Sternekoch Niklas Ekstedt verheiratet und hat bereits mehrere gefeierte Kinder- und Jugendromane geschrieben.

Anna Winberg Sääf (geb. 1984) ist eine schwedische Autorin und Dozentin, die auf Öland lebt. Sie hat bereits zahlreiche populäre Romane geschrieben und wurde 2021 zur Regionalautorin des Bezirks Kalmar ernannt.

Nord ist der erste gemeinsame Spannungsroman des Autorenduos.

Druck ist gesund. Stressig wird es,
wenn man damit nicht umgehen kann.
Ich meine, wenn Sie sich in diesem Umfeld nicht unter
Druck setzen lassen wollen, sollten Sie nicht Koch werden.

GORDON RAMSAY

PROLOG

Sie setzen sich auf den Steg, und Alex streicht mit den Fingerspitzen sanft über Hannahs Rücken. Der Stoff ist dünn, aber ihre Haut fühlt sich warm an. Vor ein paar Wochen hat er sich kaum getraut, sie anzusehen, aber jetzt sitzen sie hier, ganz nah beieinander, und nippen an dem Schnaps, den sie in einer alten Colaflasche mitgebracht hat. Er schmeckt sauer und bitter, wärmt aber angenehm. Hannah steckt sich eine Zigarette an. Der Abend ist heiß und stickig. Alex schält sich aus seiner Jeansjacke und atmet tief durch. Die letzte Nacht. Morgen kommt die Familie vom Land zurück, am Montag fängt die Schule wieder an. Hannah lächelt ihn vielsagend an, eine Haarsträhne hängt ihr in die Augen. Sie packt die ausgetrunkene Flasche und wirft sie in einem weiten Bogen ins Wasser. Sie landet klatschend in dem spiegelglatten See. Dann steht sie auf. Die kurzen Shorts enden knapp unter ihrem Po.

»Komm, wir hauen ab!«

Alex tut, was sie sagt, wie immer. Manchmal versteht er nicht ganz, was sie meint, aber das spielt keine Rolle, meistens macht er trotzdem mit. Hannah geht bald aufs Gymnasium, und es kommt ihm unwirklich vor, eine Freundin zu haben, die fast zwei Jahre älter ist als er. Er versucht, nicht daran zu denken, dass er erst vierzehn ist und sie schon sechzehn. Seit sie sich im Frühsommer auf Peders Party kennengelernt haben, sehen sie sich fast jeden Tag. Sie zieht ihn vom Steg hoch, er lässt seine Lippen die ihren berühren, ihre Zungen kitzeln sich, er atmet ihren Duft ein. Rauchig und ein bisschen süßlich. Er spürt die Erregung im Unterleib. Alex wäre am liebsten die ganze Nacht unten am See geblieben, aber Hannah will weiter, und sie laufen vom Steg weg zur

Straße, wo ihr Moped steht. Sie kann nie stillsitzen, will immer, dass etwas passiert.

»Wir fahren eine Runde, spring auf«, sagt sie.

Das Moped glitzert im Abendlicht, sie startet den Motor, und schon geht es los, er spürt den Fahrtwind an seinen Wangen und schlingt die Arme fest um Hannahs Taille. Sie fährt wie eine Irre, aber langsam gewöhnt er sich daran.

»Warte!«

Alex versucht, das Motorengeräusch und das Rauschen des Windes zu übertönen.

»Ich habe meine Jacke unten am Steg vergessen, kannst du umdrehen?«

Hannah hört ihn nicht oder tut so, als würde sie ihn nicht hören, und gibt stattdessen noch mehr Gas. Sie schlängelt sich im Zickzack zwischen Blumentöpfen und Pfosten hindurch, fliegt über eine Bodenschwelle auf dem Bürgersteig.

»Langsamer!«

Seine Stimme verschwindet im Fahrtwind, der Alkohol brennt in seinem Magen, sein Kopf dreht sich. Die Jacke wird er morgen holen müssen, hoffentlich ist sie noch da. Dann drückt sich Hannah plötzlich fest in seinen Bauch, als würde sie vor etwas zurückschrecken.

Im nächsten Moment gibt es einen Knall.

Als er aufwacht, liegt er auf dem Boden, der Mund auf dem Asphalt, Schotter und Dreck im Gesicht. Etwas drückt gegen seinen Hals, es schmerzt, den Kopf zu heben. Viele Geräusche drängen gleichzeitig in sein Gehirn, aber er hört nichts. Es ist still, und etwas pocht. *Sind sie gegen etwas gefahren?* Seine Beine tun weh, er versucht sich aufzusetzen. Vor ihm auf dem Boden liegt eine Haarspange, die aussieht wie die, die seine kleine Schwester Julia immer im Haar trägt. Ein Panda, der einen Regenbogen hält, an einer Metallklammer befestigt. Übel riechende Gallenflüssigkeit schwappt in seiner Kehle empor und läuft aus seinem Mund auf den Boden.

Hannah kauert in einer seltsamen Haltung, sie zittert und weint, die Hände vorm Gesicht. Alex zieht sich der Magen zusammen. Er steht auf, obwohl ihm schwindelig ist und sein Bein schmerzt, er richtet das Moped auf, nimmt den Helm ab. Große Kratzer an einer Seite. Sein Gehirn tut alles, um das Bild der Haarspange, das Schreien, das Schluchzen zu verdrängen.

Dann sieht er Hedda.

Sie liegt reglos auf dem Boden. Sie ist es, wogegen sie gefahren sind. Hannah ist direkt in die beste Freundin seiner kleinen Schwester gerast, die Nachbarin von nebenan. Die jeden Tag bei ihnen spielt. Er stürzt zu ihr. Sie hat die Augen geschlossen, aber aus ihrem Mund kommen keuchende Atemzüge. Er bläst ihr Luft zwischen die Lippen, drückt mit den Händen auf ihre Brust. Sie trägt einen türkisfarbenen Pullover mit einem übergroßen Prinzessinnengesicht, das ihn mit einem breiten Lächeln ansieht.

»Sie atmet!«, ruft er, aber er weiß nicht, an wen er sich richtet.

Hannah kriecht auf dem Asphalt zu ihnen, er versteht nicht, warum sie nicht aufsteht. Warum kommt niemand, versteht niemand, dass sie Hilfe brauchen? Als er wieder losschreien will, blickt er in Hannahs große Augen.

»Du darfst nicht sagen, dass ich es war … Du darfst nichts sagen!«

Sie schluchzt, zischt fast.

»Ich bin strafmündig, verstehst du? Sie werden mich einsperren.«

Er versteht es nicht, aber Hannah bettelt und fleht ihn an, und nach ihrem gemeinsamen Sommer gibt es nichts, was er nicht für sie tun würde. Dann kommt Heddas Mutter und schreit sich die Seele aus dem Leib. Er übergibt sich wieder, die Kotze landet auf Heddas Pullover, er versucht sie wegzuwischen, und sein Blick bleibt an den riesigen Augen der Zeichentrickprinzessin haften.

Etwas tropft von seiner Stirn. Zuerst denkt er, es sei Blut, aber als er sich mit der Hand über das Gesicht fährt, um sich zu vergewissern, ist es nicht rot. Schwitzt er, oder sind es Tränen? Jede Pore seines Körpers scheint sich öffnen und etwas herauslassen zu wollen. Irgendwo in seinem Hinterkopf weiß er, dass er unter Schock steht, aber zugleich ist er so verdammt erleichtert, als er den Krankenwagen kommen hört. *Hedda wird überleben.* Sie kommt ja am Montag in die erste Klasse, zusammen mit Julia. Den ganzen Sommer haben sie zusammen geplant, im Zimmer ihrer Schwester gekichert und im Internet Rucksäcke bestellt, die zusammenpassen.

Jemand stellt ihm Fragen. Eine gelbe Decke wird ihm um die Schultern gelegt, jemand reicht ihm eine Tasse. Er setzt sich auf, kriegt keine Antworten hervor, aber er weiß genau, was passiert ist. *Hannah ist viel zu schnell gefahren, wie immer. Sie hat Hedda überfahren.* Er denkt an seine Eltern. Er denkt an Julia. Aber gleichzeitig scheint es, als würde er gar nicht denken. Vor ihm steht eine Frau in Polizeiuniform. Sie sieht nett aus. Er sieht, dass sich ihre Lippen bewegen.

»Wer ist gefahren?«

Hannah drückt seine Hand. Fest. Noch fester, als er nicht sofort antwortet. Ihr Duft ist überwältigend. Sie hat Tränen in den Augen und blutet an der Schläfe. Hat sie die ganze Zeit neben ihm gesessen? Ihre Stimme in seinem Kopf. *Ich bin strafmündig!* Dann seine eigene, als käme sie aus weiter Ferne.

»Ich war es.«

Ihr Griff lockert sich, aber er drückt ihre Finger fest und verschränkt sie mit seinen. Ihre Worte hallen in seinem Kopf wider. Er ist vierzehn, sie sechzehn. Egal, solange mit Hedda alles gut wird. Die Polizistin macht sich Notizen und bittet ihn mitzukommen. Langsam richtet er sich auf, pustet in ein Alkoholmessgerät, macht alles, was man ihm sagt. Beim Krankenwagen ist es still, mehrere Leute beugen sich über

Hedda, die auf einer Trage liegt. Alex sieht das weiße Kleid ihrer Mutter zwischen den grünen Rücken der Sanitäter durchscheinen.

Es klopft an der Tür, und die Polizistin verschwindet aus dem Verhörraum. Er hat Fieber, zumindest glaubt er das. Das Bein schmerzt. Seine Gedanken sind wirr, sie überschlagen sich, kollidieren. Er fragt sich, was los ist, ob sie seine Eltern angerufen haben, wo Hannah ist. Er will sich wieder übergeben, aber sein Magen ist leer. Er atmet ein, tief. Hannahs Duft ist verschwunden, hier riecht nichts mehr. Die Tür geht auf, die Polizistin kommt wieder herein. Sie sieht müde aus, schaut ihn an.

»Alex, ich muss dir leider mitteilen, dass das Mädchen, das du überfahren hast, ihren Verletzungen erlegen ist. Sie ist tot.«

1

Alex fährt sich zwanghaft mit der Hand durch die Haare. Sie sind trocken und ungewaschen, und er wünscht sich, dass der graue Collegepullover, den er trägt, frischer wäre. Er riecht komisch und ist schmutzig. Seit Tagen hat er nicht geduscht. Er steht schon über zwei Stunden an der Vingårdsstraede im Zentrum Kopenhagens und wartet, weil er Angst hat, zu spät zu kommen oder noch schlimmer: zu früh zu kommen und zu bedürftig zu wirken.

Obwohl er Emils Nachricht schon öfter gelesen hat, als ihm guttut, holt er das Handy erneut hervor und schaut sie noch einmal an. Inzwischen kennt er sie auswendig.

Hab gehört, dass du in KPH bist, Lust auf ein Treffen? Ich habe vielleicht einen Job für dich. Komm morgen um 18 Uhr in den Kronprinsens Kælder, *wenn dich das interessiert. /Emil Rantzberg*

Alex hatte seit Jahren nicht mehr an Emil gedacht, aber am ungewöhnlichen Nachnamen erkannt, dass die SMS von Peders Bruder stammte. Als Peder und er noch Freunde waren, war sein älterer Bruder Emil manchmal beim Skaten mit dabei, und Alex erinnert sich, dass er ein cooler Typ war, aber er versteht nicht, warum er ihn jetzt kontaktiert. Emil hatte Växjö im Sommer vor dem Unfall verlassen, war ins Ausland gegangen und hatte in einem schicken Restaurant an der Côte d'Azur gearbeitet. Bis gestern hatte Alex vergessen, dass es ihn überhaupt gab.

Der Eingang des Restaurants, in dem er Emil treffen soll, besteht aus einer geschnitzten Holztür mit vergoldeten Griffen und Buntglas, die er von Bildern im Internet kennt. Natürlich weiß er bereits alles über Kronprinsens Kælder, ein Restaurant, von dem er schon während seiner Ausbildung auf Öland gehört hatte, aber in den ersten sechs Monaten nach seinem Abschluss in Kopenhagen hatte er es nicht geschafft hierherzukommen. Seine Arbeit ließ ihm weder Zeit noch Geld.

Am liebsten würde er kehrtmachen und gehen, aber er weiß nicht, wohin. Stattdessen schaut er ein letztes Mal auf die Uhr, beschließt, dass es in Ordnung ist, fünf Minuten zu früh zu kommen, atmet tief durch und stößt die schwere Tür auf. Die Kristalllüster im Foyer funkeln ihm von der hohen Gewölbedecke entgegen, und er geht ein paar Schritte in Richtung des Restaurants. Keiner der wohlhabenden Gäste würdigt ihn eines Blickes. Ihm ist nicht klar gewesen, dass es so exklusiv ist. Die Frage ist, ob er bei seinem Aussehen überhaupt reingelassen wird. Er vermeidet es, seinem eigenen Blick im glänzenden Spiegel hinter der Bar zu begegnen, aber als er sein Haar sieht, gerät er in Panik und versucht wieder verzweifelt, es mit den Händen zurückzukämmen.

Der Oberkellner, ein schlanker Mann mit dichtem Bart und schicker Brille, mustert ihn neutral, aber Alex ahnt, was er denkt. Dass er von der Straße gekommen ist, um etwas zu stehlen oder sich aufzuwärmen.

»Ja?«

»Ich bin hier mit jemandem verabredet, Emil Rantzberg.«

»Rantzberg?«

Während der Kellner auf einem Tablet scrollt, inhaliert Alex die Gerüche und die Wärme. Müdigkeit überkommt ihn. Zum Glück lächelt der Oberkellner.

»Emil ist schon im Roten Zimmer. Darf ich fragen, ob der Herr sich ein Jackett leihen möchte?«

Alex nickt dankbar, natürlich gibt es an einem Ort wie diesem eine verbindliche Kleiderordnung.

»Wir kümmern uns gern auch um Ihre Tasche und verstauen sie im Schrank?«

Trotz des höflichen Tons versteht er, dass es keine Frage, sondern eine Aufforderung ist. Er stellt seine Tasche ab und lässt sich in das Jackett helfen, das ihm der Oberkellner reicht. Das übergroße Sakko über dem grauen Kapuzenpullover sieht nicht besonders elegant aus, aber es gibt keine Alternative. Bevor er sich entscheiden kann, ob er den Pulli ausziehen oder anbehalten soll, wird er durch den Raum geführt. In einem großen Kamin in der Mitte brennt ein offenes Feuer, an den Tischen, die über den ganzen Raum verstreut sind, unterhalten sich einige Leute. Der weiche Teppich unter seinen Füßen dämpft das Geräusch seiner Schritte, die im Gelächter und Knistern des Feuers untergehen, als er dem Oberkellner in eine Ecke des Raumes folgt. Am besten Tisch unter einem der hohen Glasfenster sieht er Emil in eine Speisekarte vertieft sitzen.

Er sieht älter aus, als Alex ihn in Erinnerung hat, und sein erster Gedanke ist, dass er Peder wahnsinnig ähnelt. Normalerweise verdrängt Alex diese Gedanken, wie er es immer tut, wenn jemand auftaucht, der mit seinem alten Leben verbunden ist. Emil hat ihn immer noch nicht gesehen, und Alex nutzt die Gelegenheit, ihn heimlich zu betrachten. Er sieht immer noch gut aus, vielleicht ein bisschen gealtert, aber er hat seinen Stil völlig verändert. Früher trug er übergroße Hemden, eine Schirmmütze und zerrissene Jeans, jetzt hat er das Haar kurz geschnitten und trägt ein frisches weißes Hemd. An seinem Handgelenk funkelt eine große Armbanduhr, die aussieht wie eine Omega. Alex möchte am liebsten mitsamt seinem geliehenen Jackett im Boden versinken, doch Emil entdeckt ihn, steht auf und begrüßt ihn mit einem breiten Grinsen.

»Mensch, wie schön, dich zu sehen! Ist lange her.«

»Oh ja«, antwortet er und hört selbst, wie unsicher er klingt.

»Setz dich. Willst du was trinken?«

Emil schiebt ihm eines der beiden Sektgläser vor sich zu und reicht ihm die Speisekarte. Er wirkt gut gelaunt, und Alex sinkt erleichtert auf den Stuhl. Kein Wort über das geliehene Jackett, seine offensichtlich ungewaschenen Haare und vor allem kein Wort über den Unfall. *Noch nicht*. Wenn er eines in den letzten Jahren gelernt hat, dann, dass niemand es vergisst, egal wohin er geht, egal wie viel Zeit vergeht. Aber Emil sieht wirklich glücklich aus, fast aufgeregt, und sobald sein Gaumen den Champagner schmeckt, geht es auch ihm besser. Alex wirft einen Blick auf das Etikett der Flasche, die aus dem Kühlgefäß lugt. Krug 90. Meine Güte, was feiern sie? Er dachte, Emil würde ihn auf ein Bier einladen, und die Sache mit dem Job klang natürlich interessant, aber jetzt fragt er sich, ob es um etwas anderes geht. Vielleicht will Emil mit seinem neuen Lebensstil angeben, ihm ist es offenkundig gut ergangen. Er hebt sein Glas und prostet Alex zu.

»Ich hatte gehofft, dass du kommst.«

»Na ja, ich bin tatsächlich auf der Suche nach einem neuen Job, also ja, klar.«

Verdammt, er klingt so eifrig und ungeduldig. Er muss sich zusammenreißen, das hier ist das Einzige, was er noch in petto hat, er will nicht, dass Emil es bereut, ihn hierher eingeladen zu haben. Alex nimmt noch einen Schluck vom Champagner und versucht, entspannt auszusehen, aber er spürt, wie ihm der Schweiß aus allen Poren dringt.

»Gut, aber lass uns erst bestellen, bevor wir über die Arbeit reden, ja? Ich hätte Lust auf Smörrebröd mit Zwiebelroulade als Vorspeise, und ich glaube, danach nehme ich Tournedos Rossini mit Trüffeln. Was nimmst du?«

Alex versucht Zeit zu gewinnen, indem er so tut, als würde er sich in die Speisekarte vertiefen, während er in Wirklichkeit die Preise studiert. Das muss das teuerste Restaurant in Kopenhagen sein, denn allein die Vorspeisen kosten mehrere

Hundert dänische Kronen. Als könnte Emil seine Gedanken lesen, fährt er unbeirrt fort:

»Du bist natürlich eingeladen, bestell, was du willst. Das ist das Mindeste, was ich tun kann, wenn du meinen Posten im Nord übernimmst.«

Dann lächelt er und lehnt sich zurück, um auf Alex' Reaktion zu warten.

»Was? Hast du *Nord* gesagt?«

Alex hört sich selbst lachen. Am besten kippt er noch den Champagner weg, bevor er hier wieder einpacken kann. Er hat nicht im Mindesten genug Erfahrung, die für das Nord erforderlich wäre, aber er will Emil nicht enttäuschen, bevor sie überhaupt bestellt haben.

»Du hast im Nord in Åre gearbeitet, und jetzt soll ich deinen Job übernehmen? Als was?«

»Als Commis de Cuisine, als Assistent des Küchenchefs natürlich. Wenn du willst, kannst du morgen anfangen. Ich habe die Stelle bekommen, nachdem ich die Besitzer kennengelernt hatte, die Familie Duwal, weißt du, drunten in Cagnes-sur-Mer.«

Er sieht, wie Emil ihn mustert, während er ihm vom Nord erzählt, und Alex beugt sich vor, um kein Detail zu verpassen. »Ich dachte, das passt zu mir, ich hatte damals genug von der Hektik da unten. Aber vielleicht hast du diesen Winter Besseres zu tun?«

Alex weiß nicht, was er sagen soll, die ganze Sache ist absurd. Er leert sein Glas.

»Nein, eigentlich nicht.«

Das Nord. Eines der erfolgreichsten Restaurants Schwedens, mitten auf dem Land, in den Wäldern außerhalb von Åre. Der Traumarbeitsplatz der meisten seiner alten Schulfreunde, vor allem, weil der Küchenchef Thomas Turner in der Branche für seinen Einsatz für junge Köche bekannt ist. Die Küchen, in denen Thomas Turner arbeitet, sind immer auch Keimzellen für neue Talente, und es heißt, dass er im

Gegensatz zu vielen anderen Meistern jungen Köchen wirklich die Chance gibt, ihr Können schon früh unter Beweis zu stellen. Egal, wie viel Erfahrung sie mitbringen, wenn sie in seine Küche kommen. Aber auch für viele weitaus erfahrenere Köche und junge Absolventen der besten Restaurantschulen ist es ein Ziel, im Nord zu arbeiten, mit einer Ausbildung, die um Lichtjahre besser ist als jene an seiner alten, nicht mehr existierenden Schule. Die Starköchin Vanessa Lotts arbeitete dort, und heute ist das Nord eines der wenigen schwedischen Restaurants in Skandinavien, die vom Guide Michelin mit zwei Sternen ausgezeichnet wurden. Mehrere Jahre hintereinander war es unter den ersten drei Plätzen auf der Liste der 50 besten Restaurants. Menschen aus der ganzen Welt bewerben sich dort, aber nur wenige bekommen einen Job.

Der Kellner kommt, und Emil wartet nicht auf Alex, sondern bestellt für beide, was ein Glück ist, denn Alex bekommt kaum ein Wort heraus. Dass er verzweifelt auf Jobsuche ist, merkt man ihm ohne Frage an. Vor lauter Nervosität klebt ihm das T-Shirt am Rücken, und er wünscht sich, das Jackett ausziehen zu können. Er versucht, sich so unauffällig wie möglich Luft zuzufächeln, aber als er nach dem Glas greift, stellt er fest, dass es leer ist. Emil lächelt und füllt es schnell wieder auf. Alex dachte, dass Emil hier in Kopenhagen arbeitet und er ihm hier einen Job anbieten würde. Obwohl er auf keinen Fall riskieren will, dass Emil sein Angebot zurückzieht, muss er doch die Frage stellen:

»Warum ich?«

Emil sieht ihn unergründlich an und scheint zu überlegen, wie er es formulieren soll.

»Um ehrlich zu sein, sie mögen … grüne Jungs. Mit Ausbildung, natürlich. Sie wollen ihr eigenes Team formen, den Leuten ihren eigenen Stempel aufdrücken.«

»Okay?«

»Ich habe im Internet gesehen, dass du dich in der Branche

beworben hast, eine Restaurantfachschule besucht und im Amiralen gearbeitet hast.«

Emil lehnt sich auf seinem Stuhl zurück.

»Ganz ehrlich, ich finde, du hast eine zweite Chance verdient.«

Alex wird rot. Jetzt ist es so weit, er hat es geahnt. Er blickt auf den Tisch, um dem Mitleid in Emils Augen zu entgehen, das er kennt, und er hasst es, an den Unfall erinnert zu werden.

»Ich weiß, was passiert ist. Es fühlt sich gut an, wenn ich irgendwie helfen kann.«

Alex überlegt. Dieser Sommer war eine Katastrophe. Eigentlich müsste er zugeben, dass ihm die Erfahrung fehlt, aber er weiß, er muss das Risiko eingehen. Wie groß sind die Chancen, dass ausgerechnet Emil seinen verzweifelten Social-Media-Eintrag von vor einer Woche gesehen hat und ihn wegen eines Jobs im Nord kontaktiert? Er nutzt Facebook nur selten und hatte schon fast vergessen, dass er dort in einem schwachen Moment um einen Job gebettelt hat. Er zwingt seine Hände, still im Schoß zu liegen und nicht an der Serviette herumzufummeln. Das Feuer wärmt, und im Fenster neben ihm brennen Kerzen in großen Leuchtern. Er kann nicht aufhören zu schwitzen, der schnell getrunkene Champagner wärmt ihn von innen und beginnt sich in seinem Kopf bemerkbar zu machen. Jetzt muss er eine Antwort finden. Emil davon überzeugen, dass er der Richtige für den Job ist.

»Zur Vorspeise nehmen wir den Krug, und zum Hauptgang hätten wir gerne eine Flasche Barolo«, sagt Emil, als der Oberkellner noch einmal vorbeikommt, um nach dem Rechten zu sehen.

Alex beschließt, die Details seiner spärlichen Berufserfahrung wegzulassen. Aber Emil scheint sich mehr für die Zukunft zu interessieren. Er mampft seine Zwiebelroulade, während er weiterredet.

»Sofern du den Druck aushältst, meine ich. Du hast vielleicht weniger Erfahrung als ich, auch wenn es ein Assistentenjob ist, aber sie mögen Leute, die Einsatz zeigen. Und da du für Claus gearbeitet hast, dachte ich, du passt perfekt.«

Natürlich wollte er in Schwedens angesagtestem Restaurant arbeiten, aber sein Aufenthalt in Claus' Spitzenrestaurant Amiralen hatte gerade mal zwei Wochen gedauert. Das erzählt er Emil allerdings nicht. Er nimmt einen großen Bissen von der Vorspeise, um nicht gleich antworten zu müssen.

Am Tag nach dem Abitur war Alex weggegangen. Seit Jahren hatte es ihn nach Kopenhagen gezogen, nicht allzu fern und doch weit weg von allem, was gewesen war. Er hatte als vielversprechendster Schüler seiner Klasse ein Stipendium erhalten, was vielleicht nicht verwunderlich war, denn er war ein Jahr älter als die anderen und der Einzige, der sein Studium wirklich ernst zu nehmen schien. Seine Kommilitonen träumten vielleicht davon, in der Gastronomie zu arbeiten, aber Alex wusste, dass nur wenige das Talent und die Disziplin dazu hatten.

Im Jahr nach dem Unfall war er ausgegrenzt worden, und gleich nach der neunten Klasse zog er nach Västerås, wo er als Aushilfe im Restaurant Haket landete. Dort entdeckte er sein Interesse am Kochen. Seine Freunde hatte er verloren, und es tat gut, sich in die Arbeit zu stürzen. Wenn er frei hatte, genoss er es, durch die Straßen zu ziehen, wo ihn niemand erkannte, und träumte von einer Zukunft als Koch. Durch einen Kollegen erfuhr er von einem Gymnasialprogramm mit Restaurantprofil an einer Schule auf Öland und bewarb sich sofort. Zum Glück waren seine schlechten Noten in der neunten Klasse kein Problem, und er wurde aufgenommen. Nachdem er drei Jahre erneut die Schulbank gedrückt hatte, war er mit großen Erwartungen in die dänische Hauptstadt gekommen, die jedoch weitgehend enttäuscht wurden.

Claus Riis, Sternekoch und seit zwanzig Jahren Dänemarks kulinarischer Liebling, entpuppte sich hinter den Kulissen als wahrer Dreckskerl. Er rekrutierte systematisch

Absolventen von Kochschulen für seine Restaurants, hielt aber selten seine Zusagen in Bezug auf Job und Bezahlung ein. Schon nach zwei Wochen hatte das Nobelrestaurant Amiralen in Österbro, in dem Alex dank der Kontakte seiner Lehrerin Cina eine Stelle versprochen worden war, keinen Platz mehr für ihn. Der Besitzer und Fernsehstar Claus hatte gelogen, Alex war in eine klassische Restaurantfalle getappt. Statt Wachteln zu rotieren und Trüffeln zu hobeln, hatte er den Sommer damit verbracht, Erbsen zu pflücken und in Claus' runtergekommenem Zweitrestaurant in Vesterbro für das Personal zu kochen. Er weiß, dass er es mit den wenigen Erfahrungen, die er im Amiralen gesammelt hat, im Nord kaum schaffen wird, aber vielleicht findet er sich schnell in die Abläufe hinein, wenn er sein Bestes gibt.

Die Vorspeise ist aufgegessen, die Teller sind abgeräumt, der Champagner durch den exklusiven Rotwein ersetzt, den Emil bestellt hat. Alex fragt sich, wie er sich das leisten kann. Das Gehalt als Commis ist bescheiden, also muss das Geld irgendwo anders herkommen. Er beschließt, nicht zu fragen, aber als Emil ihn fragt, ob er den Job will, nickt er überzeugend, und Emil strahlt über das ganze Gesicht.

»Ich rufe gleich dort an und sage Bescheid, dass du kommst.«

Alex entschuldigt sich und geht zur Toilette. Der Raum dreht sich, als er sich aufrichtet, seine Wangen sind rot. Er trinkt selten, Alkohol ist für ihn immer noch mit dem Unfall verknüpft.

Als er zurückkommt, steht der Hauptgang auf dem Tisch, und Alex zwingt sich, ihn nicht zu gierig in sich hineinzuschlingen, obwohl er seit Tagen nichts Richtiges gegessen hat.

Der Nieselregen peitscht gegen seine immer noch geröteten Wangen, und der Wind pfeift, sodass er kaum reagiert, als das Auto vor ihnen bremst. Emil öffnet die Tür und Alex klettert auf den Rücksitz.

»Wir holen gleich deine Sachen.«

In wenigen Minuten sind sie bei der Jugendherberge CPH, wo Alex in den letzten Wochen gewohnt hat. Er bemerkt Emils Überraschung, als sie an der Adresse halten.

»Oh! Im Nord wirst du es viel schöner haben«, sagt er, als das Taxi vor dem Eingang hält.

Alex versteht, was er meint. Der Job, den Claus ihm versprochen hatte, war mies bezahlt. Das wusste er von Anfang an, aber einer der Gründe, warum er ihn dennoch annahm, war, dass er eine billige Dienstwohnung gestellt bekommen würde. Die Wohnung entpuppte sich allerdings als eine Baracke, die Claus im Hof eines leer stehenden Gebäudes aufgestellt hatte, das er gekauft hatte und in dem er angeblich ein Hotel mit mehreren Restaurants einrichten wollte.

In der Baracke gab es zwei wackelige Etagenbetten, eine nach Schimmel riechende Dusche und eine gelb verfärbte Toilette. In einer Ecke stand ein alter Kühlschrank, der die ganze Nacht brummte, und es gab nur zwei Kochplatten, die sich die vier Bewohner teilen mussten. Bald verschwanden Dinge, und Alex fand heraus, dass einer seiner Mitbewohner stahl. Er fühlte sich ständig unwohl.

Er hatte gehofft, neue Freunde zu finden, die nichts von seinem früheren Leben wussten, aber die anderen Mitarbeiter sprachen kein Wort Englisch, und Alex konnte kein Spanisch. Er musste zwölf Stunden am Tag arbeiten, sein Lohn war so niedrig, dass er sich nichts leisten konnte, und er hatte fast nie frei.

Als er dachte, es könne nicht noch schlimmer werden, wurde er ohne Vorwarnung entlassen und aus dem Haus geworfen. Das ist jetzt drei Wochen her, aber er hat niemandem davon erzählt. Von Cina und seinen alten Klassenkameraden hört er kaum noch etwas, seine Familie ist vorübergehend nach Frankfurt gezogen, wo sein Vater eine neue Arbeit gefunden hat. Nur seine Schwester Edith, die noch das Gymnasium besucht, ist in der Villa in Växjö geblieben, und dorthin will er unter keinen Umständen zurückkehren.

Er bewarb sich in den besseren Küchen Kopenhagens, fand dort jedoch keine neue Anstellung. Die Sommersaison ist längst vorbei, und die meisten Restaurants hielten ihn für zu unerfahren. Das Zweitrestaurant gab ihm keine Referenzen, und niemand konnte ihn empfehlen. Mit seinem letzten Geld hatte er in einer Jugendherberge eingecheckt, aber inzwischen ist das Geld fast aufgebraucht. Die letzten Nächte hat er auf Pump dort übernachtet im Ausgleich für ein paar Putzarbeiten. Er besitzt nicht einmal mehr Geld für die schäbige Dusche, die nur mit Münzen funktioniert.

Das Schild an der Fassade flackert, irgendetwas scheint daran kaputt zu sein. Er eilt die Treppe hinauf, steckt den Schlüssel ins Schloss. Innerhalb von drei, vier Minuten packt er sein ganzes Leben zusammen. Dann schließt er die Tür vorsichtig, schleicht die Treppe hinunter, an der Rezeption vorbei. Die letzte Übernachtung müssen sie ihm schenken, Geld hat er nicht. Jetzt will er nur noch weg, noch heute Abend in den Nachtzug nach Åre steigen, das ist laut Emil die beste Lösung, wenn er den Job will. Er setzt sich wieder auf den Rücksitz, und das Taxi fährt weiter in Richtung Bahnhof.

Es regnet nicht mehr ganz so stark, aber stetig, die Scheibenwischer arbeiten wie verrückt, und Emil scherzt mit dem Taxifahrer. Alex schaut erleichtert aus dem Fenster.

»Ich bin so froh, dass du zugesagt hast, Alex.«

Emil dreht sich um und sieht ihn an. Er wirkt zufrieden.

»Du wirst das Nord lieben! Natürlich wirst du dir den Arsch aufreißen müssen, aber was soll's, wer tut das nicht für einen Traumjob?«

»Nein, genau, wer nicht«, sagt Alex und grinst breit zurück.

Sein Gesicht ist wie taub, benebelt vom Alkohol. Als sie an der Ampel halten, erzählt Emil weiter, von den Bergen, von der tollen Milliardärsfamilie Duwal, der das Nord gehört, von der Personalunterkunft und den Kollegen. Und von dem extrem hohen Tempo in der Küche. Aber das macht Alex nichts aus, nachdem er einen Sommer lang nur darauf gewartet hat, etwas Erfüllendes zu tun.

»Aber … warum? Warum willst du nicht selbst weitermachen?«

Emil fischt sein Handy hervor.

»Na ja, ich sehne mich nach einer Veränderung. Ich hätte gerne ein eigenes Ding, eine Strandbar oder so, in Tulum oder vielleicht irgendwo anders in Brasilien oder Mexiko. Ich dachte, ich gehe jetzt, bevor ich es mir anders überlege, ich habe es geschafft, durch Investitionen etwas Geld zu sparen.«

Er verstummt.

»Dann möchte ich, dass jemand anderes die Chance hat, das zu erleben, was ich erlebt habe.«

Alex wird nüchterner, als der Fahrer scharf an einem Zebrastreifen bremst und das Wasser gegen die Scheiben spritzt.

»Wow, das klingt toll, eine eigene Bar wäre nicht übel.«

»Ja, genau, ich mag die Wärme, und sobald ich mich einmal entschieden hatte, wollte ich einfach loslegen.«

»Und, geht das jetzt in Ordnung? Muss ich kein Bewerbungsgespräch machen oder so?«

Emil wirkt kurz verwirrt.

»Nein, nein, also … Alice … Duwal, sie haben mich gefragt, ob ich jemanden kenne. Es war okay, dass ich kurzfristig kündige, wenn ich einen gleichwertigen Ersatz stelle. Der Haken war, dass sie dich so schnell wie möglich wollten, sonst säße ich in der Scheiße. Total cool von dir, dass du einspringst!«

Sie kommen an, das Taxi hält, Alex steigt aus, während Emil bezahlt, und dann eilen sie in den Bahnhof. Nach der Wärme im Auto schlägt ihm die Kälte entgegen, er fröstelt in seiner dünnen Lederjacke.

»Ich sollte wohl am besten Wintersachen kaufen, und wie viel kostet die Fahrkarte?«

Emil geht zu einem Fahrkartenautomaten in der großen Halle, die trotz der späten Stunde noch sehr belebt ist.

»Keine Sorge, ich bin sicher, dass sie dir einen Vorschuss geben können, ich erkundige mich und schreibe dir eine SMS. Wenn du jetzt knapp bei Kasse bist, kann ich dir auch was schicken, das kannst du mir später zurückzahlen. Und ich habe noch ein oder zwei alte Hemden im Schrank hängen. Meines Wissens kriegst du mein altes Zimmer.«

Er drückt Alex die Fahrkarte in die Hand, und sie gehen zum Bahnsteig. In zwanzig Minuten fährt der Zug. Emil umarmt ihn und hebt den Daumen, als der Zug einfährt. Alex findet das richtige Abteil. Erste Klasse, Schlafwagenabteil mit eigener Dusche. Noch bevor er das Abteil betritt, piept sein Handy. Emil hat ihm sechstausend Kronen überwiesen. Alex vergewissert sich noch einmal, dass er seine Tasche, das einzig Wertvolle, das er besitzt, auch wirklich dabeihat, dann wirft er sich aufs Bett und streckt sich. Der Zug rumpelt los, er fühlt sich sofort schläfrig, springt aber auf, als jemand an der Abteiltür klopft.

»Fahrkarten, bitte!«

Die Schaffnerin steht draußen und schiebt die Tür einen Spalt weit auf. Alex zeigt seine Fahrkarte, und sie geht weiter. Er muss eingenickt sein, aber er ist froh, geweckt worden zu sein, denn jetzt kann er eine lange, heiße Dusche nehmen. Dass die Duschkabine sehr klein und der Wasserstrahl schwach ist, stört ihn nicht. Er seift sich ein, massiert sein Glied, ejakuliert unter der Dusche, spült sich ab, legt sich ins Bett und schläft schnell wieder ein. Doch um fünf Uhr morgens wacht er auf, benommen und verkatert. Er unterdrückt alle Zweifel, ob er die richtige Entscheidung getroffen hat.

Es kommt nicht infrage, dass er einen Job als Commis im Nord sausen lässt.

2

Grauer Nebel umhüllt den Zug. Das Wasser im nahe gelegenen See hat sich noch nicht beruhigt, aber die Luft ist rau, und kleine Eiskristalle schweben aus den Wolken herab. Der November hat in den Bergen Einzug gehalten. Alex schaut sich verschlafen um, als er aussteigt. Die Sohlen seiner Turnschuhe sind zu glatt, und er rutscht auf dem Bahnsteig fast aus. Es ist früher Nachmittag, und er hat den größten Teil der Fahrt verschlafen. Am Bahnhof hält eine ältere Frau ein Schild mit seinem Namen in der Hand. Als er näher kommt, winkt sie ihm fröhlich zu.

»Du musst Alex sein«, sagt sie in breitem Jämtländisch.

Sie stellt sich als Gitt vor, und er folgt ihr zum Auto.

»Komm schnell ins Warme, es ist der silbergraue da drüben«, sagt sie und zeigt auf den Wagen, einen nagelneu aussehenden Land Rover.

Trotz ihres starken Dialekts versteht er, was sie meint, und er spürt, wie er sich entspannt. Alex bibbert, seine Zähne klappern fast, und er versucht, die dünne Jacke fester um seinen Körper zu ziehen. Sein Hals bleibt eiskalt, denn er hat keinen Schal. Auch eine Mütze hat er nicht, und seine Ohren färben sich schnell rot von der Kälte. Er muss sich schnellstens passendere Kleidung besorgen.

Nach ein paar Minuten im Auto kehrt die Wärme in seinen Körper zurück. Die Lederpolster knarren, als er sich im Sitz bewegt, und sie gleiten lautlos durch den Wald.

»Können wir irgendwo anhalten, damit ich mir eine Jacke kaufen kann?«

Gitt lächelt ihn im Rückspiegel an und schüttelt den Kopf.

»Nee, aber das ist auch nicht nötig. Emil hat alle seine

Wintersachen dagelassen, und ihr habt wahrscheinlich die gleiche Größe. Probier doch erst mal seine Sachen an, dann kannst du später noch was einkaufen, wenn es nötig ist.«

Alex findet es seltsam, dass Emil *all* seine Sachen hiergelassen hat, er hat doch nur ein paar Hemden erwähnt, aber seine Erinnerung an die vergangene Nacht ist verschwommen, und er will Gitt nicht widersprechen. Vielleicht hatte er einfach keine Lust, seine ganzen Wintersachen mitzunehmen, wo er sowieso nach Mexiko geht. Oder hat er vor zurückzukommen, wenn es mit der Bar nicht klappt? Jetzt, wo er nüchtern ist, merkt Alex, dass es da ein paar Fragezeichen gibt, aber ihm ist ein bisschen übel, und er weiß nicht, ob es an der Nervosität, den kurvigen Straßen oder dem Alkohol der letzten Nacht liegt. Seit dem gestrigen Abendessen hat er nichts mehr gegessen, aber er ist auch nicht hungrig. Was ist, wenn Emil ihm nur einen Streich spielt? Es ging alles so schnell, aber als Gitt das Radio einschaltet und einen Popsong mitsummt, lehnt er sich in seinem Sitz zurück und versucht sich einzureden, dass alles gut wird.

Sie fahren weiter den Berg hinauf, und bald ist der Boden am Straßenrand mit Schnee bedeckt. Er sieht Berghütten neben einer Skipiste, aber Gitt hält nicht an, sondern fährt daran vorbei und biegt auf eine Nebenstraße, die in den Wald führt. Alex denkt an einen Sporturlaub mit seiner Familie. Es scheint eine Ewigkeit her zu sein. Das letzte Mal, dass sie zusammen Ski gefahren sind, war im Jahr vor dem Unfall. Sie fuhren immer nach Trysil oder Kläppen, in Åre war er noch nie. Er liebte das Snowboarden, und jetzt würde er wieder Gelegenheit haben, sich diesem Hobby zu widmen.

Dann lichtet sich der Wald, und ein großes Bauernhaus ragt zwischen den Fichten hervor. Gleich hinter dem Hauptgebäude zeichnen sich die Umrisse des Berges Åreskutan wie ein dunkler Schatten ab, und Alex reckt den Hals, um so viel wie möglich von der Umgebung zu sehen. Das Herrenhaus scheint aus der Jahrhundertwende zu stammen, ist aber offenbar frisch renoviert. Es wirkt imposant, aber verschlossen. Menschen sind nicht zu sehen. Der Kies in der Auffahrt vermischt sich mit dem Schnee und knirscht unter den Rädern des Land Rovers, als Gitt bremst.

Um den riesigen Hof herum stehen mehrere Gebäude. Das Nord befindet sich in einer der großen Scheunen. Auf der Fahrt hat er ein wenig nach dem Restaurant gegoogelt und Artikel gelesen, bevor er eingeschlafen ist. Auf den Fotos sah der bekannte Besitzer und Geschäftsmann Carl Duwal älter aus als seine schöne Frau Alice. Sohn Theodor ist Anfang dreißig. Alex hatte nur Lob für das Restaurant gefunden, was ihn noch nervöser macht. Der Gedanke, mit dem Megastar Thomas Turner als Chefkoch zusammenzuarbeiten, lähmt ihn fast. Ihm läuft ein Schauer über den Rücken, und er fühlt sich trotz der Wärme des Ledersitzes, die seinen Hintern und Rücken durchströmt, immer noch zittrig. Als Gitt vor einem großen niedrigen Blockhaus hält, öffnet er zögernd die Tür und steigt wieder in die Kälte hinaus.

»Du bist herzlich willkommen. Das ist das Haus, in dem du wohnen wirst. Ich habe gerade keine Zeit, aber die Tür ist offen. Auf dem Bett liegen weitere Infos, dein Zimmer heißt ›Canyon‹.«

»Danke«, stößt er hervor, bevor Gitt geht und er allein auf dem riesigen Hof steht.

Es ist totenstill, und er hört seine eigenen kurzen Atemzüge. Er vermutet, dass die meisten arbeiten, denn sonst ist niemand da. Die Luft ist so kalt, dass es wehtut zu atmen. Er schaut sich um und betrachtet seine Umgebung. Die Häuser sind alt, aber in gutem Zustand, die dunkle blassrote Farbe ist stumpf und hebt sich vom Schnee ab. Die vergitterten Fenster des Hauptgebäudes und die Glasscheiben der großen Veranda verleihen dem Herrenhaus an diesem nebligen, frostigen Nachmittag einen magischen Glanz. Unterhalb des

Herrenhauses führt ein Hang hinunter zu einem zugefrorenen See. Der Wald ist nicht weit weg, aber die Wege und Straßen, die er sieht, sind von kleinen Lampen erhellt.

Mit einer Tasche über der Schulter und der anderen in der Hand betritt er das Haus, auf das Gitt gezeigt hat, und gelangt direkt in einen großen Raum mit Wänden aus grob behauenen Holzstämmen, einem Kamin und Decken, die bis zum Dachfirst reichen. Eine große Kücheninsel bildet das Herzstück des Raumes, voll mit frischen Kräutern in verschiedenen Töpfen, und etwas weiter entfernt sieht er ein Wohnzimmersofa und einen Fernseher. Alles wirkt gepflegt, und er sieht sofort die Tür zu seinem Zimmer, schräg rechts neben der Eingangstür.

Erwartungsvoll drückt er die Klinke nach unten. Das Zimmer hat einen Balkon und ein großes Doppelbett. Darauf liegen ordentlich gestapelte Kleidungsstücke. Er stellt die Taschen ab und schaut sich die Klamotten an. Arbeitskleidung für die Küche, aber auch normale Hosen, Hemden, Skikleidung und ein Paar feste Winterstiefel. Alles in seiner Größe, das meiste sieht nagelneu aus. Er nimmt ein weiches dunkelblaues Wollunterhemd. Alles Markenware. Ein schwarzer Stellar-Anzug, Gant-Hemden, Unterwäsche von Peak-Performance. Das können nicht Emils alte Sachen sein. Seine Gedanken wandern sofort zu seinen Finanzen, in der Hoffnung, dass es nicht von seinem Gehalt abgezogen wird. Wahrscheinlich wird es etwas kosten, aber er braucht Klamotten, und jetzt muss er nicht mehr einkaufen gehen. Er dreht einen hellbraunen Lederstiefel um. Größe 43, sogar die Schuhgröße stimmt. Wahrscheinlich ist es das Beste, Emil anzurufen, um sicherzugehen, dass es sich nicht um einen Fehler handelt. Er gibt Emils Nummer ein, aber es kommt kein Freizeichen, sondern nur die Mailbox. Also schickt er eine SMS mit ein paar Zeilen, in denen er Emil bittet, ihn zurückzurufen, wenn er Zeit hat. Vielleicht sitzt er schon im Flugzeug nach Mexiko.

Alex lässt sich aufs Bett fallen, um alles zu verarbeiten, und landet auf etwas Hartem. Er zieht ein Ringbuch hervor. »MITARBEITERHANDBUCH« steht auf dem Cover. Er schlägt es auf und blättert darin. Regeln zum Drogenkonsum, zur Restaurantphilosophie, zum Konzept, zu lokalen Lebensmitteln, weitere Richtlinien und schließlich verschiedene Zutaten zum Auswendiglernen. Neben dem Buch liegt ein Zettel.

Herzlich willkommen! Wir beginnen mit einem Test, bevor Sie im Nord anfangen können. Bitte lesen Sie die Regeln und finden Sie sich um sechzehn Uhr vor der Küche ein. Mit freundlichen Grüßen, Florence Garcia, Souschef

Emil hat keinen Test mit dem Souschef erwähnt. Er greift zum Handy und versucht noch einmal, ihn anzurufen, aber es geht nur die Mailbox ran. Es ist fast drei Uhr, und Alex hat keine Ahnung, wie er das Handbuch in nur einer Stunde auswendig lernen soll.

Er lehnt sich an das Kopfteil des Betts, zieht die Schuhe aus und kramt einen alten Energieriegel aus der Tasche. Draußen vor dem Fenster sieht er die Berge, die sich hinter den schönen Gebäuden erheben, die Schneekristalle in den Baumkronen und den von Laternen beleuchteten Weg, der in den Wald führt. Er kann es kaum erwarten, ihn zu erkunden. Den Test nicht zu bestehen, ist keine Option, also blättert er Seite für Seite durch das Handbuch. Er beschließt, sich auf die Richtlinien zu konzentrieren, denn er erinnert sich daran, dass Cina gesagt hat, das sei das Wichtigste, wenn man in einem neuen Restaurant anfängt. Hoffentlich werden sich die vielen Stunden, in denen sie ihn gedrillt hat, als nützlich erweisen. Aber obwohl er der Beste in seiner Klasse war und seine Schulmannschaft es bis ins Finale der Oberstufenmeisterschaft geschafft hat, ist ihm klar, dass es noch ganz anderer Anstrengungen bedarf, um im Nord erfolgreich zu sein.

Eine Stunde später hat er seine neue Arbeitskleidung angezogen, die Regeln so gut gelernt wie unter diesen Umständen möglich und ist bereit, Florence Garcia zu treffen. Stattdessen aber steht eine Frau in seinem Alter vor dem Nord. Sie ist fast so groß wie er und lächelt selbstbewusst, als er sich ihr nähert. Er wirft einen Blick auf ihren beeindruckenden Körper. Sie ist kurvig und muskulös, wirkt stark und hat eine aufrechte Haltung. Wahrscheinlich fährt sie in jeder freien Minute Ski. Sie trägt kleine unauffällige Silberohrringe und hat dickes kastanienbraunes Haar, das sie zu einem Dutt hochgesteckt hat, aber etwas an ihrem Make-up deutet immer noch auf einen alternativen Stil hin. Unter dem perfekt sitzenden schwarzen Hemd und der Jacke verbirgt sich eine Tätowierung, ein kleines Blatt, das am Handgelenk hervorblitzt, als sie ihre Hand zur Begrüßung ausstreckt.

»Hallo, ich bin Sofi.«

Er stellt sich vor und zögert kurz, als sie durch eine schmale Tür ins Gebäude geht, er kann nicht glauben, dass er gleich die Küche des Nord betreten wird. Er versucht, sich auf das zu konzentrieren, was sie sagt, um nichts zu verpassen.

»Du kannst mich alles fragen, ich arbeite hier, seit ich siebzehn bin, und das ist sechs Jahre her, also habe ich meistens eine Antwort.«

Sie lacht und redet weiter.

»Ja, und ich bin aus Åre. Ansonsten kommt das Personal aus der ganzen Welt, deshalb sprechen wir in der Küche meistens Englisch, aber ich nehme an, das bist du gewohnt, wenn du aus den Restaurants in Kopenhagen kommst.«

Sofi führt ihn in den Raum, in dem er den Test schreiben soll. Es ist ein Abstellraum mit einem Tisch und ein paar zusammengeschobenen Stühlen, ohne Fenster.

»So, Alex, du hast ab jetzt fünfundvierzig Minuten Zeit.«

Sie drückt ihm einen Stift und ein Heft mit vorgedruckten Fragen in die Hand, bevor sie hinausgeht und die Tür hinter sich schließt. Sein Mund wird trocken, er zieht die Schultern zurück, hebt und senkt sie ein paarmal. Dann drückt er den Bleistift so fest gegen das Papier, dass die Mine abbricht, und klickt frustriert eine neue Spitze heraus. Er beginnt zu lesen. *»Was ist das Spezialgericht des Restaurants?«* (Jakobsmuschel, im eigenen Saft gekocht.) *»Wie heißt der Champagner des Hauses?«* (Jacques Selosse.) Auf einige der Fragen weiß er problemlos eine Antwort, aber bei mindestens der Hälfte ist er sich nicht sicher. Eine davon betrifft die Frage nach Künstlern, die im Speisesaal repräsentiert sind. Er weiß es nicht, weil er noch nie dort war. Er lässt die Frage beiseite und geht frustriert zur nächsten über. Als er auf die Uhr schaut, stellt er fest, dass bereits zwanzig Minuten vergangen sind.

Die Fragen zu den Kleidungsregeln in der Küche und den Richtlinien in Bezug auf Drogen, Alkohol und Tabak sind leichter zu beantworten, aber bevor er Zeit hat, seine Antworten noch einmal zu checken, erscheint Sofi in der Tür und streckt ihre Hand aus, um den Test entgegenzunehmen. Ihre Hand streift die seine, als sie die Blätter nimmt. Sie lächelt aufmunternd. Er fragt sich, ob man merkt, wie nervös er ist. Während er im Zimmer wartet, steht er auf und schiebt den Stuhl unter den Tisch, aber der Raum ist zu klein, um sich zu bewegen, und er bleibt unruhig in der Tür stehen. Nach einer Weile kommt Sofi, die möglicherweise seine neue Kollegin ist, zurück.

»Komm mit, ich stelle dir Florence vor. Keine Angst, sie ist voll in Ordnung.«

Alex hofft, dass das bedeutet, dass er den Test bestanden hat. Sie gehen ein paar Schritte den Flur hinunter, dann steht er in der Küche des Nord. Die Raumaufteilung ist weit und offen. Mindestens zwanzig Mitarbeiter sind an verschiedenen Stationen beschäftigt, alle wirken hochkonzentriert. In Töpfen und Pfannen brodelt und blubbert es, es wird geschlagen, gehackt, jemand legt Holz auf ein offenes Feuer.

Alex fällt sofort auf, mit welcher Präzision und Disziplin alle zu Werke gehen. Die Mitarbeiter wirken strukturiert und machen keine unnötigen Bewegungen. Bis auf die üblichen Geräusche in einer Küche ist es still, niemand blickt auf oder mustert ihn.

Eine Frau Mitte dreißig mit dunklen glatten Haaren und scharfem Blick kommt auf ihn zu. Er sieht, wie alle diskret zur Seite treten, um sie vorbeizulassen, während sie selbstbewusst durch den Raum schreitet. Florence streckt ihm die Hand zur Begrüßung entgegen und ringt sich ein kurzes Lächeln ab.

»Der Test ist bestanden. Du kannst loslegen.«

Er entspannt seine Schultern, am liebsten würde er vor Erleichterung lachen, doch er nickt nur kurz. Er ist bereit, sich an die Arbeit zu machen, nimmt die Schürze, die sie ihm reicht, und folgt ihr zu einem freien Arbeitsplatz.

3

Alex' erste Aufgabe besteht darin, kleine Wildhaselnüsse zu zerteilen und die schlechten auszusortieren. Er weiß nicht, für welches Gericht er sie verwenden soll oder warum, aber er wagt es nicht, jemanden zu fragen. Er versucht nur, sich und die Station, an der er arbeitet, so unsichtbar wie möglich zu machen, und hofft, dass er das Richtige tut und schnell genug arbeitet. Die Stunden, die er online vor inspirierenden Videos verbracht hat, werden im Nord nicht lange nützen. Die Jahre in der Restaurantschule sind wie weggeblasen, aber er hat das Gefühl, dass sie hier sowieso nicht viel bedeuten werden. Er weiß nicht, ob er wütend oder dankbar sein soll, wenn er an Cina denkt. Wahrscheinlich hat sie ihm alles beigebracht, was sie aus ihrer Zeit wusste. Er versucht, sich daran zu erinnern, was sie ihm drei Jahre lang darüber eingetrichtert hat, wie die Dinge in schicken Küchen funktionieren. *Sei gründlich. Sprich nicht, wenn du nicht gefragt wirst. Hör nie auf, an dem zu arbeiten, was dir aufgetragen wurde, bis du dazu aufgefordert wirst. Sei unauffällig!*

Um ihn herum stehen Menschen aus verschiedenen Ländern, die in seinem Alter sind und ebenfalls als Commis arbeiten. Ganz unten in der Hierarchie. Er zählt insgesamt sechs. Keiner scheint sich dafür zu interessieren, dass er gekommen ist, und Alex wird klar, dass er von niemandem Hilfe erwarten kann. Er schielt nach links, wo ein kräftiger Mann dabei ist, ungekochte Bohnen in verschiedene Schalen zu sortieren. Auf der anderen Seite rührt ein sommersprossiges Mädchen konzentriert in einem Topf mit Brühe, den sie keine Sekunde aus den Augen lässt. Nur Hacken, Kratzen und Blubbern sind zu hören, sonst nichts, doch jedes Mal, wenn Thomas eine Aufgabe verkündet, antworten alle unisono. »*Oui, Chef!*«

Endlich ist er mit den Nüssen fertig. Ein Souschef, dessen Namen er nicht kennt, kommt auf ihn zu, nimmt ihm wortlos das Brett ab und stellt ihm einen großen Teller mit Seeigeln hin. In Panik öffnet er langsam seine Messerscheide und überlegt, was er damit anfangen soll. Verzweifelt kramt er in seinem Gedächtnis nach Seeigeln und stellt fest, dass er keine Ahnung hat. Er hat sowohl mit Hummern als auch mit Krabben gearbeitet und glaubt, sich mit den meisten klassischen Krustentieren auszukennen, aber nicht mit Seeigeln.

»Schneide sie auf und nimm die Drüsen raus.«

Ein Typ, der nicht älter als fünfzehn aussieht, stellt sich im Flüsterton als José vor und blickt ihn eindringlich an. Alex zögert. Es ist schwer zu sagen, ob er ihm einen Bären aufbinden oder wirklich helfen will.

Er wiegt sein kurzes Schälmesser in der Hand und versucht, die richtige Entscheidung zu treffen. Er schaut José an, der bei näherer Betrachtung ungefähr in seinem Alter sein muss. Sein kurz geschnittenes schwarzes Haar betont die großen braunen Augen – der struppige Schnurrbart und die von Akne übersäten Wangen lassen ihn jünger aussehen, als er wahrscheinlich ist. Alex zögert. Er merkt, dass José von ihm erwartet, dass er loslegt, aber Alex kennt ihn nicht. Wenn er eines weiß, dann, dass man in Restaurantküchen auf diesem Niveau sich selbst am nächsten ist. Jeder will Karriere machen, und oft ist es kein Problem, das auf Kosten anderer zu tun. Gleichzeitig wird ihm klar, dass er keine andere Wahl hat, als José zu vertrauen. Er macht einen freundlichen Eindruck, und Alex ahnt, dass hier alles minutiös organisiert ist. Vielleicht wäre es keine schlechte Idee, einen Verbündeten in der Küche zu haben. Alex wagt kaum, ein Dankeschön zu flüstern, bevor José an seinen Arbeitsplatz zurückkehrt, wo er sich durch einen Berg von Jakobsmuscheln kämpft.

Jemand kommt durch die großen Flügeltüren, die zum

Gastraum führen, und die Stimmung in der Küche ändert sich schlagartig. Alle um Alex herum recken und strecken sich und geben sich Mühe, noch geschäftiger auszusehen, als sie ohnehin schon sind.

»Wie läuft es hier?«

Eine blonde Frau in einem weißen Strickpulli und schwarzen Perlen in den Ohren stellt sich vor den Tisch der Chefin. Ihr Haar ist im Nacken zu einem lockeren Dutt gebunden, und sie bewegt sich so, als gehöre ihr der Laden, was tatsächlich der Fall ist, wie Alex nach ein, zwei Sekunden klar wird. Alice Duwal, die Gründerin und Inhaberin des Nord, geht auf Florence zu und küsst sie auf die Wange, während diese eine Jakobsmuschel an Josés Arbeitsplatz öffnet und das Fleisch herausnimmt. Sie hantiert mit dem rasierklingenscharfen Messer, als wäre es ein Tafelmesser, und Alex wird neidisch. Er hat noch nie die Gelegenheit gehabt, mit so einem Rohmaterial zu arbeiten, noch nie. Er denkt an all die Möhren, die er in der Küche der heruntergekommenen Restaurantschule in Löttorp gehackt hat. Er denkt auch an die zahllosen thailändischen Eintöpfe, die er im Sommer für die Belegschaft zubereiten musste, und lugt heimlich von seinem Seeigel-Platz zu Florence, die weiter mit dem Messer rumschnippelt.

Geübt gießt sie den Saft aus den Innereien der Jakobsmuscheln in einen Topf, während sie die Unterseite der Muscheln abspült und in eine separate Schüssel gibt, um sie sauber zu kochen. Währenddessen hört er, wie sich die beiden Frauen über die Gäste des Abends unterhalten. Der Name Erna Solberg fällt und wie man die Bodyguards am besten positioniert, damit Erna nicht gestört wird. Dann soll auch noch der britische Komiker James Corden kommen, der in Schweden ist für eine Fernsehsendung. All das Gerede über Mächtige und Promis macht Alex nervös, sehr nervös. Das Restaurant hat nur sechsunddreißig Plätze, abgesehen von einem Chambre séparée, das später in der Saison geöffnet wird und zehn bis zwölf weiteren Gästen Platz bietet. Jedes Detail muss stimmen, und zwar immer.

Florence legt die Muschel auf ein Bett aus Wacholder, röstet sie ein paar Sekunden, hebt sie mit einer Pinzette heraus und bestreicht sie mit Butterschmalz und etwas Salz. Der Duft strömt Alex entgegen, und er inhaliert ihn so tief und unauffällig wie möglich. Während er versucht, das Geschehen am Tisch der Souschefin zu verfolgen, will er den Anschein wahren, als konzentriere er sich ganz auf seine Seeigel. Der Saft der Muschel wird aufgekocht, Florence gibt Weißwein dazu, legt die Muschel zurück in die untere Schale und gießt den Saft darüber. Sie stellt alles auf einen rustikalen grünen Keramikteller und schiebt ihn Alice zu, so beiläufig, als hätte sie gerade ein Käsesandwich gegrillt. Alice lächelt Florence breit an und hebt die perfekte Muschel an ihre Lippen. In Sekundenschnelle verschlingt sie, was Florence in mühevoller Kleinarbeit zubereitet hat. Sie stöhnt leise vor Lust, und Alex zuckt zusammen. Alice hat etwas Sinnliches an sich und an der Art, wie sie die Muschel verschlingt, den Kopf leicht in den Nacken gelegt.

»Wunderbar, Florence, danke. Mach mir noch eine, dann kannst du Erna begrüßen, wenn sie später kommt. Und Carol, vergiss nicht, mir wegen der Leibwächter Bescheid zu sagen.«

Dann ist sie weg, und in der Küche herrschen wieder Ruhe und Konzentration. Durch das Fenster sieht Alex, wie Carol, die Restaurantleiterin, zu Ernas Bodyguards am Eingang geht. In etwas mehr als einer Stunde werden die ersten Gäste des Abends eintreffen. Seine Waden pochen, und Alex bildet sich ein, dass die anderen ihn anstarren. Er hofft, dass sie nicht sehen, wie unerfahren er ist, aber er beißt die Zähne zusammen und macht weiter. Wie Emil gesagt hat, wird er sich den Arsch aufreißen müssen, aber das ist es, was er will. Er konzentriert sich auf die Seeigel, um auch die letzte Drüse herauszufieseln, wobei er versucht, die Hand ruhig zu halten und darauf zu achten, dass die Spitze des Messers die Arbeit erledigt.

Der Geräuschpegel im Speiseraum steigt mit dem Eintreffen der Gäste. Gestern um diese Zeit hat er mit Emil in Kopenhagen Champagner getrunken, und jetzt ist er hier, aber es fühlt sich besser an, hier in der Küche zu sein, als in einem großen schicken Speisesaal. Obwohl er keine Ahnung hat, wie er sich hier behaupten soll. Er kann sich nicht darauf verlassen, dass José ihn jedes Mal rettet, wenn er nicht mehr weiterweiß. Er hat sich nichts so sehr gewünscht, außer … außer der Sache, die er sich immer wünscht. *Dass er Hannah nie kennengelernt hätte, dass er in jener Nacht nicht getrunken hätte, dass er Hannah gezwungen hätte, nicht so schnell zu fahren, dass Hedda überlebt hätte, obwohl sie sie überfahren haben.* Er atmet tief ein und lässt die ausgeatmete Luft langsam zwischen seinen Lippen entweichen, während er vorsichtig eine weitere Drüse herauszieht. Er arbeitet methodisch und leise, damit ihn niemand bemerkt.

Alex dachte, Thomas Turner, der Schotte, der seit zwei Jahren Chef de Cuisine im Nord ist, sei mehr wie Gordon Ramsay oder Marco Pierre White. Dass er brüllt und schimpft und richtig gemein ist. Nicht dass es Alex stören würde, wenn er davon etwas abbekäme, denn er weiß, dass das in manchen Restaurants zur Kochkultur gehört. Es gibt keine Gemeinheit, die er seit dem Unfall noch nicht gehört hätte. Nichts, was Thomas sagen würde, könnte ihn verletzen. Aber Thomas redet nicht. Er ist vollkommen still. Es ist eine Frage der Hierarchie, dass man nicht mit jemandem spricht, der einen niedrigeren Rang hat. Irgendwie fühlt sich das komisch an, aber Alex kommt das normalerweise ganz gelegen, er weiß sowieso nicht, was er sagen soll.

Er arbeitet wie in Trance, bald wird der Nachtisch für die letzte Gruppe serviert. Thomas scheint zufrieden zu sein, alle atmen auf, die Stimmung ist fast gelöst, als sie gemeinsam die Küche aufräumen. Er kann es kaum glauben. Seine erste Nacht als Angestellter im Nord liegt hinter ihm. Zum ersten Mal seit langer Zeit spürt er ein ungewohntes Gefühl in der Brust, das er erstaunt als Hoffnung identifiziert. Und eine große Dankbarkeit gegenüber Emil, auch wenn er immer noch nicht versteht, wie dieser das alles aufgeben konnte.

Florence bittet ihn, noch Holz für das offene Feuer zu holen, bevor er Feierabend macht, und er eilt hinaus. Der Himmel ist sternenklar, und er geht erschöpft, aber glücklich über den Hof zum Holzschuppen. Ihm frieren die Finger fast ab, aber er hat immerhin daran gedacht, seinen Fleecepullover anzuziehen, und er atmet ein paarmal tief durch, während er so viele Holzscheite aufhebt, wie er tragen kann. Als er zurückkommt und die Körbe mit dem Brennholz füllt, passiert es.

»What is this?«

Ein Mann, der, wenn er sich nicht täuscht, Simon heißt, steht mit niedergeschlagenem Blick vor Thomas. Alle scheinen noch konzentrierter zu arbeiten als zuvor, kein Blick ruht auf Simon und Thomas, alle schauen fieberhaft in andere Richtungen. Nur das dumpfe Klappern des Geschirrs der Kellner und das Zischen der Schwingtür sind zu hören, wenn sie zwischen Gastraum und Küche hin- und hereilen. Während der kurzen Zeit, in der er draußen gewesen ist, hat der Kerl bei irgendetwas versagt, Alex weiß nicht, bei was. Das Mädchen mit den Sommersprossen, das in seiner Nähe steht, ist blass im Gesicht, aber rot im Nacken. Sie starrt auf das Tablett mit dem Blatt, auf dem sie das morgige Mise en Place vorbereitet hat, indem sie alle Zutaten und Utensilien für die Zubereitung eines der Hauptgerichte zusammengesucht hat.

»You're fired!«

Alex versteht erst gar nicht, was Thomas da sagt. Der Typ ist gefeuert. Das sommersprossige Mädchen fängt an zu weinen, er sieht, wie sich ihre Schultern auf und ab bewegen und

Tränen über ihre Wangen laufen, aber sie sagt kein Wort. Keiner der anderen nimmt Notiz von dem, was gerade passiert ist. Neben ihr auf dem Boden liegt ein zerbrochenes großes Glas mit exklusivem Kaviar. Die schwarzen Fischeier haben sich mit Glassplittern vermischt. Simon muss das Glas fallen gelassen haben, das reichte für eine Entlassung. Alex ignoriert seine eisigen Hände mit den roten Fingern und geht schnell zurück in die Kälte, um mehr Holz zu holen und Frischluft zu atmen, fest entschlossen, alles zu tun, um in der Küche im Nord zu bleiben.

4

Es ist Sonntag, das Restaurant hat geschlossen. Alex starrt auf den Teller mit dem lauwarmen Joghurt. In der ersten Woche hat er nur einen Spaziergang zum Laden oben im Skigebiet auf dem Berg gemacht. Das Zentrum von Åre, ein paar Kilometer weiter unten im Tal, hat er seit seiner Ankunft mit dem Zug nicht mehr gesehen. Die Auswahl in dem kleinen Björnen-Livs-Laden ist überschaubar. Mehl, Milch, Butter, Chips, Snacks und Gulaschsuppe, ein paar müde Gurken und matschige Äpfel in der Gemüsetheke, sonst nicht viel. Selbst gemachtes Müsli und Knäckebrot liegen in den Schränken der Personalunterkunft, aber er traut sich nicht, das Essen der anderen zu nehmen. Er kennt kaum die Namen der anderen Köche, geschweige denn hat er mit einem von ihnen richtig gesprochen. Sein einziges Ziel ist es, die Stunden in der Küche zu überstehen, und da der Schlüssel zum Überleben wahrscheinlich darin liegt, sich in der Küche so viele Verbündete wie möglich zu machen, wird er wegen eines kleinen Müslis nichts riskieren.

Er blättert in einer Gratiszeitschrift, die jemand auf der Kücheninsel liegen gelassen hat. Es ist das *Åre-Magazin* der letzten Saison. Er überfliegt einen Artikel über einen lokalen Skihelden, vergisst aber schon nach der letzten Zeile, was er gelesen hat. Es fühlt sich ungewohnt an, sich hinzusetzen, sein Körper ist immer noch angespannt und scheint nicht zu begreifen, dass er heute frei hat. Seine Gedanken wandern zur vergangenen Nacht. Da hat er endlich ein paar seiner neuen Kollegen außerhalb der Küche getroffen, als eine Gruppe in der Hütte eine After-Party feierte und bis vier Uhr morgens Pearl Jam in wahnsinniger Lautstärke spielte.

Alex unterhielt sich mit Jonathan, einem Mitarbeiter aus Südafrika, der sich als ziemlich langweiliger Typ herausstellte. Dafür sprach er dann umso mehr mit José, der ihm mit den Seeigeln aus der Patsche geholfen hatte. Für José ist es der zweite Winter im Nord, und er scheint in Ordnung zu sein, aufgeschlossener als die anderen. Er ist zweiundzwanzig Jahre alt, wurde in Kolumbien geboren, hat aber eine schwedische Mutter. Als er acht Jahre alt war, zog die ganze Familie nach Schweden, und bevor er ins Nord kam, arbeitete er in einem Einsternerestaurant in Oslo. Er musste nicht erklären, dass es für ihn ein Traum ist, hier zu sein. Alex hat schon gemerkt, dass alle Commis genauso denken: Das Ziel ist, alles zu tun, um zu bleiben und zu beweisen, dass man des Platzes würdig ist, den der Zufall oder das Schicksal einem zugeteilt hat. Ein gutes Zeugnis aus dem Nord ist wie ein Schlüssel, der einem die Türen zu allen Küchen der Zukunft öffnen kann, wo immer man auch hinwill.

Das sommersprossige Mädchen, das weinte, als Simon entlassen wurde, heißt Lisa, und auch sie scheint nett zu sein. Leider war Sofi bei der Party nicht dabei, und er war enttäuscht, als er erfuhr, dass sie nicht auf dem Hof wohnte, sondern bei ihrer Familie unten im Dorf Åre.

Die Party dauerte für ihn nicht lange, er konnte sich nach der Abendschicht vor Müdigkeit kaum auf den Beinen halten. Er hatte sich entschuldigt und war in sein Zimmer gegangen, wo er im Schrank nach einem bequemen T-Shirt zum Schlafen suchte, denn das, das er trug, stank nach Schweiß und Bratfett.

Während er überlegte, dass er wirklich mal Wäsche waschen sollte, und in einem Stapel Hemden wühlte, fiel etwas zu Boden. Er fummelte nach dem Knopf der Lampe, um das Licht einzuschalten, und als es anging, sah er ein kleines dunkelrotes Heft auf dem Boden liegen. Er hob es auf und sah, dass es Emils Pass war. Sofort schickte er ihm eine SMS.

Habe deinen Pass im Schrank gefunden! Schreib mir, wenn ich ihn dir schicken soll und wohin. Alex

Dann war er trotz der im Hintergrund wummernden Musik von der Party auf dem Rentierfell eingeschlafen, komplett angezogen mit Schuhen und allem. Das Erste, was er beim Aufwachen sah, war das saubere T-Shirt, das neben ihm auf dem Bett lag.

Jetzt, am Morgen, liegen überall leere Wein- und Bierflaschen und Gläser herum. Im großen Kamin hat jemand Feuer gemacht, aber das muss schon Stunden her sein, denn jetzt schwelen nur noch verkohlte Holzscheite vor sich hin. Aus einem der anderen Zimmer dringen leise Geräusche, aber sonst ist niemand zu sehen. Die meisten haben wohl einen ziemlichen Kater angesichts der vielen leeren Flaschen, die auf der Kücheninsel stehen. Zum ersten Mal seit einer Woche ist er allein.

Alex wickelt Emils alten Bademantel fester um sich und zieht sein Handy aus der Tasche. Er hat keine Nachricht bekommen.

Sein ganzer Leib schmerzt, vor allem der Rücken. Ein paar kleine Muskeln in seinen Unterarmen sind gespannt wie Geigensaiten. Er hätte gerne eine gute Massage gehabt, aber eine ruhige Trainingseinheit für den ganzen Körper muss reichen. José hat ihm gesagt, dass es drüben bei den Langlaufloipen Outdoor-Fitnessgeräte gibt.

Als er wieder in seinem Zimmer ist, stellt er sich vor den Spiegel und zieht seinen Bademantel aus. Er ist von Natur aus schlank und drahtig, das war er schon immer, und er ist immer noch gut in Form, obwohl er im Sommer das Training hat schleifen lassen. Sport war das Einzige, was er in seiner Freizeit machte, als er in der Restaurantschule war, denn es half ihm, sich besser zu fühlen. Er schnürt ein Paar nagelneue Laufschuhe mit Spikes für Eisflächen, die Emil ebenfalls zurückgelassen hat, geht nach draußen und atmet die kalte Luft tief ein. Trotz der Kälte ist sie angenehmer und sanfter als der feuchte Mief und die Abgase Kopenhagens. Er joggt ein paar vorsichtige Schritte auf dem Pfad, der hinunter zu den Outdoor-Geräten führt, und sobald er einen einigermaßen sicheren Halt spürt, beschleunigt er das Tempo, wobei seine Gedanken zurück in die Küche wandern.

In dieser ersten Woche sind ihm einige Mitarbeiter aufgefallen. Thomas, der Küchenchef, scheint trotz allem ein ganz netter Kerl zu sein, und den Inspirationstag, den er nach Neujahr für alle in der Küche veranstalten würde, will Alex um nichts in der Welt verpassen. Ein paarmal ist Thomas richtig ausgeflippt, aber Alex kann verstehen, warum, schließlich stehen sein Name und sein Ruf auf dem Spiel, wenn die Gäste unzufrieden sind. Carol, die Restaurantleiterin, wirkte cool, tough und kompetent, aber sie kümmert sich hauptsächlich um die Gäste und die Planung und hat nicht viel mit den Commis zu tun. Souschefin Florence arbeitete am härtesten von allen, und er wünscht sich, er hätte wenigstens zehn Prozent ihrer Erfahrung und ihres Wissens. Seit er gesehen hat, wie sie am ersten Tag für Alice die Muscheln geöffnet hat, verspürt er ihr gegenüber eine Mischung aus Neid und Bewunderung.

Sofi, die sich als eine der dienstältesten Kellnerinnen entpuppt hat, stammt, wie sie ihm erzählt hat, aus dem Dorf und ist schon lange im Nord. Er würde gerne mehr Zeit mit ihr verbringen, aber er hat seit dem ersten Tag kaum mit ihr gesprochen, weil sie immer beschäftigt ist. Sie scheint jeden zu kennen und ist bei den Besitzern sehr beliebt. Alex hat Carl Duwal noch nicht gesehen, er ist auf einer seiner kombinierten Jagd- und Geschäftsreisen und wohl selten in Åre. Auch Alice hatte er seit dem ersten Abend nicht mehr gesehen. Er ist fasziniert von ihr und muss immer wieder an die Szene denken, als sie die Muschel verzehrt hat.

Er joggt weiter, sein Puls beschleunigt sich, der Schnee auf dem Feldweg unter ihm ist dicht und trotz der Spikes rutschig. Wahrscheinlich gehen hier im Winter alle langlaufen, anstatt durch den Schnee zu joggen. Seine Gedanken drehen sich im Kreis, wie so oft, wenn er sich nicht mit dem Handy oder dem Kochen ablenkt.

Er weiß, dass er sich bei seiner Familie melden müsste, aber er hat auch umgekehrt schon lange nichts mehr von ihnen gehört. Der Unfall steht wie eine unsichtbare Mauer zwischen ihnen, egal, worüber sie reden. Seine Mutter war früher gut mit Heddas Eltern befreundet, aber seit dem Unfall sind alle Beziehungen zerrüttet. Weder Heddas noch seine eigene Familie blieben dort wohnen, niemand konnte es ertragen, in der Nähe der Unfallstelle zu leben. Er weiß, dass seine Mutter versucht, ihm zu verzeihen, aber sie kann es nicht, und so enden die meisten Gespräche auf die gleiche Weise – mit bitteren Bemerkungen darüber, wie es hätte sein können.

Er zieht die Luft durch die Nasenlöcher ein und versucht, genauso wieder auszuatmen. Das Atmen tut weh, aber der beißende Schmerz hilft ihm nicht, die Gedanken an seine Familie zu verdrängen. Er fragt sich, ob seine jüngste Schwester Julia manchmal an ihn denkt, an den Mann, der einmal ihr größtes Idol war. Seine andere jüngere Schwester Edith ist noch da, und sie haben ab und zu Kontakt, aber es schmerzt ihn, dass niemand, nicht einmal sie, herausfinden will, was wirklich passiert ist. Als er damals begriffen hatte, dass Hedda tatsächlich tot war, gestand er der Polizei, dass er nicht der Fahrer gewesen war, aber Hannah beteuerte ihre Unschuld, bezichtigte ihn der Lüge. Alex hatte immer wieder versucht, die Wahrheit zu sagen, aber sie glaubten ihm nicht. Schließlich gab er auf.

Die Rückseite seines rechten Oberschenkels zieht, und er hält inne, um sich zu dehnen, wie immer hat er zu heftig losgelegt. Der Schnee fällt dicht, man sieht kaum die Hand vor den Augen. Alex zieht die Handschuhe aus, nimmt sein Handy und löscht das letzte Bild, das Edith ihm geschickt hat, ein Selfie vor einem Museum, das sie in Frankfurt gemacht hat. Ohne nachzudenken, macht er einfach weiter und löscht die SMS, die er mit seiner Mutter ausgetauscht hat. Er hält es nicht aus, er muss noch einmal von vorne anfangen, jetzt, wo er noch eine Chance hat. Dann steckt er sein Handy wieder in die Tasche und läuft los, noch schneller jetzt. Sein Puls pocht bis in die Ohren, aber er läuft weiter. Der Schnee wirbelt um ihn herum, und obwohl die Spur kaum zu erkennen ist, rennt er weiter. Dann taucht plötzlich etwas Schwarzes in seinem Blickfeld auf, und er wirft sich reflexartig zur Seite.

Der dunkle Schatten ist ein riesiges Pferd, er sieht die Hufe und hört ein Prusten, als die Reiterin mit einem harten Aufprall vom Pferd fällt. Eine Sekunde lang ist es still, nachdem die Frau zu Boden gefallen ist, dann wiehert das Pferd wild und beginnt, den Kopf hin und her zu werfen.

Die Frau im Schnee scheint bewusstlos zu sein, und ein vertrautes Unbehagen macht sich breit, als Alex sich über sie beugt. Er will schauen, ob sie noch atmet. Was soll er tun, wenn sie keinen Puls mehr hat? Er sieht Heddas Gesicht vor sich. Die Haarspange, den Prinzessinnenpullover, grünweiße Rücken, den Kies und die vertraute Gallenflüssigkeit, die ihm in der Kehle brennt. Ohne nachzudenken, klopft er der Frau kräftig auf die Wange, er will eine Reaktion erzeugen. Da zuckt sie zusammen und setzt sich im Schnee auf. Das Pferd stampft unruhig, die Hufe gefährlich nah an ihrem Arm, und Alex zieht es an sich, indem er die Zügel packt, die lang und locker vom Kopf des Tiers hängen. Die Frau rückt ihren Reithelm zurecht, und er erkennt sie. Seine oberste Chefin, Alice Duwal.

»Oh«, sagt sie und richtet sich mühsam auf.

Er hilft ihr hoch, traut sich aber nicht, den Schnee an ihr abzubürsten. Das käme ihm übergriffig vor.

»Ich glaube, wir haben uns noch nicht begrüßt, du arbeitest doch in der Küche, oder? Ich bin Alice.«

»Alex. Habe ich das Pferd scheu gemacht?«

»Keine Sorge, ich glaube, es hat sich vor einem Hasen erschrocken. Du bist wahrscheinlich nur zufällig zur selben Zeit aufgetaucht.«

Sie nimmt die Zügel und führt das Pferd den Waldweg entlang. Zum Glück scheint es ihr gut zu gehen, und da sie immer noch mit ihm spricht, nimmt Alex an, dass er ihr folgen soll. Außerdem will er versuchen, einen guten Eindruck zu machen.

»Aber wir sollten meinem Mann Carl wahrscheinlich nichts davon erzählen. Er mag es nicht, wenn ich in Schwierigkeiten gerate, obwohl ich immer denke, dass er übertreibt, wenn es um meine Sicherheit geht«, fährt sie lachend fort und wischt sich den Schnee vom Helm. »Bist du neu hier, Alex?«

Er räuspert sich nervös, bevor er antwortet.

»Ja, ich bin seit einer Woche hier, mein Freund Emil hat mich angeworben.«

»Das ist toll, herzlich willkommen«, sagt Alice und sieht ihn aufmunternd an. »Ja, das stimmt, ich bin so froh, dass es mit Emil geklappt hat. Ich habe gehört, dass er etwas Neues ausprobieren wollte, ich bin froh, dass er Ersatz gefunden hat. Ansonsten habe ich hauptsächlich Kontakt zu Florence, Carol und Thomas.«

Es herrscht Schweigen. Alex weiß nicht, was er sagen soll, wagt es kaum, Alice anzusehen, und wendet sich stattdessen dem Pferd zu. Vielleicht kann er fragen, was für eine Rasse es ist oder … Doch bevor er eine vernünftige Frage formulieren kann, dreht sich Alice um und lächelt ihn wieder an.

»Aber wer bist du?«

Sie klingt aufrichtig interessiert, aber er antwortet nur kurz. Wie bei Emil will er nicht riskieren zu verraten, wie wenig Erfahrung er hat oder wie sein Leben in den letzten Jahren verlaufen ist. Alice hört sich seine Antworten über die Restaurantschule auf Öland und die Restaurants in Kopenhagen höflich an, nickt und stellt zum Glück keine weiteren Fragen. Stattdessen beginnt sie von sich zu erzählen, ihre Stimme ist hypnotisch, und es kommt ihm vor, als würde er mit einer Freundin plaudern. Das Pferd schreitet gemächlich voran, und die warme Luft aus den Nüstern des großen Tieres erwärmt die Luft vor ihnen. Die Fichtenzweige streifen seine Schulter, der Weg ist schmal, und er geht dicht neben Alice und dem Pferd.

»Wie schön, dass du dich entschlossen hast, zu uns zu kommen, Alex. Wir haben Restaurants auf der ganzen Welt, aber das hier ist mein Lieblingsplatz, ich liebe diese Wälder. Letzten Herbst habe ich in unserem Jagdrevier einen großen Elchbullen erlegt, und Thomas hat ihn in der Woche darauf auf die Speisekarte gesetzt. Lokale Produkte sind so wichtig für uns.«

Alex ist erleichtert, dass sie über das, was gerade passiert ist, nicht verärgert ist, und lächelt freundlich zurück. Spontan mag er sie, und irgendwie ist es gar nicht so übel, dass er hier mit ihr zusammengestoßen ist. Alice unterbricht sich und zupft etwas aus der Mähne des Pferdes. Vor ihnen öffnet sich der Weg und gibt den Blick frei auf ein rotes flaches Stallgebäude. Alex schaut in diese Richtung und bemüht sich, Alice nicht zu lange anzusehen.

»Hier, nimm die Zügel, während ich aufsperre.«

Der herabfallende Schnee ist feucht, und Alex ist völlig durchnässt in seiner Laufhose und den Turnschuhen.

»Geh schnell rein und wärm dich auf. Ich mache einstweilen die Tür wieder zu.«

Der Stall erinnert eher an ein gehobenes Wohnzimmer als an einen Ort, an dem Tiere gehalten werden, auch wenn der Geruch der Pferde ihre Anwesenheit verrät. Neben den Pferdeboxen stehen ein paar Sofas, dazu gibt es eine Küchenzeile und einen Kamin mit aufgestapelten Holzscheiten. An der Wand neben dem Kamin hängen Jagdtrophäen, Elchgeweihe und präparierte Tierköpfe. In der Ecke liegt ein ausgestopfter Bär. Er ertappt sich dabei, wie er seinen Blick auf die toten Augen richtet, die ihn im Halbdunkel beobachten, und wendet sich stattdessen schnell wieder Alice zu.

»Kannst du das Feuer anzünden, während ich Butterfly abtrockne?«, ruft sie und streckt ihren Kopf aus der Box, in die sie das Pferd geführt hat.

»Zieh auch ein anderes Hemd an, du siehst völlig durchnässt aus. Im Schrank sind neue.«

Sie verlässt die Box, geht zu einem Spind und reicht ihm ein weiches Unterhemd, das unbenutzt aussieht. Er weiß nicht recht, ob es sich ziemt, sich umzuziehen, während sie direkt neben ihm steht, aber er ist dankbar für die trockene Kleidung und zieht das Hemd schnell aus. Da er sich beobachtet fühlt, zieht er seinen Bauch ein, während er den Oberkörper entblößt, aber als er sich das Hemd über den Kopf zieht, ist sie schon wieder zu Butterfly zurückgekehrt. Er holt ein paar Holzscheite und schürt das Feuer, bevor er sich auf eines der Sofas setzt und wartet. Als Alice zurückkommt, trägt sie eine eng anliegende schwarze Hose und einen dicken grauen Rollkragenpullover. Ihre Wangen glänzen, und sie hat den Dutt in ihrem Haar gelöst. Er sieht ihr zu, wie sie in der Küche steht und Tee kocht, und kann den Blick kaum von ihr wenden, obwohl er weiß, dass er sie anstarrt.

Als sie mit zwei Tassen in den Händen an ihm vorbeigeht, streift ihr Bein seins. Es muss ein Versehen gewesen sein, aber der kurze Kontakt bleibt haften, auch als sie sich ihm gegenüber in den großen Sessel setzt und anfängt, ihm vom Hof zu erzählen und von all der Zeit, die sie und Carl in die Entwicklung des Nord investiert haben.

Sie spricht, und sein Blick verweilt auf ihren Lippen. Es läuft ihm kalt den Rücken hinunter, als er sich unwillkürlich vorstellt, wie sie sich auf seiner Haut anfühlen würden. Seine Wangen röten sich, und er konzentriert sich auf ihren intensiven Blick. Man merkt, dass sie es gewohnt ist, diesen Vortrag zu halten, wahrscheinlich ist es eine Einführung, die alle

Neuankömmlinge irgendwann hören. Doch dann senkt sie vertraulich die Stimme.

»Weißt du, Carl hat sich wirklich um mich gekümmert, als wir uns kennengelernt haben, ich hatte nicht gerade die beste Erziehung der Welt …«

Alex trinkt einen Schluck Tee und verbrennt sich die Zunge, versucht aber, sich nichts anmerken zu lassen.

»Ich war damals noch sehr jung. Natürlich habe ich geholfen, seinen Sohn Theodor großzuziehen, aber leider haben wir keine gemeinsamen Kinder.«

Sie hält inne, pustet auf ihren Tee und fährt fort.

»Obwohl er noch einige Führungsaufgaben hat, reist er viel. Er jagt am liebsten im Süden, aber ich liebe das Nord so sehr, dass ich lieber hierbleibe.«

Alex nickt, ohne zu verstehen, warum sie ihm das erzählt, und fragt sich, was ihr Mann wohl sagen würde, wenn er sie hier so vertraulich reden sähe. In diesem Moment öffnet sich die Tür zu den Stallungen. Alex zuckt zusammen, aber es ist nur Gitt, die Frau, die ihn vom Zug abgeholt hat. Er stellt seine Tasse ab und versucht so zu tun, als wäre es ganz normal, dass er und Alice hier sitzen und Tee trinken. Gitt scheint nicht sonderlich überrascht, ihn zu sehen, ihre Miene ist längst nicht mehr so freundlich und einladend wie bei ihrer ersten Begegnung. Aber der Dialekt ist der gleiche, so breit, dass Alex zunächst nicht versteht, was sie sagt.

»Die Hunde sind abgehauen, als ich draußen war und die Loipe gespurt habe, kannst du kommen?«

Im Nu hat Alice ihren Mantel angezogen und ist draußen verschwunden. Er ahnt, dass es eine Weile dauern kann, entlaufene Hunde im Wald zu finden, also steht er rasch auf, nimmt die Tassen und stellt sie in die Spüle. Er greift nach seiner nassen Jacke und verlässt den Stall. Überwältigt von der Begegnung mit Alice beschließt er, noch eine Runde im Wald zu drehen und dann zum Hof zurückzulaufen, anstatt direkt quer über das Anwesen zurückzugehen. Das Wetter in den Bergen ändert sich schnell, es hat aufgehört zu schneien, und der Himmel ist hellgrau. Er fragt sich, was gerade passiert ist. Es war etwas Besonderes, mit Alice allein zu sein, das kann für jemanden in seinem Rang nicht alltäglich sein.

Als er zu der Unterkunft kommt, trifft er Sofi. Sie grüßt ihn kurz, geht dann aber weiter in Richtung Restaurant, und er hat das Gefühl, dass sie weiß, wo er gewesen ist. Schnell schüttelt Alex diesen Gedanken ab, denn ihm wird klar, dass er sich das nur einbildet. Es ist nichts passiert, und er wird Alice nie wieder auf diese Weise sehen.

5

Der Wecker seines Handys reißt ihn aus dem Tiefschlaf, und er blinzelt widerwillig die Reste des Traums vor seinem geistigen Auge weg. Weiche Lippen und ein intensives Augenpaar locken ihn zurück, doch mit großer Mühe überwindet er den Impuls, auf Schlummern zu drücken. Beim Gedanken, zu verschlafen und zu spät zu kommen, schwingt er hastig die Beine über die Bettkante. Es ist acht Uhr, und er hat Frühschicht. Er zieht die Jalousien hoch, obwohl er nicht im Geringsten ausgeruht ist. Die Novemberdunkelheit färbt den Himmel grauschwarz, draußen fällt leichter Schnee. Der Berghang zeichnet sich als blasser Schatten durch den Schnee ab und weckt in ihm die Sehnsucht, dass alle Lifte für die Saison geöffnet werden, damit er endlich wieder snowboarden kann. Er muss nur die Zeit finden, um an einem freien Tag ins Dorf hinunterzugehen und Snowboardschuhe und ein Board zu besorgen.

Als er sich ins Bad schleppt und versucht, seinen Körper mit einer eiskalten Dusche aufzuwecken, kommen die Gedanken an Alice' Lippen zurück. Er putzt sich die Zähne, merkt, dass er keine Zeit zum Frühstücken haben wird, und macht sich schnell auf den Weg zum Restaurant. Die Kälte macht es ihm unmöglich, nicht aufzuwachen, und er atmet dankbar die kalte Luft ein. Um fünf vor acht betritt er die Küche und muss feststellen, dass alle schon bei der Arbeit sind und er der Letzte ist.

»Alex, du musst die Saucen für das heutige Menü vorbereiten. Sieh dir die Liste an, was alles gemacht werden muss. Ich möchte, dass die Sauce roher schmeckt, also lass die Karotten weg und konzentriere dich darauf, viele Schalen von den Hummern zu rösten, die ich gestern zubereitet habe. Hol einen Topf, wir haben schon angefangen«, mahnt Florence.

Alex nickt und macht sich auf die Suche nach Töpfen, findet aber keine. Er öffnet Schränke, schaut hinter Türen, sucht überall. Die Saucen müssten längst kochen. Die anderen sind mit ihren eigenen Aufgaben beschäftigt, und niemand scheint Lust zu haben, ihm zu helfen. Verzweifelt sieht er sich um und versucht, mit irgendeinem Kollegen Blickkontakt aufzunehmen, aber niemand erwidert seinen Blick oder ist so freundlich, ihm einen Hinweis zu geben, wo die Töpfe aufbewahrt werden. Er beginnt zu glauben, dass man sich über ihn lustig macht, ohne zu verstehen, was eigentlich los ist. Nach zehn Minuten ist Florence wieder da, und er hat noch gar nicht angefangen.

»Was treibst du? Ich muss die Saucen selbst aufsetzen, wir haben keine Zeit mehr.«

Sie seufzt missbilligend, hält aber nicht einmal inne, sondern weist ihm eine neue Aufgabe zu.

»Du übernimmst Jonathans Arbeit und pflückst diese Woche Thymianblätter. Es müssen *exakt* zwölf Gramm Thymianblätter pro Person für die Krabben sein, also wiege alles genau ab.«

Alex nickt. Er ist fest entschlossen, nach dem katastrophalen Wochenbeginn noch das Ruder herumzureißen. Das Krabbengericht kennt er natürlich, denn es ist nicht nur im Nord bekannt, sondern dank dem Instagram-Account von Foodwithwine, der Hunderttausende Follower hat, auch weltweit. Das Gericht an sich ist simpel. Die Krabbe wird leicht angedünstet, aus dem zarten Panzer gelöst und zusammen mit den Thymianblättchen in Butterschmalz gebraten. Die Blätter sollten erst kurz vor dem Servieren direkt aus der Pfanne genommen werden, damit die Butter ein nussiges Aroma erhält. Sie wird dann mit den Käppchen-Morcheln serviert.

Schon nach wenigen Minuten merkt er, dass die Arbeit eine Ewigkeit dauern wird.

»Jonathan, du hilfst mir mit den Saucen«, ruft Florence und holt Töpfe aus ihrem eigenen Schrank, den sich sonst niemand anzufassen traut.

Alex seufzt leise. Jonathan, der wie alle anderen die Arbeit mit den Thymianblättern hasst, grinst, aber Alex bleibt nichts anderes übrig, als weiterzupflücken. Er knirscht fast mit den Zähnen, als er sieht, wie Jonathan einen Topf von seinem Platz nimmt und konzentriert die erste Sauce ansetzt. Es ist wie in Kopenhagen, es gibt nur eine bestimmte Menge an Material, und man muss morgens schnell sein und sich alle Werkzeuge schnappen, die man für den Tag braucht. Die meisten nehmen zusätzliche Utensilien als Reserve mit, weil die Tellerwäscher erst am Abend kommen. Das einzige Problem ist, dass er noch nicht gelernt hat, sich in der Küche des Nord zurechtzufinden, er muss wissen, wo sich alles befindet, damit er sich nicht noch einmal so blamiert. Er hat niemanden, der ihm dabei hilft.

Carol ist früher als sonst da, denn sie plant eine große Feier, die in ein paar Tagen stattfinden soll, am Eröffnungswochenende des Skigebiets. Sie rollt mit den Augen und gibt einen lauten Kommentar ab, ohne Alex direkt anzusehen: »Sieht aus, als hätte heute jemand verschlafen, eine clevere Taktik, wenn man gleich wieder rausfliegen will.«

Einige der anderen lachen. Alle wissen, dass sie ihn meint, und er kommt sich wie ein Idiot vor. Jetzt muss er noch härter arbeiten und noch früher anfangen, um eine neue Chance zu bekommen, sich zu beweisen.

Der Rest des Tages vergeht schleppend. Er pflückt und pflückt. Der Duft des Thymians, den er immer geliebt hat, ist das Einzige, was er wahrnimmt, und bald wird ihm übel, weil die Blätter beim Sortieren so würzig riechen. Gegen sieben Uhr hat er nach fast zehn Stunden Pflücken einen kleinen Haufen perfekter Thymianblätter geschafft. Florence kommt zur Kontrolle. Seine Augen brennen von der unglaublich anstrengenden Arbeit, aber statt eines Lobes stößt sie einen Seufzer aus.

»Was hast du denn gemacht, da sind doch noch Zweige drin! Das taugt nur für die Brühe. Du musst noch mal von vorne anfangen.«

Florence gibt einige der abgezupften Blätter in den Hühnereintopf, den das Personal später essen wird, und wirft den Rest weg. Alex traut seinen Augen nicht. Zehn Stunden Arbeit für die Tonne, aber er wagt kein Wort zu sagen. Es ist heiß in der Küche, der Schweiß rinnt ihm die Schläfen hinunter, aber er wischt sich nicht einmal über die Wangen. Stattdessen presst er die Zähne zusammen und pflückt weiter. Da er bis morgen eine bestimmte Anzahl von Portionen fertig haben muss, macht er einfach weiter. Erst gegen ein Uhr nachts fällt er ins Bett. Die Schultern schmerzen, die Waden sind taub, er hat den ganzen Tag gestanden und merkt, dass er nicht einmal das Tageslicht gesehen hat, geschweige denn eine Pause gemacht oder trainiert hat. Aber er hat seine Lektion gelernt und stellt seinen Wecker auf sechs. Morgen muss er vor allen anderen an seinem Platz sein.

Als er am nächsten Morgen die Küche betritt, stellt er erleichtert fest, dass sie leer ist. Jetzt hat er Zeit, den Raum in Ruhe zu betrachten, die Einsamkeit zu genießen und als Erster da zu sein. Der frische Duft der sorgfältig polierten Arbeitsplatten schlägt ihm entgegen. Er blickt auf den großen Molteni-Ofen, auf die Küchengeräte, die ordentlich aufgereiht sind: Siebe, Sauteusen, Mandolinen, Pinzetten, verschiedene Kellen und Schneebesen. In den Schränken sind die Gewürze alphabetisch sortiert, alles ist aufgeräumt. Kein Glas, kein Messer, kein Brotkrümel ist von gestern übrig geblieben.

Er vergewissert sich, dass die Heizstrahler für den Abendservice eingeschaltet sind, damit die Teller die richtige Temperatur haben, wenn das Essen serviert wird. Dann sieht er sich nach seiner Kochjacke und seiner Schürze um, aber sie scheinen noch nicht aus der Wäscherei gekommen zu sein, also muss er die von gestern anziehen. Die Jacke ist schmutzig und riecht übel, er muss sie wechseln, sobald die saubere Wäsche da ist. Er bereitet seinen Arbeitsplatz vor und beginnt wieder zu pflücken.

Ihm wird klar, dass er am ersten Tag, als er den Vertrag unterschrieben hat, so gestresst war, dass er nicht geschaut hat, wie viel Gehalt er bekommen wird. Er ist froh, wieder in Schweden zu sein, denn im Ausland muss man für jede einzelne Krone dankbar sein, und dort wird oft erwartet, dass man sich mit den Erfahrungen, die man macht, zufriedengibt. Aber egal, diese Erfahrung hier kann man nicht kaufen, und er ist nicht wegen des Geldes hier. Er hofft, dass Cina recht hatte, als sie sagte, dass er mit seinem Gespür für Aromen und Zutaten in der Kochwelt erfolgreich sein könne, wenn er nur hart genug arbeite. Aber die Konkurrenz ist groß, und die Ungewissheit über Erfolg oder Misserfolg in der Küche ist das Schlimmste an diesem Job. Er hat nur einen Gedanken: es nicht zu vermasseln.

Nach einer Weile trudeln alle ein, die Souschefs mit Florence an der Spitze zuerst, aber sie nicken nicht einmal zur Begrüßung, sondern fangen einfach an zu arbeiten. Auch Pierre, der Patissier, ist früh da, um die Desserts für den Abend vorzubereiten. Das eine ist Kalvdans mit Zimt, gerösteten Mandeln und Moschus-Sorbet, das andere Sanddorneis und Waffelröllchen. Dann kommt José, schielt zu Alex rüber und nickt leicht. Er wird heute Pierre helfen und fängt an, den Teig für das, was gebacken werden soll, vorzubereiten. Alex schaut ihm zu, wie er das Gusseisen nimmt, mit dem sie die perfekten Waffelfiguren formen, und kann sich des Gefühls nicht erwehren, dass alle anderen zum Team gehören, während er noch außen vor ist. In der ersten Woche wollte er nur zusehen, dass er bleiben durfte, aber jetzt will er sich engagieren, sich in die Gemeinschaft einbringen. Er weiß nur nicht, wie.

Der Tag vergeht, und bis auf einen Zwischenfall mit einem verlegten Trüffelhobel scheint alles in Ordnung zu sein. Als der Abend naht und die ersten Gäste eintreffen, wird es hektisch, und jeder arbeitet an seinem Platz. »Oui, Chef!«, schallt es immer wieder, wenn die Speisen rausgebracht werden und Thomas etwas ruft. Ansonsten herrscht konzentrierte Stille, doch kurz nachdem der letzte Hauptgang serviert ist, ertönt eine aufgeregte Stimme aus dem Speiseraum. Alex arbeitet ungerührt weiter, lauscht aber so aufmerksam wie möglich. Dann sieht er, dass die meisten seiner Kollegen innehalten, und tut es ihnen gleich. Es ist nie gut, wenn ein Gast mit etwas so unzufrieden ist, dass er seine Stimme erhebt, und in der Küche breitet sich eine nervöse Atmosphäre aus.

Sie hören, wie Carol dem Gast antwortet, aber nicht, was sie sagt, weil die Stimme des Mannes sie übertönt. Er scheint sich nicht zu beruhigen, im Gegenteil, und die Atmosphäre in der Küche wird immer angespannter. Lisa blickt von ihrem Platz auf und tauscht einen Blick mit José aus. Alex erinnert sich an eine Geschichte, die er in Kopenhagen über ein Sternerestaurant in den USA gehört hat, in dem ein Küchenmädchen einen Kaugummi in eine Vorspeise fallen ließ, woraufhin die gesamte Belegschaft auf der Stelle entlassen wurde. Nach dem Vorfall mit Simon und dem russischen Kaviar nimmt er nichts mehr als selbstverständlich hin. Doch nach einer Weile dringt nur noch leises Gemurmel aus dem Speisesaal. Carol kommt in die Küche und geht direkt auf Florence zu. Alex sieht ihre verärgerte Miene, als sie etwas fragt, aber er hört nicht, was gesagt wird. Dann sehen sie ihn an und gehen zu seinem Platz.

»Ein Gast hatte ein Stück Plastik in seiner Königskrabbe, und das Plastik kann nur aus deinen Thymiangläsern stammen. Jetzt mussten wir dem Gast das ganze Essen spendieren. Zum Glück ist er darauf eingegangen.«

Carol senkt ihre Stimme, ist aber immer noch wütend und zischt fast, als sie fortfährt.

»Das ist inakzeptabel, er wäre fast an dem Stück Plastik erstickt! Es hätte viel schlimmer kommen können. Die Konsequenz ist, dass wir deinen Lohn für diesen Monat einbehalten, das entspricht ungefähr dem Verdienstausfall für das Essen des Gastes.«

Bevor er etwas erwidern oder sich verteidigen kann, ist Carol wieder in den Speiseraum zurückgekehrt und Florence verschwunden, um Pierre beim Ausbessern eines Desserts zu helfen. Alex versteht die Welt nicht mehr. Er spürt die Blicke in seinem Rücken. Nur José und Lisa konzentrieren sich auf ihre Aufgaben und sehen sehr beschäftigt aus. Wie ist das möglich, wo er doch so akribisch gearbeitet hat? Er blickt auf die Gläser, sieht aber keine losen Teile und versucht im Geist, verschiedene Möglichkeiten durchzuspielen. Könnte er übersehen haben, dass sich ein Stück gelöst hat, nachdem das Glas aus dem Kühlschrank genommen worden war, oder könnte das Plastik von einer Verpackung stammen, die weggeworfen werden sollte? Alle Erklärungen erscheinen ihm gleich unlogisch.

Er schaut sich um. Die meisten sind wieder zu ihren Aufgaben zurückgekehrt, und obwohl alle in der Küche sich über ihn lustig machen, ist es unmöglich zu sagen, ob jemand besonders froh aussieht. Alex ist absolut sicher, dass er nichts falsch gemacht hat, aber langsam dämmert ihm, dass ihn jemand sabotiert haben könnte. Obwohl er noch halb gelähmt ist von dem, was gerade passiert ist, und von der Angst vor weiteren Konsequenzen, scheinen alle zu erwarten, dass er mit den verdammten Thymianblättern weitermacht. Er zupft weiter, während sich die Gedanken in seinem Kopf überschlagen.

Als Alex am Abend über den Hof nach Hause geht, holt ihn José ein.

»Tut mir leid, Alex. Sie werden dich eine Weile hart rannehmen, bis du dich bewährt hast. Wir Commis sind nicht viel wert, weißt du. Alle anderen in der Küche machen sich über uns lustig. Wenn du mit den Schwierigkeiten klarkommst, bist du es wert zu bleiben, ja, du verstehst schon, was ich meine.«

Alex antwortet mit einem leisen Brummen, ist aber dankbar für Josés Bemerkung. Vielleicht ist er doch nicht ganz allein. Trotz der Kälte bremst er, damit der andere ihn einholen kann. José klopft ihm auf die Schulter.

»Seit ich im letzten Winter angefangen habe, haben fünf oder sechs Leute nach ein paar Wochen wieder gekündigt. Es sei denn, sie wurden vorher entlassen«, fügt er hinzu.

Alex wusste nicht, dass die Fluktuation im Nord so hoch ist, aber es überrascht ihn auch nicht. Wenn man die Anforderungen nicht erfüllt, ist die Schlange derer, die es können, lang, und es gibt viele, die nur darauf warten, ihren Platz einzunehmen.

»Dein Kumpel Emil war wahrscheinlich der Einzige, der freiwillig gekündigt hat, der war super in der Küche, da waren alle ziemlich überrascht, aber vielleicht gab es auch andere Gründe … Wie auch immer, halte durch, es wird besser, je länger du bleibst. Und bald ist Hochsaison«, sagt er und winkt in Richtung Hügel.

»Welche anderen Gründe?«

»Ach, ich rede nicht gern hinter dem Rücken anderer, ich bin sicher, es war nichts. Wir sehen uns morgen, ich muss jetzt los. Bleib cool und mach dir keinen Kopf!«

Alex nickt dankbar, sie sind am Haus angekommen, und ihm ist klar, dass er nicht mehr aus José herausbekommen wird, aber seine Neugier ist geweckt. Er fragt sich auch, warum Emil das Nord aufgegeben hat. Vielleicht kann er ein andermal nachfragen. Dann fällt ihm auf, dass er seine Messertasche in der Küche vergessen hat. Statt ins Bett zu gehen, muss er schnell zurück, bevor die Tür abgeschlossen wird, um sich nicht noch mehr zu blamieren. Er steckt die Hände in die Hosentaschen und geht zurück zum Restaurant.

Vor dem Haupteingang steht eine Gruppe von Leuten in schicken Mänteln. Sie lachen und rauchen. In der Mitte sieht er Alice, und als Alex ihren Blick kreuzt, ist er so intensiv, dass es ihm peinlich ist. Dennoch starrt er auf ihr Gesicht, ihre Lippen erinnern ihn an seinen Traum am Morgen, und er wünscht sich, er könnte auf sie zugehen. Er fragt sich, ob Carl auch da ist. Aus der Entfernung ist es schwer zu sagen, ob einer der Männer so aussieht wie auf den Fotos im Internet. Alex senkt hastig den Blick, eilt ins Gebäude, schnappt sich seine Tasche, die zum Glück noch da ist, wo er sie abgestellt hat, und eilt zurück in Richtung Personalunterkunft. Obwohl er erschöpft ist, fällt es ihm schwer einzuschlafen. Alice' Blick verfolgt ihn, und die Angst, wieder zu versagen, lässt ihn nicht los. Schließlich fällt er in einen unruhigen Schlaf.

6

Alex' Atem bildet eine Wolke vor ihm, und er wendet sein Gesicht dem hellen Dezemberhimmel zu. Endlich sind die Lifte in Betrieb, und der Zeitpunkt könnte nicht besser sein. Emil hat immer noch nicht auf seine Nachrichten geantwortet, aber Alex hat beschlossen, es dabei zu belassen. Er hat versucht, sich zu melden, mehr kann er nicht tun. Jetzt konzentriert er sich darauf, dass die Pisten geöffnet sind. Einige seiner Kollegen hatten kaum Schnee gesehen, bevor sie nach Åre kamen, während andere sich wegen der Nähe zu den Skipisten beworben haben. Manchmal kommt es ihm vor, als lebe er in der Küche, aber heute wird er endlich auf die Piste gehen und auf einem Brett stehen.

»Beeil dich, damit wir ein paar Abfahrten schaffen, bevor wir wieder zurückmüssen«, ruft José, der wie Alex am Vormittag unerwartet ein paar Stunden frei bekommen hat.

Man sieht ihm an, wie aufgeregt er ist, denn er hat Alex erzählt, dass er erst in der letzten Saison mit dem Skifahren angefangen hat, als er zum Arbeiten hierherkam. Seine Familie mag die kalten schwedischen Winter nicht, aber er selbst hat sich in die Kälte und den Schnee verliebt und schnell Skifahren gelernt, als er die Gelegenheit dazu bekam.

»Okay, ich bin bereit!«

José wirft ihm einen Blick zu, der ihm signalisiert, dass es schneller hätte gehen können, aber Alex weiß, dass er nur scherzt, und verspürt ein warmes Gefühl in seiner Brust.

In nur wenigen Wochen hat sich José als wirklich netter Kumpel entpuppt, genau der Freund, den er sich erhofft hatte, als er nach Kopenhagen kam.

»Was meinst du, sollen wir an der Garage vorbeigehen

und nachsehen, ob jemand da ist, damit wir nicht mit dem Bus den Berg hochfahren müssen?«

Alex nickt, während José das Brett unter den Arm klemmt und auf die große rote Garage zugeht. José trägt eine hellbraune Jacke, die an ihm gigantisch wirkt, und ein Snowboard, das er am Ende der letzten Saison zufällig am Hang gefunden hat. Alex denkt an sein fehlendes Gehalt, fragt sich, wie er sich ein Board für die ganze Saison leisten soll, und hofft, dass die Leihgebühren nicht zu hoch sind. Zum Glück hat er Emils Klamotten, aber er beschließt, José zu fragen.

»Hey, ich brauche ein paar Sachen, ich dachte, ich könnte sie ausleihen.«

»Klar, wir halten kurz und holen sie, bevor wir zum Lift gehen, wir haben ja Zeit, und ohne Ausrüstung kannst du sowieso nicht fahren.«

»Das einzige Problem ist, dass ich nicht viel Geld habe.«

José schweigt eine Sekunde, dann setzt er sein übliches Grinsen auf.

»Das Stück Plastik? Hey, das kriegen wir schon hin, ich lege es dir aus, und du zahlst es mir zurück, wenn du kannst.«

Erleichterung macht sich in ihm breit. Für den schlimmsten Fall hatte er sich von seiner Familie etwas leihen wollen, aber jetzt muss er das nicht mehr.

Sie gehen eine Weile schweigend nebeneinanderher, dann sieht er, dass José anfängt zu grinsen, er führt etwas im Schilde.

»Also … was hältst du von Sofi? Ihr letzter Freund Gabriel war auch ein Commis, weißt du.«

Alex muss nicht antworten, die Pause, die entsteht, bevor er etwas sagen kann, bestätigt, was José wissen will, und er bricht in Gelächter aus.

»Ich wusste es, also … Sie ist heiß, ich verstehe, was du an ihr magst.«

Alex denkt über Sofi nach. Er weiß nicht, was er für sie empfindet, außer dass er gerne mit ihr redet und froh ist, dass er es in der letzten Woche endlich ein paarmal geschafft hat. Nach dem Plastikvorfall und dem ganzen Thymian hat er endlich ein besseres Feeling in der Küche, und es ist seither kein Missgeschick mehr passiert. Er weiß, dass er Wasser auf Josés Mühlen gießt, und er lächelt, wenn er an gestern denkt, als Sofi ihm zuflüsterte, dass Carol im Anmarsch sei: »Sie hat eine verdammt kurze Zündschnur!«, und dann eine treffende Imitation einer verärgerten Restaurantmanagerin lieferte. Sofi ist schön, wenn sie lächelt, und sie hat ihm auch konkrete Ratschläge gegeben, wie zum Beispiel, an seinem Platz zu bleiben und sich nicht in die Arbeit der anderen einzumischen, sich auf sein eigenes Mise en Place zu konzentrieren und nie zu spät zu kommen. Die meisten Regeln kannte er bereits, und er tut sein Bestes, um sie zu befolgen, aber es ist schön zu wissen, dass sie sich, wie José, wirklich um ihn zu kümmern scheint und möchte, dass er bleibt.

Thomas war in den letzten Tagen gut gelaunt und hat Alex sogar einmal aufmunternd zugelächelt, als er an seinem Arbeitsplatz vorbeiging. Vielleicht zahlt sich seine ruhige, gewissenhafte Arbeit endlich aus. Thomas ist ein harter Brocken, aber Alex bewundert ihn und ist begeistert von seiner einfachen, aber eleganten Art, mit nordischen Zutaten umzugehen. Die Tatsache, dass er über offenem Feuer kochen kann und trotzdem ein Gericht auf Sternekochniveau zubereitet, ist faszinierend, und Alex möchte so viel wie möglich von ihm lernen.

Bevor er José antworten kann, fährt ein Land Rover rückwärts aus der Garage, und Alex muss zur Seite springen, um nicht angefahren zu werden. Eine getönte Scheibe gleitet herunter.

»Oh, tut mir leid, ich habe euch gar nicht gesehen, wo wollt ihr denn hin?«, fragt Alice.

Alex ist verlegen, freut sich aber, sie wiederzusehen.

»Wir wollen ein paar Abfahrten machen, bevor wir mit der Arbeit anfangen«, antwortet José.

»Gut, dann fahrt mit mir ins Tal. Ich muss nur noch eine Sache erledigen, dann können wir los.«

Sie nimmt ihr Handy und tippt etwas ein, während sie ins Auto steigen. Als sie aus dem Tor fahren, klingelt Josés Telefon, und er geht überrascht ran. Alex hört ihn brummen, er sagt ins Telefon, dass er sich beeilen wird, dann wendet er sich mit einem resignierten Gesichtsausdruck an Alex.

»Tut mir leid, ich muss abspringen. Die Küche war dran, ihnen fehlt ein Commis für die Frühschicht.«

»Ach, schade«, antwortet Alice und lässt ihn aussteigen.

Alex hat kaum Zeit zu reagieren, da springt José schon aus dem Wagen, und er ist mit ihr allein. Sie fährt schweigend, und er beobachtet sie heimlich. Sie hat ihre Jacke geöffnet, und darunter schmiegt sich ein enges, geripptes Unterhemd um ihre Brust. Er bereut es, sich auf den Beifahrersitz gesetzt zu haben, und überlegt krampfhaft, was er sagen könnte, ohne lächerlich zu klingen. Es ist derselbe Wagen, mit dem er vom Zug abgeholt worden ist, und die Lederpolster knarren vertraut, wenn er sich bewegt. Das Auto fühlt sich so neu an, als wäre es gerade vom Händler gekommen.

»Es ist toll, dass die Saison beginnt und man wieder auf Skiern stehen kann, nicht wahr, Alex?«

Alice scheint es für selbstverständlich zu halten, dass sie zusammensitzen und plaudern, während sie das Auto schnell ins Dorf lenkt, und er nimmt an, dass er trotzdem Spaß beim Skifahren haben wird, obwohl er sich darauf gefreut hatte, die Zeit mit José zu verbringen. Dann merkt er, dass sie auf eine Antwort wartet.

»Also, ich fahre sehr gerne Ski, aber das ist schon lange her, und ich bin nicht sehr gut, also fahre ich meistens Snowboard.«

»Toll, ich wollte schon immer mal Snowboard fahren.«

»Ja, es macht Spaß, du solltest es wirklich ausprobieren. Kannst du mich irgendwo im Dorf absetzen, wo ich mir ein Brett ausleihen kann, ich habe noch keine Ausrüstung und wollte sie mir heute noch besorgen.«

»Kein Problem, wir haben ein Konto bei Åre Skidsport, da kannst du einfach hingehen und dir ausleihen, was du brauchst. Dann kannst du es die ganze Saison behalten.«

Alex fragt sich, ob das der Laden ist, den José ihm empfohlen hat, aber da er ihm ja eh das Geld leiht, ist es egal. In ein paar Monaten kann er es ihm zurückzahlen. Er schielt wieder zu Alice. Ihr Haar ist offen, und sein Blick wird von ihren Lippen angezogen, genau wie beim letzten Mal. Ihre Gegenwart ist so intensiv, und es ist leicht, mit ihr zu reden, wenn sie erst einmal in Fahrt gekommen ist. Wahrscheinlich ist sie so nett zu allen, deshalb mag ganz Åre sie. Er hat sie gegoogelt und herausgefunden, dass sie in der Gemeinde sehr beliebt ist und dass sie und Carl alle möglichen Jugendaktivitäten sponsern, sich an Umweltprojekten beteiligen und lokalen Wohltätigkeitsorganisationen helfen. Er fragt sich, wie viel jünger sie ist als ihr Mann und ob er gerade hier in Åre ist oder auf einer seiner Geschäftsreisen.

Alice parkt direkt vor dem Eingang des Skiverleihs, obwohl es dort keinen Parkplatz gibt, und als sie sieht, dass er verwirrt dreinschaut, lächelt sie ihn wieder an.

»Schon gut, die kennen mich«, sagt sie und steigt mit Leichtigkeit aus dem Auto.

Im Laden werden sie sofort von zwei enthusiastischen Angestellten empfangen, die Alice gut zu kennen scheinen und sich alle Mühe geben, sie zu bedienen. Während sie sich verschiedene Boards ansehen, scherzt Alice mit den Angestellten.

»Gib mir auch ein Snowboard. Alex hier wird mir heute das Fahren beibringen, stimmt's, Alex?«

»Ja, natürlich«, antwortet er, ohne nachzudenken, und versucht, seine Überraschung zu verbergen. In der Zwischenzeit holt das Personal zwei Sets mit der neuesten und teuersten Ausrüstung heraus, und Alice gibt dem Mann an der Kasse fünfhundert Kronen Trinkgeld, um sich für die schnelle Hilfe zu bedanken. Kurze Zeit später sitzen sie wieder im Auto, beide mit den neuesten Burton-Boards und den dazugehörigen Snowboardboots ausgestattet.

»Du kannst das Board und die Boots behalten, ich habe sie gekauft«, sagt Alice beiläufig und wartet gar nicht erst auf eine Antwort, bevor sie fortfährt:

»Lass uns zum Rödkullen hochfahren, das ist heute der perfekte Ort für uns. Nicht ganz so steil, aber doch ein wenig abschüssig. Und danke, dass du mitkommst, ich weiß, du hast dich darauf gefreut, mit José zu fahren, anstatt mit mir rumzuhängen.«

Als sie ankommen, hat die Gondelbahn gerade geöffnet, die Luft ist klar, nur wenige Grad unter null, und es ist windstill. Die Dezemberdunkelheit wird von einer schwachen Sonne, die sich über den Horizont schiebt, herausgefordert.

»Ich glaube, wir fangen ohne Lift an«, hört Alex sich sagen, »ich kann dich an den Händen halten.«

Alex nimmt ihre Boards unter den Arm, und gemeinsam steigen sie den Hügel hinauf, wobei er Alice zeigt, wie man die Bindung einklickt. Als sie sich vorbeugt, riecht er ihr Parfüm. Am liebsten würde er sich an sie drücken, um noch mehr von ihrem Duft einzusaugen.

Die erste Stunde vergeht schnell, er hat unerwartet viel Spaß mit Alice, und sie hat ein Talent fürs Snowboarden. Schon nach kurzer Zeit kann sie sich in eine Richtung drehen. Die andere Richtung ist schwieriger, aber unter seiner Anleitung schwingt sie bald in beide Richtungen. Als er in einiger Entfernung steht, um ihre Schwünge zu studieren, kommt ihm der Gedanke, dass sie vielleicht schon einmal gefahren ist, aber er verwirft ihn schnell wieder. Sobald die Sonne höher steht und sich der Himmel leicht blau färbt, fühlt er sich innerlich freier und leichter.

»Schön!«

Er läuft auf Alice zu und umarmt sie spontan, als sie einen Schwung hinbekommt. Ihr Hals ist so dicht an seinem, dass es in seiner Kehle brennt, und er lässt sie schnell los.

Plötzlich spürt er das Vibrieren seines Handys in der Hosentasche. Er hat sich einen Wecker gestellt, um nicht zu spät zu seiner Schicht zu kommen, und stellt fest, dass es schon sehr spät ist. Er muss sich beeilen, wenn er rechtzeitig zurück sein will.

»Ich muss jetzt los, sonst komme ich zu spät. Heute ist Saisoneröffnung, und das Chambre séparée öffnet heute Abend«, fügt er hinzu, um zu betonen, wie wichtig es ist, dass sie sich beeilen.

Sie lacht auf und lächelt ihn an.

»Ja, ich weiß.«

Er errötet. Natürlich weiß sie es, und es ist ihm peinlich, ihr vom Nord zu erzählen, als wüsste sie nicht, was in ihrem eigenen Restaurant vor sich geht. Aber Alice strahlt ihn nur an und zieht ihre Skihandschuhe aus, um sich übers Haar zu streichen.

»Keine Sorge, ich habe der Küche gesagt, dass du mir heute hilfst. Du musst nicht vor sechs Uhr kommen. Wie du gesagt hast, sind heute Abend viele Gäste da, wegen der Eröffnung und so. Jetzt, wo die Skisaison begonnen hat, sind wir voll ausgelastet, sonst hättest du wahrscheinlich den ganzen Tag frei.«

»Danke«, sagt Alex.

Das erste Gefühl ist Erleichterung. Er will hier bei Alice sein, mehr reden, mehr fahren. Doch dann taucht ein unangenehmer Gedanke auf, der sich nicht verdrängen lässt. Was werden die anderen in der Küche denken, wenn er nicht kommt? Obwohl sie seit seiner Ankunft Gäste haben, öffnen sie erst heute den ganzen Speiseraum, und das Nord ist mindestens für die nächsten drei Monate ausgebucht. Wenn er nicht da ist, müssen die anderen besonders hart arbeiten. Niemand weiß, wo er ist, außer José, der gesehen hat, dass er mitgenommen worden ist. Sie gehen zum Lift, und Alice fängt an, über die neue Speisekarte zu sprechen. Alex überlegt, ob er es wagen soll, nach Carl zu fragen, oder ob das nicht komisch wäre. Er scheint sowieso nie in Åre zu sein.

»Dein Mann«, sagt er, hält aber inne, als er merkt, dass Alice ihn mit einer Falte zwischen den Augenbrauen ansieht.

Sie richtet ihre Skibrille.

»Er ist viel unterwegs, geschäftlich«, antwortet sie knapp. »Er ist nicht so leidenschaftlich wie ich. Zumindest, was das Restaurant und das Essen angeht.«

Er merkt sofort, dass sie nicht über Carl sprechen will, und bereut, ihn erwähnt zu haben. Aber Alice sieht wieder normal aus und wirkt nicht im Geringsten verärgert.

»Apropos Essen, es ist Zeit fürs Mittagessen. Gehen wir in mein Lieblingsrestaurant, ins Buustamon.«

Es ist warm und voll, und die Holzhütte mit dem offenen Kamin wirkt nach dem kalten Morgen draußen sehr einladend. Obwohl die Schlange lang ist, wird Alice sofort an einen der besten Tische mit Blick auf die Baumwipfel verwiesen. Alex folgt ihr und bemerkt, dass jeder sie beobachtet, während sie sich durch den Raum bewegen.

»Wir haben hier immer einen Tisch für uns reserviert, falls wir mal auftauchen. Es ist doch das Einfachste, im Voraus für eine ganze Saison zu bezahlen, und dann kann man kommen und gehen, wie man will, meinst du nicht?«

»Nun, das erscheint mir praktisch …«, sagt er.

Erleichtert lässt er sich auf den Stuhl sinken, fern aller Blicke, und konzentriert sich auf Alice und die Speisekarte, die die Kellnerin eilig bringt. Sie schälen sich aus ihren Mänteln, und Alice bestellt Glühwein. Der warme Wein und die Gewürze breiten sich in Alex' Körper aus. Er lehnt sich zurück und entspannt sich endlich. Alice bringt sicherlich oft neue Mitarbeiter zum Mittagessen hierher, und am besten genießt er einfach die Gelegenheit, statt sich den Kopf zu zerbrechen. Als Vorspeise gibt es Felchenrogen auf rohen Garnelen mit eingelegten roten Zwiebeln und Sauerrahm. Gebratene Rentierkeule mit Waldpilzen, Kartoffeln und Topinambur folgt als Hauptgang. Das Essen schmeckt wunderbar, und er kommt leicht mit Alice ins Gespräch. Zum Dessert bestellen sie eines von Alex' absoluten Lieblingsgerichten, Pannacotta mit Zimt, Kardamom und Moltebeeren. Er löffelt gerade den letzten Rest, als er aus dem Augenwinkel ein bekanntes Gesicht wahrnimmt. Er erstarrt. Sofi.

»Hallo. Esst ihr hier?«

Er hört sofort, dass Sofis Stimme angespannt ist, ganz anders, als wenn sie über Carol scherzen oder über die Arbeit in der Küche reden, aber Alice strahlt, als sie Sofi sieht, und scheint ihren straffen Tonfall nicht zu bemerken.

»Oh, hallo, Sofi! Unser Neuzugang Alex hat mir auf der Piste ein paar Tipps beim Snowboarden gegeben, und als Dankeschön habe ich ihm ein Mittagessen spendiert.«

»Viel Spaß noch, ich hab's ein bisschen eilig«, antwortet Sofi, weicht Alex' Blick aus, dreht sich auf dem Absatz um und geht.

Alex weiß nicht, wohin mit sich. Er wird das Gefühl nicht los, dass er erwischt wurde, obwohl er eigentlich gar nichts getan hat. Aber Alice winkt bereits zwei weitere Glühweine herbei, um das Essen abzurunden, und er beschließt, Sofi für eine Weile zu vergessen. Vielleicht ist sie nur eifersüchtig, dass Alex mit der Chefin zu Mittag essen darf, oder aus einem anderen Grund schlecht gelaunt. Stattdessen konzentriert er sich auf Alice und hört ihr aufmerksam zu, als sie ihm erzählt, wo sie Moorhühner jagt. Ein mageres Monatsgehalt und neidische Kollegen sind kein Problem, wenn er dafür so etwas erleben darf.

7

Als Alex die Küche betritt, schauen die anderen Mitarbeiter fragend auf. José und Jonathan verlassen ihren gemeinsamen Arbeitsplatz und wirken gestresst, als sie ihn sehen. José kratzt sich an der Wange, seine Stimme ist heiser.

»Wo warst du, du solltest doch mittags anfangen! Florence wird ausflippen, wenn sie dich sieht. Pass auf, sie ist auf dem Weg hierher«, flüstert er, bevor er sich wieder an die Arbeit macht und aus dem Berg Spargelkartoffeln perfekte Würfel schneidet.

Er weiß, dass José meint, was er sagt: Er macht sich Sorgen, dass Alex wieder in Schwierigkeiten geraten könnte. Jonathan dagegen scheint neugieriger zu sein und will wissen, wo er gewesen ist. Aber Alex traut ihm nicht, er hat das Stück Plastik nicht vergessen. Jemand muss es in den Thymian getan haben, um ihm etwas anzuhängen. Auch wenn er nicht weiß, *wer* es war, ist er sich sicher, dass es nicht zufällig auf dem Teller des Gastes gelandet ist, und er wird Jonathan nichts von seinem Tag erzählen.

»Schon gut, ich habe freibekommen, um Alice bei etwas zu helfen«, flüstert er zurück, während er sich hastig die Hände wäscht und sich nach Florence umsieht.

Er weiß nicht, wie er ihr Gesicht deuten soll, aber zumindest sieht sie nicht wütend aus, eher verwirrt. Er fragt sich, ob Sofi ihm erzählt hat, dass sie ihn im Buustamon getroffen hat, aber er hat keine Zeit, darüber nachzudenken, denn Florence teilt ihm rasch Aufgaben zu.

Die Stimmung ist gut, die ersten Vorspeisen sind schon unterwegs, und Alex ist aufgeregt und freut sich, dabei zu sein, auch wenn er nach dem Tag auf der Piste gerädert ist.

»Schön, dass du da bist, Alex, du kannst jetzt die Thymianblätter lassen und stattdessen den Steinbutt anbraten«, sagt Florence.

Endlich hat er offenbar mal etwas gut gemacht. Nicht nur, dass er die blöden Blätter los ist, er darf auch am Herd stehen und etwas Richtiges tun. Das ist nicht alltäglich für einen Commis. Er fängt schnell an, spürt aber Jonathans überraschten Blick. Wahrscheinlich war er sich sicher, dass Alex eine ordentliche Standpauke bekommen würde, vielleicht hatte er sogar darauf gehofft. Alex ist so happy wie schon lange nicht mehr, er ist noch satt vom Mittagessen mit Alice, und in der Küche kommt er langsam mit dem Personal zurecht. Er gönnt sich einen kurzen Moment der Entspannung und genießt es.

Während er den Steinbutt mit der Hautseite nach unten brät, hört er das Stimmengewirr aus dem Speiseraum lauter werden, als käme es aus weiter Ferne. Alles um ihn herum verschwindet. Er könnte es niemandem erklären, aber in der Küche sieht er alles wie durch ein kleines Fenster, einen fokussierten Rahmen, und das Einzige, was darin existiert, ist das Kochen. Das vertraute Gefühl setzt ein, und er nimmt es auf, wird in eine konzentrierte Ruhe hineingesogen. Nur er, der Steinbutt und der Geruch von frischem Fisch, der langsam gar wird, je länger er in der Pfanne bleibt. Alex weiß genau, wie lange er ihn braten muss, bevor er ihn dem Souschef übergibt, der die Temperatur prüft und den Fisch dann auf den Teller legt. Als er fertig ist, nimmt er den letzten Steinbutt vorsichtig vom Herd und kehrt widerwillig in die Realität zurück.

Heute Abend sind alle hochfokussiert. Thomas ist überall und sagt wie immer nicht viel, während er das Geschehen in der Küche überwacht. Nebenher zerlegt er ein Lamm und bereitet das Fleisch vor. Lisa säubert Trüffeln, die Patissiers temperieren Schokolade. Die Furche auf Thomas' Stirn ist tiefer als sonst, und je schweigsamer er wird, desto mehr beugen sich die Köche über ihre Arbeitsplätze. Natürlich ist alles ausgebucht. Einen Tisch bekommt man nur, wenn jemand storniert, und das passiert fast nie. Manchmal meldet sich jemand krank und sagt kurzfristig ab, aber dann gibt es eine lange Warteliste, die man nur überbrücken kann, wenn man Alice oder Carl persönlich kennt. Sie können immer ein paar Plätze für besondere Gäste freihalten. Es scheint, dass das Königspaar mindestens einmal pro Saison kommt, und bei der Eröffnung ist es üblich, dass sowohl der Stadtrat als auch der Bezirksabgeordnete anwesend sind.

Alex hätte nicht gedacht, dass es noch stressiger werden könnte, als es ohnehin schon war, aber er merkt, dass die Arbeit in der Küche ganz anders ist, wenn das große Chambre séparée auch für private Buchungen geöffnet ist. Nicht selten kommen die Gäste mit dem Hubschrauber. Das Knattern der Rotorblätter, wenn sie auf dem Hubschrauberlandeplatz hinter einem der Nebengebäude landen, ist er inzwischen schon gewohnt. Doch meist sieht er die prominenten Gäste nicht, sondern hört sie nur als kollektives Murmeln von der anderen Seite der Schwingtür.

Immer deutlicher wird, dass das hier nichts mit dem zu tun hat, was er in der Schule gelernt hat, und schon gar nichts mit all den Lehrvideos, die er im Internet gesehen und nachzuahmen versucht hat. Die Rohmaterialien sind anders, als er es gewohnt ist. Zuerst war er überrascht, dass alle Meeresfrüchte so frisch sind, dann erfuhr er, dass Trondheim mit seiner großen Fischereiflotte in der Norwegischen See nur hundertsiebzig Kilometer von Åre entfernt ist. Dass die Lieferanten, die dreimal wöchentlich die Kühlboxen anliefern, Norwegisch sprechen, war ihm vorher nicht aufgefallen. Sie liefern unter anderem Jakobsmuscheln, die im eigenen Saft serviert werden, Alice' Lieblingsgericht, sowie Flusskrebse, Hummer und Königskrabben.

Ihm wird warm, wenn er an sie denkt, und er fragt sich, ob sie gerade im Speisesaal sitzt oder heute Abend bei sich zu

Hause isst. Als sie ihn auf dem Hügel umarmte, hätte er am liebsten seine Lippen an ihren Hals gepresst. Sie ist nicht nur heiß, sie ist schön. Und verheiratet. Er ist froh, dass sie nicht in der Küche steht, denn dann könnte er sich überhaupt nicht konzentrieren. Er sehnt sich danach, dass sie auftaucht, und ist zugleich erleichtert, dass sie es nicht tut. Er muss bleiben, der Arbeit und Alice zuliebe. Nach dem Vorfall mit dem Plastikstück hat er keinen Spielraum mehr und darf keinen weiteren Fehler machen. Wenn noch einmal etwas passiert, wird er endgültig gefeuert. In den wenigen Wochen hier hat er mehr gelernt als in drei Jahren Schule, und beim Gedanken, was er noch alles lernen könnte, wenn er bis zum Ende der Saison bleibt, wird ihm schwindelig.

Florence taucht auf und bittet ihn, ein paar Soßen im Auge zu behalten, die nicht zu heiß werden dürfen, sie müssen genau siebenundsechzig Grad haben, sonst sind sie ruiniert. Er wagt es nicht, sich auch nur einen Zentimeter vom Herd zu entfernen, als Sofi kommt, um zwei Teller nachzufüllen.

»Scheint ja gut zu laufen«, sagt sie und schaut sich vielsagend um. »Der Gast möchte mehr Soße, kannst du noch etwas draufgeben?«

Sie wirft ihm einen langen Blick zu, und er gerät völlig aus dem Konzept. Sie sieht wütend aus. Er versteht die Welt nicht mehr.

»Beeil dich, was machst du da?«, schnauzt sie ihn an.

Hastig schöpft Alex Soße aus dem Topf und platziert sie so ordentlich wie möglich auf dem Teller. Jemand kichert, er hört einen anderen murmeln, aber er versteht nicht, was gesagt wird. Lisa steht mit dem Rücken zu ihm neben Sofi, und er vermutet, dass sie über ihn reden. Dann nimmt Sofi die Teller und verschwindet schnell in Richtung Gastraum. Verdammt, ausgerechnet Lisa, sie hat ihm schon oft geholfen. Sie ist mit Abstand die erfahrenste Angestellte, denn sie hat die Restaurantfachschule in Stockholm absolviert und ein Austauschsemester in Lyon verbracht. Sie hat eine gewisse

Finesse in allem, was sie tut, und wird sich wahrscheinlich bald auf höhere Positionen bewerben können. Aber anscheinend kann er auch ihr nicht mehr trauen.

Jemand spricht ihn an, es ist wieder Sofi.

»Gut gemacht, Alex. Dem Gast hat deine Soße geschmeckt.«

Ihr Jütländisch ist warm und klangvoll, aber auch voller Ironie, und das bringt ihn aus dem Gleichgewicht. Ihr neues Ding scheint messerscharfer Sarkasmus zu sein, und es stört ihn, dass er sich davon beeindrucken lässt. Er versucht, ihren Blick zu erwidern, kann aber nicht verstehen, warum sie sich so verändert hat. Es muss daran liegen, dass sie ihn heute Nachmittag mit Alice im Buustamon gesehen hat. Wahrscheinlich deutet sie es als Schleimerei, dass er sich von seiner Chefin zum Mittagessen einladen lässt. Sofi weicht seinem Blick aus, nimmt einen fertigen Teller mit Lammfleisch und Sellerie und zieht die Augenbrauen hoch. Alex sieht, dass Jonathan ihr einen vielsagenden Blick zuwirft. Sie lacht, über ihn.

Es gibt viele Insiderwitze in der Küche, aber er bekommt nur Bruchstücke davon mit. Die letzten Jahre haben ihn zu einem Meister darin gemacht, nach außen hin keine Emotionen zu zeigen, aber innerlich macht sich Chaos breit. Er dachte, er hätte gelernt, nicht mehr beleidigt zu sein, dass sich endlich alles ändern würde, dass er in Sofi eine neue Freundin gefunden hätte. Er versucht, ruhig zu bleiben und zu begreifen, wie sie denkt. Sie und Alice mögen sich, das hat er zumindest gehört. Vielleicht hat sie Angst, dass er ihr den Platz als Liebling der Chefin streitig macht. Sehr kindisch, wenn das so ist. Alle scheinen Alice zu mögen, und sie ist zu allen gleich nett. An den Abenden, an denen er nicht sofort ins Bett fällt, sucht er neugierig im Internet nach Informationen über die Familie Duwal. Für sich selbst rechtfertigt er das damit, dass er mehr über das Nord und die Geschichte des Restaurants erfahren möchte, aber eigentlich interessiert er sich für Alice.

Einiges wusste er schon, aber jetzt hat er entdeckt, dass es im Internet von Artikeln wimmelt über die Großzügigkeit und Bodenständigkeit von Alice und Carl, obwohl sie eine der reichsten Familien Schwedens sind. Er hat gelesen, wie sie Geld für verschiedene Projekte spenden, aber auch sogar persönlich bei der Suche nach Vermissten geholfen haben, sich für die Artenvielfalt in den Wäldern von Jämtland einsetzen und unermüdlich an ihrem Mentorenprogramm für missbrauchte Kinder arbeiten. Alice ist wahrscheinlich nett zu allen neuen Mitarbeitern. Vielleicht hat Sofi auch mit Alice zu Mittag gegessen, als sie anfing, und ist eifersüchtig auf die Aufmerksamkeit, die er jetzt bekommt.

Bald nehmen die süßen Zutaten mehr Platz auf der Arbeitsplatte ein. Alex sortiert Feldbeeren für ein mit Fichtensprossen aromatisiertes Eis. Er steht neben Dessertkoch Pierre, einem Franzosen mit einer sanfteren Ausstrahlung als Thomas. Man sieht, dass er sich dessen bewusst ist, dass es derzeit niemanden gibt, der seine Position bedrohen könnte. Gerüchten zufolge hat Alice ihn angeworben, indem sie ihm eine Verdreifachung seines Gehalts anbot, damit er das französische Dreisternerestaurant Pic verließ. Sie ließ ihn mit einem Privatjet abholen, und noch am selben Abend fing er im Nord an.

Alex blickt auf die fermentierten Halme und den Rübenzucker, der zu Zuckerguss verarbeitet werden soll, aber er ist unkonzentriert. Sofi hat es geschafft, seinen Fokus mit ihren Sprüchen zu stören, und in dem Moment, in dem sie ihm anmutig den Teller mit dem flauschigen Schneeball, umgeben von braunen Rote-Bete-Flocken, abgenommen hat, ist er über den Rand gefallen. Jetzt gibt es kein Halten mehr für die Gedanken, die in ihm aufsteigen. Er versucht sie zurückzudrängen, indem er die Kiefer zusammenpresst und tief durch die Nase ein- und durch den Mund ausatmet, aber sie kreisen weiter wie ein hysterischer Werbespot in voller Lautstärke.

Nach Heddas bleichem Gesicht, mit dem die Albtraumsequenzen immer beginnen, bricht sich das Gelächter Bahn. Die Erinnerungen an den Herbst nach dem Unfall laufen ab wie ein Horrorfilm, den man nicht abstellen kann.

»Glaubst du, dass wir etwas mit einem Mörder zu tun haben wollen? Du bist so bescheuert, Alex. Das warst du schon immer.« Der Keller, Lucas' Zimmer unten in der Hütte, wo sie immer vorglühten. Wo sie übernachtet haben, so viele Nächte verbracht, Pizza gegessen, Spiele gespielt haben. Der Herbst nach dem Unfall, am Ende des Semesters. Die endlosen Spaziergänge unter grauem Himmel, um sich zu bestrafen und der bodenlosen Stille zu Hause zu entkommen. Leere Schulkorridore, niemand spricht mit ihm, nicht einmal die Lehrer sagen mehr als nötig. Wie er sich durch die Tage quält und doch nur schreien möchte. Die immer geschlossenen Jalousien im Nachbarhaus. Seine kleine Schwester, blass und stumm beim Frühstück, bei jedem Frühstück. Dann eine SMS. Lucas fragt, ob er am Freitag vorbeikommen will, eine ganze Gruppe kommt, Filme schauen, abhängen. Er erinnert sich, dass er nicht einmal misstrauisch war. Er hat zugesagt, vor allem, um von zu Hause wegzukommen, um etwas zu tun. Dass Lucas' Mutter ihn hereinließ, mit dem gleichen Mitleid, den gleichen Blicken wie alle anderen, aber mit einer gewissen Fürsorglichkeit. Dass sie ihm unbeholfen die Hand auf den Rücken legte, als er zur Kellertür ging. Er erinnert sich, dass es sich anfühlte, als ob er sich im Wasser bewegte, als ob sein Körper wusste, was passieren würde, bevor sein Gehirn es begriff. Dass sie da saßen. All seine Freunde. Peder, Nils und Rami. Ted und Calle aus der Fußballmannschaft, ein paar Jungs aus der Parallelklasse, die er nicht so gut kannte, mit denen er aber im Sommer vor dem Unfall viel zusammen gewesen war. Sie hatten fast jeden Abend unten am Strand am Feuer gesessen, geredet und getrunken. Er erstarrte, hatte keine Zeit, sich hinzusetzen, und dachte nur daran, dass er das Gerücht gehört hatte, dass Calle und Hannah jetzt zusammen

waren. Die Worte, er erinnert sich an alles, wer was sagte. Dich nie wiedersehen, widerlich, du hast unser Leben ruiniert, wie konntest du nur, so gestört … Du hast auch Hannahs Leben ruiniert, weißt du, wie sie sich fühlt?! Als er ihren Namen hörte, ging er. Er hat sich einfach umgedreht und ist gegangen. Sie hatten ihn eingeladen, um ihn zu verspotten. Er erinnert sich, dass er keine halbe Stunde, nachdem er gegangen war, wieder nach Hause kam. Niemand hatte bemerkt, dass er weg war, und niemand reagierte, als er zurückkam. Jeder war in seiner eigenen Blase aus Trauer und Schuld gefangen. In diesem Moment traf er eine Entscheidung. Er musste Växjö verlassen und durfte nie wieder zurückkommen, niemals.

Als Florence um Hilfe beim Holzsammeln bittet, meldet er sich sofort. Die einfache Aufgabe, Holz zu hacken und im Schuppen zu stapeln, ist genau das, was er braucht, um seine Atmung wieder in den Griff zu bekommen. Frische Luft und eine Pause von den Strapazen des Kochens, ohne sich Sorgen machen zu müssen, dass etwas schiefgeht. Während er diese eintönige Arbeit verrichtet, versucht er sich abzulenken, indem er über die letzten Abende nachdenkt. Seine Aufgabe ist es, den Gästen ein unvergessliches Erlebnis zu bieten, aber einige von ihnen scheinen Tische nur zu reservieren, um damit in den sozialen Medien anzugeben, und nicht, weil sie zu schätzen wissen, was sie auf dem Teller haben. Neulich Abend erfuhr er von Sofi, dass ein Russe zu allen Gerichten Kir bestellt hatte und seine Frau den ganzen Abend an einer Zitronenscheibe lutschte. Jeder Teller, der gebracht wurde, ging unberührt wieder weg. Andere nennen sich Foodies, haben ein besonderes Interesse am Essen und reisen um die Welt, um neue Geschmackskicks zu entdecken. Die Wohlhabenden kommen nicht wie er mit dem Nachtzug nach Åre, sondern mit dem Privatflugzeug. Für sie ist die Unzugänglichkeit des Nordens exotisch und aufregend, aber sie haben höhere Ansprüche an Essen und Erlebnisse als ein amerikanischer Popkünstler, der zum Abendessen genauso gut einen

Hamburger essen könnte. Alex stapelt weiter Feuerholz und wünscht sich, dass er es sich eines Tages leisten kann, um die Welt zu reisen und Degustationsmenüs, lokale Köstlichkeiten und ungewöhnliche Zutaten zu probieren.

Gerade als der Holzstapel fertig ist, hört er ein Pfeifen und spürt den Luftzug von etwas, das fast sein Gesicht berührt. Die rasiermesserscharfe Schneide einer Axt mit schwarzem Griff steckt direkt neben seinem Kopf in der Wand des Holzschuppens. Er dreht sich um. Hinter ihm steht Gitt.

»Nimm die neue Axt, die ist schärfer«, sagt sie und macht kehrt, ohne eine Miene zu verziehen.

Langsam zieht er die Axt aus der Wand, seine Hände zittern. Er holt leicht damit aus, sodass sie im Hackklotz stecken bleibt, und geht auf Autopilot zurück in die Küche. Da er nicht weiß, was er sonst tun soll, räumt er ein wenig auf, wobei er darauf achtet, nicht zu stören oder jemandem in die Augen zu blicken. Florence sieht er nicht, aber dennoch wagt er es nicht, ungefragt eine Pause einzulegen.

Aus dem Speiseraum ist lautes Gelächter zu hören. Ab und zu ein Ausruf, ein Husten, jemand lässt etwas fallen. Im Laufe des Abends wird es immer lauter, und die Gäste sind nicht nur vom Essen, sondern auch vom Wein und vom Erlebnis, einen Abend im Nord zu verbringen, berauscht. Im Gegensatz dazu ist die stille Atmosphäre in der Küche elektrisierend, wie in einem Operationssaal, in dem die verschiedenen Phasen nahtlos ineinader übergehen. Ein Dessertteller nach dem anderen wird serviert, ein Parfait aus Kiefern und getrockneten Preiselbeeren, zu dem Sofi den Brännland-Eiswein serviert, und zum Abschluss ein großes Tablett mit Kaffeebonbons, Trüffeln und Keksen nach nordischer Art. Harzkaramell ist schrecklich, aber es steht schon immer auf der Speisekarte. Sie dürfen nicht oft die Speisen testen, aber er hat es vor ein paar Tagen probiert, und er bekam den Nachgeschmack stundenlang nicht weg. Ekelhaft, aber viele

Gäste lieben das Extreme, und auf diesem Niveau muss man ihre Geschmacksnerven herausfordern.

Bald ist der Service vorbei und der Abwasch erledigt. Thomas verrät nicht, ob er zufrieden ist oder nicht, aber weder heute noch in den letzten zwei Wochen ist jemand gefeuert worden, und die Furche auf seiner Stirn ist nicht mehr so tief wie zu Beginn des Abends. Thomas schreit nicht, wenn er unzufrieden ist, er wird nur noch schweigsamer, wie ein Elternteil, das enttäuscht statt wütend ist.

Auf dem Weg nach draußen gibt José ihm eine Plastikschachtel mit Personalessen, die er für Alex aufbewahrt hat.

»Du hast noch nichts gegessen, oder?«

Er nimmt es verwirrt entgegen.

»Hey, das ist megacool.«

Zugleich schämt er sich und verrät nicht, dass er kurz vor Arbeitsbeginn noch ein spätes Drei-Gänge-Menü zu sich genommen hat.

Draußen ist es sternenklar und windstill. In der Ferne leuchten die Adventskerzen in den Fenstern der Personalunterkunft. Als er in sein Zimmer kommt, duscht er und schlürft das rote Curry direkt aus der Plastikschachtel mit einem Löffel, den er aus einer Schublade in der Küche genommen hat. Obwohl José die Aromen genau richtig gewählt hat und der Ingwer wärmend wirkt, kann er das Essen nicht genießen. Ihm geht die Axt, die vor ein paar Stunden haarscharf an seinem Kopf vorbeigeflogen ist, nicht aus dem Sinn. Immer wieder spürt er den Windzug, und es dauert lange, bis er einschläft.

8

Alice, Carol und Thomas sitzen um einen großen Eichentisch. Pierre und Florence haben auch jeweils einen Stuhl, aber der Rest des Personals ist an den Wänden aufgereiht. Alice bespricht gerade die Regeln und die Gästeliste für eine große St.-Lucia-Party, die für den Abend geplant ist. Unausgesprochen ist, dass es ein außergewöhnliches Wochenende wird und sie von allen erwartet, dass sie ihr Bestes geben.

»Der dänische Kronprinz fliegt heute Nachmittag ein.«

Sie macht eine Pause, um sicherzugehen, dass alle die Bedeutung der Ankunft der königlichen Hoheit verstanden haben, bevor sie fortfährt.

»Er wohnt mit seinen Freunden in unserem Jagdschloss, um ungestört zu sein, und dort findet auch das Fest statt, mit mir als Gastgeberin.«

Sie schaut sich noch einmal um, niemand zuckt mit der Wimper, und nachdem sie einen unsichtbaren Fussel von ihrem Lammfellpullover entfernt hat, schaut sie auf ihre Papiere und fährt fort.

»Ich muss heute Abend einige Mitarbeiter dorthin versetzen. Carol, warum übernimmst du nicht und erzählst dazu mehr?«

Carol nickt und räuspert sich, bevor sie die Arbeitsverteilung fortsetzt.

»Danke, Alice, gern. Zuerst gibt es Getränke und Snacks in der Jagdhütte. Dafür werden wir Alice' Privatpersonal einsetzen. Dann fahren wir sie mit Motorschlitten zum Nord. Irgendwann zwischen neunzehn und neunzehn Uhr dreißig kommen sie zum Abendessen im Chambre séparée an. Danach geht die Party im Schloss weiter. Der Sicherheitsdienst und PET, die dänische Sicherheitspolizei, gehen tagsüber durch die Räume, falls ihr euch fragt, wer hier herumläuft. Aber das seid ihr ja gewöhnt, also sollte es kein Problem sein …«

Carol wirft einen Blick auf Alice, die zufrieden aussieht, und nickt erleichtert.

»Noch Fragen?«

Alex kneift sich fast in den Arm. Dass er die Gelegenheit bekommt, für diese Leute zu kochen, erscheint ihm unwirklich. Obwohl er nur ein kleines Rädchen im Getriebe ist, ist er Teil von etwas so Großem und Wichtigem, wie er es noch nie erlebt hat. Carol erzählt weiter von den anderen Gästen und zählt einen Prominenten und Politiker nach dem anderen auf. Einige Namen kennt er, von anderen hat er noch nie gehört. Der Polizeichef der Region und seine Frau stehen ebenso auf der Gästeliste wie einer der größten Grundbesitzer der Gegend. Sie gehen Allergien und besondere Wünsche durch, und dann beendet Thomas die Besprechung mit ein paar wohlgesetzten Worten, in denen er sagt, dass er mit dem Service in den letzten Wochen zufrieden war, und fordert alle auf, heute Abend genauso hart und fehlerfrei zu arbeiten. Er erinnert sie an den großen Inspirationstag nach den Weihnachtsferien, an dem jeder zeigen könne, was in ihm steckt.

Alex hat Alice seit dem Mittagessen am vergangenen Wochenende kaum gesehen, doch dann dreht sie sich zu ihm um, und ihre Blicke treffen sich. Ihre Augen scheinen zu brennen, als sie ihn ansieht, oder vielleicht bildet er sich das nur ein. Sein Hals wird rot, und er dreht den Kopf weg, in der Hoffnung, dass niemand bemerkt, was gerade passiert ist. Zu seiner Linken starrt Sofi ihn säuerlich an, und er dreht sich demonstrativ in die andere Richtung. Alex will keinen Streit, wenn sie schmollen will, ist das ihre Sache. Die Stimmung unter den anderen Mitarbeitern ist gut, alle haben gute Laune, und auch er fühlt sich inzwischen wohler in seiner Haut als noch vor ein paar Wochen. Er hat endlich angefangen zu verstehen, wie die Dinge in der Küche funktionieren, und wenn er nicht weiß, was er tun soll, spielt er normalerweise so lange mit, bis er es herausgefunden hat. Cina hatte recht, es zahlt sich aus, unauffällig zu sein und so hart wie möglich zu arbeiten. Alice räuspert sich leicht, und sofort verstummen die Kollegen, die zu tuscheln begonnen hatten.

»Noch etwas, wir brauchen zusätzliches Personal für die Party, die wird sehr groß, weil im Anschluss noch einige weitere Prominente und andere Gäste kommen werden. Sofi und Florence sind dabei, dann brauchen wir noch einen Läufer und einen zusätzlichen Commis.«

Sie schaut sich um und deutet auf ein großes Mädchen, das Alex zwar schon beim Servieren von Brot und Wasser gesehen, aber noch nie gegrüßt hat. Die Kellner sind vom Rang her so niedrig wie er, arbeiten aber im Service, und er hat selten mit ihnen zu tun.

»Du schaffst das!«

Das Mädchen schafft es, gleichzeitig erschrocken und überglücklich auszusehen, als sie begreift, dass Alice sie ausgewählt hat. Dann dreht sich Alice wieder um und zeigt auf ihn.

»Und du kannst Florence helfen.«

Einige der anderen Commis funkeln ihn neidisch an, jeder würde gern bei der After-Party des Prinzen arbeiten. Er denkt nur daran, dass es eine Chance ist, Alice nahe zu sein, obwohl er weiß, dass er diesen Gedanken nicht haben sollte.

Alex macht sich fertig, wobei er darauf achtet, dass er seine Messer, seinen Hut, seinen Schal und seine Handschuhe nicht vergisst. Als er fertig ist, setzt er sich aufs Bett und wartet darauf, dass Sofi ihn abholt. Er will nicht riskieren, dass sie ihn zurechtweist, weil er nicht rechtzeitig fertig ist. Um sich die Zeit zu vertreiben, nimmt er sein Handy und schaut auf Facebook. Seit dem Unfall verbringt er nicht mehr viel Zeit in sozialen Netzwerken, aber jetzt sieht er eine neue

Freundschaftsanfrage. Als er auf den Namen klickt, denkt er zunächst, er habe sich geirrt. *Hannah?* Das darf doch nicht wahr sein. Aber der Nachname ist der gleiche, und obwohl ihr Gesicht auf dem Profilbild halb abgewandt ist, ist ihm sofort klar, dass es sich nur um sie handeln kann. Schnell drückt er auf Ablehnen und sperrt ihr Profil, damit sie keine weiteren Anfragen stellen kann. Plötzlich ist ihm sein Mantel viel zu warm, und er beginnt, ihn auszuziehen. Was, wenn es jemand weiß oder herausfindet? Er hält inne. Vielleicht ist Sofi deshalb so feindselig zu ihm. Er kommt nicht dazu, weiter darüber nachzudenken, denn in diesem Moment öffnet sie die Tür, ohne anzuklopfen, steckt den Kopf herein und gibt ihm mit einem Wink zu verstehen, dass er ihr folgen soll.

»Pack deine Sachen zusammen, wir müssen los.«

Es gefällt ihm gar nicht, dass sie ihn wie ein Kind behandelt, als wäre er nicht in der Besprechung gewesen und wüsste nicht, was heute Abend auf dem Programm steht. Das Letzte, was er will, ist, dass sie etwas über seine Vergangenheit herausfindet und es gegen ihn verwendet. Zugleich wird ihm klar, dass es keine Möglichkeit gibt, zu erfahren, ob sie es weiß, ohne sich zu offenbaren. Er nickt und hat keine andere Wahl, als abzuwarten, was passiert. Sofi hat viel Einfluss in der Küche, obwohl sie nur Kellnerin ist, und er will sie nicht verärgern, aber vielleicht war sie nie so nett, wie er sich vorgestellt hatte. Er steckt die Hände in die Taschen seiner Jacke, es ist die wärmste, die er hat, eine gelbe Acne Fjällräven, die Emil auch im Schrank zurückgelassen hat. Dann folgt er ihr nach draußen.

Mit dem Scooter ist es nicht weit bis zur Hütte, aber laut Wetter-App sind es draußen zehn Grad unter null, und die nächtliche Kälte beißt ihm in die Wangen. Alex sitzt hinter Sofi auf dem Schneescooter, so weit hinten wie möglich, um ihr nicht zu nahe zu kommen, klammert sich mit den Beinen fest und hält sich, so gut es geht, an der hinteren Kante fest, um sie nicht an der Taille zu packen. Man merkt, dass sie das Motorschlittenfahren gewohnt ist.

Sie rauscht in die Kurven, und schnell geht es den Berg hinauf. Draußen ist es sternenklar, und trotz der Kälte versucht er, das Erlebnis zu genießen.

Florence und die Kellnerin, von der er inzwischen weiß, dass sie Minna heißt, befördern alle Speisen und Getränke in einer Art Schlitten, der wie ein Anhänger an Gitts Scooter befestigt ist. Gitt scheint alle möglichen Dinge auf dem Anwesen zu tun, und mehr als einmal hat sie ihn schon überrascht, wenn sie spät in der Nacht hinter einer Hausecke auftauchte oder Vorhänge in den Personalräumen aufhängte. Normalerweise ist sie freundlich und gesprächig, aber trotz ihres warmen Dialekts hat sie etwas an sich, das ihm Angst macht, und seit dem Vorfall mit der Axt geht er ihr aus dem Weg, wann immer er kann.

Sofi biegt nach rechts ab, verlässt die Motorschlittenspur und fährt einen steilen Hang hinauf. Alex fliegt bei der Geschwindigkeit fast runter und klammert sich fester. Als sie oben sind, beschleunigt sie noch mehr, sie fahren definitiv viel schneller als erlaubt. Bald sieht er Lichter in der Dunkelheit vor sich auftauchen. Sie nähern sich dem Schloss inmitten eines offenen Feldes, das von halbkreisförmig angeordneten Fichten gesäumt ist. Sofi wendet vor der prächtigen Glasveranda und bremst so scharf, dass der Scooter sich dreht und direkt vor der Eingangstür zum Stehen kommt. Alex will sich nicht anmerken lassen, dass er zittert, und bringt beim Absteigen nur ein »Danke fürs Mitnehmen« heraus.

»Ein Glück, oder vielleicht auch Pech, dass du nicht runtergefallen bist«, antwortet sie, und der raue Ton ihrer Stimme gefällt ihm nicht. »Ich dachte schon, du purzelst unterwegs runter, aber ist besser, dass du dich festgehalten hast, sonst müssten wir anderen noch mehr arbeiten.«

Alex macht sich nicht die Mühe, etwas zu erwidern, er ärgert sich, dass sie immer weiternörgelt, ohne dass er weiß, warum, aber zugleich nagt die Sorge an ihm. Eine kurze Suche reicht aus, wenn man weiß, wonach man suchen muss. Alles über den Unfall, alles, was er hinter sich lassen will, ist online.

Das Gebäude, vor dem sie angehalten haben, ist ein wuchtiges rosafarbenes Holzschloss mit einer riesigen Veranda, und sie beginnen sofort damit, die Sachen auszuladen, um der Kälte zu entkommen. Sobald sie drinnen sind, geht Sofi sehr effizient zu Werke, sie holt alle Getränke heraus und fängt geübt an, die verschiedenen Drinks zu testen. Florence bittet Alex, den gebackenen Lauch mit getrocknetem Rentierfleisch vorzubereiten, während sie sich um die anderen Snacks kümmert. Über das Walkie-Talkie, das sie dabeihat, weil es hier draußen keinen Handyempfang gibt, erfährt Alex, dass die Gäste kommen. Sie werden mit drei Raupenfahrzeugen über den Berg transportiert, damit sie nicht im Freien auf Wagen oder Schneemobilen sitzen und frieren müssen.

Durch die Tür, die in die Haupthalle führt, sieht man Jagdtrophäen an den Wänden, die mit goldenen Medaillontapeten bedeckt sind, und einen riesigen Kronleuchter aus Rentierhorn mit flackernden Kerzen, der von der Decke hängt. Obwohl das Schloss krass ist, konzentriert er sich auf das Essen, beobachtet Florence und tut sein Bestes, um ihr zu gefallen, in der Hoffnung, dass sie von seiner Arbeit an den Canapés, für die er verantwortlich ist, beeindruckt sein wird. Der Lärmpegel steigt, als der Kronprinz und seine Freunde mit Alice eintreffen und Florence die Tür zwischen Küche und Esszimmer aufstößt. Draußen scheint jemand einen Witz zu erzählen, und lautes Gelächter ertönt. Das Fest ist schon in vollem Gange. Sofi schiebt ein Tablett mit Getränken nach dem anderen zwischen der Küche und dem wunderschön weihnachtlich geschmückten Speisesaal hin und her, und wenn er das vertraute Dänisch hört, das in den Salons gesprochen wird, fühlt er sich an Kopenhagen erinnert. Sein Plan ist, sich so weit wie möglich im Hintergrund zu halten, aber das Schloss ist offen, und er schnappt einige Jagdgeschichten der Gäste auf. Alice, von allen als gute Jägerin anerkannt, wird am nächsten Tag mit den Dänen auf Moorhuhnjagd gehen.

Nachdem er alle Abfälle von den Langusten mit Rogen, die zum Champagner gereicht wurden, weggeräumt und aus den übrig gebliebenen Muscheln nach Florence' Anweisung schnell eine Brühe gekocht hat, muss er nur noch ein wenig in der Küche aufräumen. Er steht mit einem Lappen in der Hand da und will gerade die Theke abwischen, als die Tür aufgeht. Da er denkt, es sei Sofi, die weitere Getränke holt, dauert es einen Moment, bis er merkt, dass er beobachtet wird. Als er sich umdreht, steht Alice da. Sie hat Diamanten im Haar und trägt ein langes schwarzes Seidenkleid mit einem engen, aber tiefen Ausschnitt. Ihre Absätze sind himmelhoch, doch obwohl der Boden alt und voller Fugen zwischen den breiten Dielen ist, bewegt sie sich geschmeidig auf ihn zu. In ihren Händen hält sie ein silbernes Tablett mit Safran- und Zimtschnaps. Der Schnaps stammt aus einer lokalen Brennerei, sie aromatisieren ihn im Restaurant selbst, und Alex weiß, dass er stark ist.

»Schön, dass du helfen konntest, aber jetzt kannst du dir natürlich auch einen Schluck genehmigen. Hier, bitte!«

Sie schiebt ihm aufmunternd das Tablett zu, er bedankt sich und greift nach einem Zimtschnaps. Er schafft es, ihn, ohne zu husten, hinunterzukippen, und spürt, wie sich die Wärme sofort in seinem ganzen Körper ausbreitet. Alice erwidert seinen Blick etwas zu lange, schiebt das Tablett über den Tisch, und Alex trinkt einen weiteren Shot, obwohl ihm der erste eigentlich schon gereicht hat. Als sie ihm aufmunternd zunickt, nimmt er, ohne zu zögern, einen dritten.

»Ich stelle das Tablett hier ab, du kannst es gern mit den anderen teilen, ich muss zurück in den Salon«, sagt sie.

Als sie sich zum Gehen wendet, berührt ihre Hand seine, und Alex zuckt zusammen. Dann ist sie verschwunden. Sofi, die gerade in die Küche gekommen ist, scheint es nicht bemerkt zu haben, sie sammelt leere Flaschen ein, die wieder zurückgebracht werden müssen, aber seine Hand pulsiert.

»Ich muss auf die Toilette.«

Sie sieht ihn geistesabwesend an.

»Neben dem Salon«, sagt sie und winkt träge mit der Hand.

Er geht am Salon vorbei, in dem der Prinz mit seinen Freunden sitzt, und hält Ausschau nach Alice, aber er kann sie nirgends entdecken. Es ist voll, und die Sicherheitsleute beobachten ihn. Sein weißes Koch-Outfit leuchtet zwischen den dunklen Anzugjacken. Das Jagdschloss ist größer, als er dachte, und als er eine Tür öffnet, die er für eine Toilette hält, findet er sich in einem Gästezimmer wieder. Der Schnaps tut seine Wirkung, und er geht einen langen Flur entlang, während die Geräusche des Festes in immer weitere Ferne rücken. Das Licht ist schummrig, nur handgegossene Kerzen erhellen den Gang, die Dielen knarren unter ihm. Eine Tür nach der anderen führt in abgedunkelte Räume oder zu einer Treppe, die in den verschlossenen oberen Stock führt. Das Jagdschloss muss ein altes Hotel sein, aber alle Räume liegen leer und still da, er weiß nicht, wo er ist. Die Fensterscheiben glänzen ihm wie schwarze Spiegel entgegen, und draußen glitzert der kalte weiße Schnee. In der Ferne wummern die Musik und das Stimmengewirr des Festes. Schließlich findet er ein großes, dunkles Badezimmer, tastet an der Wand nach einem Lichtschalter, findet ihn aber nicht. Er taumelt zum Waschbecken und zum Spiegel, wo eine Kerze in einer winzigen Laterne brennt, als er hinter sich einen Knall hört.

Dann hört er, wie die Tür von innen abgeschlossen wird. Er fährt herum, denn er weiß, dass jemand hinter ihm steht. Der Alkohol raubt ihm den Orientierungssinn, er hat Mühe, das Gleichgewicht zu halten, und streckt die Hand in Richtung Wand aus, um das Licht anzumachen. Da erkennt er eine vertraute Gestalt.

»Oh, du hast mich erschreckt.« Er ist erleichtert, als er sieht, dass es Alice ist, und versucht noch einmal, das Licht einzuschalten, aber sie steht im Weg.

»Ich habe gesehen, dass du dich verlaufen hast, also bin ich dir gefolgt, um dir den Weg zu zeigen.«

Sie lächelt schwach und greift nach einem seiner Handgelenke. Ihre Hand ist kühl, ihre Finger sind schmal, aber sie lässt ihn nicht los. Er hält den Atem an. Mit der anderen Hand streicht sie über seine Wange, während sie ihn zum Spiegel bugsiert. Sie steht hinter ihm und beobachtet ihn. Er kann sie gerade noch erkennen, die einzige Lichtquelle ist immer noch die Kerze, die auf dem Rand des Waschbeckens brennt. Er fühlt sich träge, und der Schnaps vernebelt seine Sinne. Als sie sich um ihn dreht und ihre Lippen auf seine drückt, entspannt er sich und erwidert den Kuss, der tief und lang ist, ihre Finger wandern zu seinem Hals. Sie zieht sich zurück und blickt ihm ernst in die Augen, während sie einen Knopf nach dem anderen von seiner Kochjacke aufknöpft. Er erschauert, als sie ihre Hände unter sein T-Shirt gleiten lässt, und lässt seine Hände sanft auf ihrem Rücken ruhen. Er beugt sich vor und küsst ihren Hals. Da klopft es an der Badezimmertür. Eine männliche Stimme holt Alex in die Realität zurück.

Sein erster Gedanke ist, dass es Carl ist, der hereinkommen will. Dann merkt er, dass jemand Dänisch spricht, aber er will nicht, dass irgendwer erfährt, dass er mit Alice hier ist. In Panik springt er hinter den Duschvorhang, der vor einer Badewanne mit Löwenpfoten hängt. Alice antwortet dem Mann, der vor der Tür steht, mit unbeteiligter Stimme.

»Moment, ich bin gleich fertig.«

Ohne ein weiteres Wort schließt sie die Tür auf und verschwindet im Flur. Einer der betrunkenen Jagdfreunde des dänischen Prinzen stolpert herein. Alex bleibt reglos stehen und hofft, dass der Däne nicht hinter den Vorhang schaut. Doch der Mann pinkelt nur und geht wieder, er wäscht sich nicht einmal die Hände. Alex atmet tief durch, steigt aus der Wanne, schließt die Tür schnell ab, findet endlich den Lichtschalter, macht das Deckenlicht an und setzt sich auf den Toilettendeckel. Das Adrenalin strömt durch seine Adern, und er fühlt sich plötzlich völlig nüchtern. Er knöpft seine Kochjacke wieder zu, richtet sich die Haare und geht zurück in die Küche. Er kommt am Salon mit dem riesigen Elchkopf über dem Kamin vorbei. Die Party ist jetzt etwas ruhiger, und wer noch da ist, scheint sich in diesem Raum aufzuhalten, aber er sieht Alice nicht. In der Küche unterhält sich Sofi mit Florence, beide haben ein Glas Rotwein vor sich stehen. Alex beginnt, seine Sachen zusammenzupacken. Florence geht hinaus und lässt ihn und Sofi allein zurück.

»Wo bist du hin?« Sofi klingt ernst, und er sieht, wie sie versucht, ruhig zu bleiben, was ihr aber nicht recht gelingt. »Du weißt, dass sie nicht so nett ist, wie du denkst, oder?«

Alex erstarrt und weiß sofort, dass Sofi von Alice redet. Instinktiv blickt er zur Tür.

»Was meinst du?«

Sofi lehnt sich in ihrem Stuhl zurück und scheint abzuwägen, was sie sagen soll und was nicht, aber es ist klar, dass der Alkohol seinen Tribut fordert, denn sie lallt ein wenig, als sie fortfährt.

»Meine Familie kennt sie gut, ich war noch klein, als sie das erste Mal hierherkam, also kenne ich sie schon mein ganzes Leben. Vielleicht solltest du ein bisschen vorsichtiger sein.«

»Ach komm, alle lieben sie.«

Er schämt sich, auszusprechen, was er denkt, aber er will nicht, dass Sofi Alice runtermacht.

»Hm, genau. Das will sie dir weismachen.«

Er schaut wieder zur Tür, dann senkt er die Stimme und fragt sich, ob Sofi sich morgen an dieses Gespräch erinnern wird.

»Was weißt du über Carl?«

Sofi lacht, als hätte er etwas Lustiges gesagt, und versucht, sich zu erheben, aber sie wankt und muss sich wieder hinsetzen. Dann schaut sie Alex an, ohne zu blinzeln.

»Nimm dich vor ihr in Acht. Ich meine es ernst.«

Er ist irritiert. Erst ist sie nett, dann aufdringlich, und nun versucht sie, über Alice zu lästern. Vielleicht ist es nur ein Spiel, damit er sich lächerlich macht und etwas ausplaudert, das sie gegen ihn verwenden kann. Aber zum Glück scheint sie nichts über sein Leben vor dem Nord zu wissen, sonst hätte sie es ihm sicher jetzt unter die Nase gerieben, wo der Alkohol alle Hemmungen beseitigt. Er steht auf.

»Wie kommen wir nach Hause, wir haben ja alle getrunken?«

Er hat schon die Jacke an und steckt das Messeretui in seine Tasche.

»Ganz ruhig, nicht hetzen.«

Sofi scheint zu denken, dass er der langweiligste Mensch der Welt ist. Immer wieder schießt ihm das Bild des Unfalls durch den Kopf, wenn von Alkohol und Verkehr die Rede ist, und er denkt wieder an Hannah und ihre Anfrage. Er hofft inständig, dass sie begreift, dass er auf keinen Fall mit ihr in Kontakt treten will.

»Die Shuttles fahren die ganze Zeit, du kannst also jederzeit einsteigen, wenn du nach Hause willst. Wir werden wohl noch eine Weile hier sein.«

Florence kommt zurück, und sie und Sofi nehmen ihr Gespräch wieder auf, offenbar in der Annahme, dass er zurückfahren wird. Sein Körper kribbelt, er will nur noch weg, zugleich sehnt er sich nach Alice' Geruch, Geschmack und Körper. Eigentlich möchte er sie suchen, aber angesichts der immer noch feiernden Gäste sieht er ein, dass das keine gute Idee ist.

Vor der Veranda stehen Heizpilze, und einige mehr oder weniger angetrunkene Gäste rauchen. Eine Frau, die trotz der Kälte ein weißes trägerloses Kleid anhat, bläst Rauchringe in den schwarzen Himmel. Bei dem Kettenfahrzeug stehen ein paar alte Männer im Smoking, und er erkennt einen der berühmtesten Schauspieler Dänemarks. Ein Wagen steht bereit, um ins Dorf Åre hinunterzufahren, und Alex steigt ein.

Der Sitz ist hart, obwohl er mit Rentierfellen gepolstert ist, und es holpert, als sie ihre Fahrt über den Berg beginnen. Lieber hätte er die Kälte auf dem Motorschlitten ertragen als diese klaustrophobische Erfahrung. Der Geschmack von Alice vermischt sich mit Zimt, seine Gedanken sind nur noch bei ihr. Er weiß kaum noch, ob er oder sie angefangen hat. Alex greift nach seinem Handy, um zu schauen, wie spät es ist, sieht eine Benachrichtigung und geht zu seinen Social-Media-Konten, um nachzusehen. Es ist genau das, was er vermutet hat. Eine Anfrage von Hannah, diesmal über Instagram. Mit steifen Fingern schiebt er sie weg, ohne sie zu lesen. Er ahnt, dass sie nicht aufhören wird, bis er antwortet, aber das Letzte, was er will, ist Kontakt mit ihr. Niemand darf etwas wissen, weder von seiner Vergangenheit noch von dem, was heute Abend passiert ist. Nicht Sofi und schon gar nicht Carl.

9

Alex schlendert ziellos über das weitläufige Gelände rund um das Nord. Er hat heute nur am Vormittag gearbeitet, eine unerwartet ruhige Schicht, in der er hauptsächlich Schalotten gehackt und Hühnerbrühe vorbereitet hat. Er überlegt, ob er auf die Piste gehen soll, aber bald wird es dunkel und die Lifte schließen. Den Rest des Abends in seinem Zimmer zu verbringen, ist nicht verlockend. Er wird leicht unruhig, wenn er nicht in der Küche ist. Es gibt nicht viel zu tun, außer ins Dorf zu gehen. Obwohl er aufgrund der langen und späten Schichten verrückt werden kann, weil er kaum schläft, bevor der Wecker wieder läutet, hat er wenigstens etwas, worauf er sich konzentrieren kann, wenn er arbeitet.

Gelangweilt greift er nach seinem Handy und sieht, dass er eine SMS von seiner Schwester erhalten hat. Er vermisst sie und den Rest seiner Familie, und es gibt eigentlich keinen Grund, nicht zu antworten, wenn sie ihn kontaktieren. Aber im Idealfall möchte er nicht an die Vergangenheit denken, sondern sich nur auf die Zukunft konzentrieren. Also antwortet er Edith nur kurz, dass alles in Ordnung sei, und hat keine Lust, noch etwas zu schreiben. Er hat zwei völlig freie Tage vor sich, und morgen ist Heiligabend. Obwohl er sich geschworen hat, nicht an Alice zu denken, merkt er, wie seine Füße fast automatisch den Weg zu ihrem und Carls Haus nehmen. Als er den Pfad erreicht, auf dem sie mit ihrem Pferd spazieren gegangen sind, sieht er den Hundezwinger, und da steht sie, als hätte er sie mit seinem Willen herbeigezaubert.

Er betrachtet ihre Gestalt durch die kahlen Zweige, denn seit dem Luciafest hat er sie nur noch aus der Ferne gesehen.

Sie hat ihr Haar zu einem Pferdeschwanz gebunden, trägt ein schwarzes Stirnband und eine weiße Jacke, die er noch nie gesehen hat. Die Hunde im Zwinger heulen auf, wenn sie ihnen etwas zuwirft. Zu ihren Füßen befindet sich ein dunkler Fleck. Die Tiere brüllen geradezu vor Freude, wenn sie etwas hineinwirft, von dem er annimmt, dass es Futter ist. Sie wirkt konzentriert, zufrieden und ganz auf die Hunde fixiert.

Jetzt hat er seine Beine überhaupt nicht mehr unter Kontrolle, sie lenken seine Schritte direkt auf den Zwinger zu, obwohl er weiß, dass das falsch ist. Carl könnte jeden Moment aufkreuzen, und er weiß nicht einmal, was er zu Alice sagen soll, wenn er näher kommt. Er sollte umdrehen, aber er bewegt sich wie fremdgesteuert. Er nimmt die Mütze ab, streicht sich durchs Haar, setzt sie wieder auf, sein Mund ist trocken. Jetzt ist es zu spät umzukehren. Alice dreht sich um, und für einen kurzen Moment ist da etwas in ihren Augen, das ihn zögern lässt. Aber es verschwindet so schnell, dass er keine Zeit hat, seine Meinung zu ändern, und dann lächelt sie ihn an.

»Oh, hallo, hast du frei?«

Sie wischt sich die Hände an ihrer dunkelblauen Reithose ab und schaut ihn fragend an.

»Äh, ja … Ich habe den Rest des Tages frei.«

Er hört, wie lächerlich das klingt, als würde er hoffen, dass sie zusammen etwas unternehmen. Vielleicht tut er das tief in seinem Inneren auch. Seit einer Woche stellt er sich immer wieder den Kuss im Bad vor und wartet darauf, sie zu sehen. Sie sieht glücklich aus, aber nicht so, wie er es sich erhofft hatte. Sie hat den gleichen Gesichtsausdruck wie eine Lehrerin, wenn man in der ersten Klassenarbeit in der Grundschule alle Antworten richtig hat.

»Toll, Alex. Gönn dir mal eine Verschnaufpause. Wie du siehst, habe ich hier noch viel zu tun, aber ich wünsche dir frohe Weihnachten!«

»Frohe Weihnachten!«

Er hat kaum Zeit, ihr gekünsteltes Lächeln zu erwidern, als sie in den Stall neben dem Hundezwinger verschwindet, aus dem ihn die drei Hunde enttäuscht anstarren. Einer sieht aus wie ein Wolf und hat die Zunge aus dem Maul hängen. Die beiden anderen sind braunschwarz, sie drängen sich am Gitter, knurren und fletschen die Zähne. Er hätte nie herkommen dürfen. Er ist nur ein Angestellter und weiß nicht einmal, ob er hier rein formal überhaupt Zutritt hat. Als er sich umdreht, um zurückzugehen, fällt sein Blick auf den dunklen Fleck am Boden. Es ist Blut, rotes Blut, das sich im Schnee dunkelbraun verfärbt hat. Ein großer klebriger Fleck aus Eingeweiden und kleinen Fellbüscheln verfärbt den frisch gefallenen Schnee. Am Rand befindet sich ein pelziges Ohr. Er stellt fest, dass das Heulen, das er gehört hat, nicht nur von den Hunden kommt. Aus einer Ecke des Hofes kommt ein leises Wehklagen, und als er näher kommt, sieht er ein Kaninchen mit zerrissenem Fell, das sich in einer Ecke versteckt. Alice hat den Hunden Kaninchen zugeworfen. Lebende Kaninchen. Mit schnellen Schritten geht er in sein leeres Zimmer zurück und versucht zu verdrängen, was gerade passiert ist, seine Wangen brennen vor Scham, er fühlt sich wie ein Idiot. Er hätte erkennen müssen, dass der Kuss auf der Party eine einmalige Sache war, und er hätte warten müssen, bis Alice sich meldet, anstatt sie aufzusuchen.

An Heiligabend wacht Alex auf, als es draußen hell wird, und fühlt sich zum ersten Mal seit Langem ausgeruht. Er bleibt im Bett liegen und schaut auf den weißen Weihnachtsstern aus Papier, der den größten Teil des Fensters bedeckt, schließt die Augen und denkt für ein paar Minuten an die Vergangenheit, obwohl es ihm danach meistens schlechter geht. Er erinnert sich an sein Kinderzimmer. Es muss Weihnachten in der siebten Klasse gewesen sein. Julia war noch klein und liebte es, zu ihm zu kommen. Normalerweise scheuchte er sie wieder raus, aber an Heiligabend war es schön, die kleine

Schwester an seiner Seite zu haben. Gemeinsam den Adventsstern im Fenster anzuschauen und das Gezanke der Eltern aus der Küche zu hören. Dass er das alles für selbstverständlich hielt, dass seine Mutter die Kerzen angezündet und sein Vater den halben Abend vorher den Schinken gegrillt hat, damit er am Weihnachtsmorgen frisch war. Er schämt sich, wenn er daran denkt, wie er sich beschwert hatte, weil sie vergessen hatten, den richtigen Senf zu kaufen, den scharfen mit der schwarzen Kappe, den er immer am liebsten mochte. Er wünschte sich eine Playstation 4 und war enttäuscht, als er nur eine Playstation 3 bekam …

Wie gewohnt verdrängt er alle Gedanken an seine Familie, als er aufsteht und sich den Morgenmantel überzieht. Heiligabend ist ein ganz normaler Tag, viele Menschen arbeiten an Weihnachten oder machen sich nicht die Mühe zu feiern, er selbst hat das in den letzten Jahren kaum getan. Zögernd greift er nach seinem Handy und sieht schon ein paar Benachrichtigungen, bevor er seinen Code eingibt.

Frohe Weihnachten, Alex. Ich denke an dich. /Mama

Edith hat ihm ein Bild von einem lustigen Weihnachtsmann geschickt. Er antwortet nicht. Zum Glück hat er keine neuen Anfragen oder Nachrichten von Hannah bekommen. Er geht in die Küche, und der Anblick, der sich ihm bietet, vertreibt seine düsteren Gedanken. Jonathan steht mit nacktem Oberkörper und Glitzer um den Hals da und brät Speck zu *Last Christmas* von Wham in voller Lautstärke. Alex weiß, dass Jonathan seinen in Paris lebenden Freund vermisst, was er ihm neulich Abend in einem seltenen Moment der Vertrautheit erzählt hat.

Zwei der Mädchen platzieren Kerzen an einem Frühstücksbuffet, das auf der Kücheninsel aufgebaut ist. Einige Kollegen sitzen auf dem Sofa und schauen die Morgennachrichten im Fernsehen. Die Moderatorin hat Christbaumkugeln als Ohrringe und spricht darüber, wie man am besten mit Weihnachtskonflikten umgeht. José schmückt den Weihnachtsbaum, den Gitt in der Ecke neben dem Kamin aufgestellt hat. Als i-Tüpfelchen fallen draußen vor dem Fenster weiße Flocken vom Himmel.

Alex setzt sich auf einen Barhocker, und Lisa reicht ihm einen Emaillebecher mit heißer Schokolade, Schlagsahne und Kakaostückchen. Obwohl er kein Schokoladenfan ist, nimmt er ihn entgegen und wünscht ihr frohe Weihnachten. Das Ganze sieht aus wie in einem Musikvideo, als wären sie eine große nette Gruppe von Freunden, die beschlossen haben, Weihnachten gemeinsam in einer luxuriösen Berghütte zu verbringen. In diesem Moment spielt es keine Rolle, dass die Leute Töpfe und Pfannen voreinander verstecken oder sich darüber freuen, wenn jemand gefeuert wird. Alex freut sich auf den *Tag der Inspiration*. Das ist seine Chance, Thomas zu zeigen, was wirklich in ihm steckt, und wenn dem Chefkoch gefällt, was er sieht, spielen die Sabotageversuche der anderen keine Rolle mehr.

Er trinkt einen Schluck von der Schokolade, die ihm gut schmeckt, nachdem er die Tasse zur Hälfte mit Kaffee gefüllt hat, und schließt sich Josés Vorschlag an, eine Runde Mario Kart auf einer alten Nintendo Wii zu spielen, die sie in einem Schrank gefunden haben. Er ist dankbar für seine Freundschaft mit José und dafür, dass Sofi nicht hier ist, sondern mit ihrer Familie unten im Dorf Weihnachten feiert. Obwohl es unwahrscheinlich ist, macht er sich Sorgen, dass Sofi irgendwie herausgefunden hat, dass er und Alice sich auf der Party geküsst haben. Sie hat nichts gesagt, aber er ist überzeugt, dass man es ihm angemerkt hat. Nach Alice' kühlem Verhalten gestern nimmt er an, dass der Kuss eine einmalige Sache war, aber er kann nicht aufhören, an sie zu denken. Er hat ihre Begegnung schon hundertmal in Gedanken durchgespielt und versteht nicht, warum sie die Initiative ergriffen hat, um ihn später zurückzuweisen.

Nach dem Frühstück beschließt er, eine Wanderung in die Berge zu unternehmen. Zu seiner Enttäuschung will José nicht mit, er führt ein Videotelefonat mit seiner Familie, und so macht sich Alex allein auf den Weg. Die Freiheit und die Luft in den Bergen sind nicht zu überbieten, aber die Kälte ist spürbar. Der Wind bläst stark, die Piste ist geschlossen, und nach einer Weile nimmt er den Bus zurück nach Björnen. Der Bus hält unten im Dorf, aber es gelingt ihm, als Anhalter bei einer Familie mitzufahren, die auf dem Weg nach Huså ist. Als er zurückkommt, haben die meisten etwas anderes zu tun, und der Gemeinschaftsgeist vom Morgen ist verschwunden. Rastlos überlegt er, ob er sein Zimmer aufräumen soll, aber es ist schon aufgeräumt. Putzen ist hier inklusive. Normalerweise genießt er es, nicht staubsaugen und wischen zu müssen, aber heute fühlt es sich einfach trostlos an.

Er öffnet den Schrank und sieht sich die Sachen an, die Emil zurückgelassen hat. Die meisten sind noch ziemlich neu, und er hat sie auch schon benutzt. Er sollte ihn anrufen und ihm frohe Weihnachten wünschen – schließlich ist er dank Emil hier. Vielleicht kann er sehen, wo er auf Facebook ist, und ihn per Messenger statt per SMS erreichen, er loggt sich ein und scrollt durch den Feed. Keine Aktivität, seit sie sich in Kopenhagen getroffen haben, aber er schickt trotzdem einen Weihnachtsgruß. Dann geht er zu Instagram. Ein Post des Nord erscheint, und er sieht, dass sie ein Foto der gesamten Belegschaft gepostet haben. Er steht unten in der Mitte und erkennt sich auf dem Foto zunächst nicht wieder. Viele neidische Kommentare von Köchen, die gerne mit Thomas zusammenarbeiten würden, füllen den Kommentarbereich. Er kneift sich in den Arm. Es stimmt, er ist hier.

Er selbst nutzt Instagram nur selten, postet nie etwas und akzeptiert auch keine Follower. Er will nicht, dass jemand weiß, wo er ist oder was er macht, denn das Einzige, was passiert, ist, dass die Leute anfangen zu kommentieren und auf seine Vergangenheit anspielen. Stattdessen verfolgt er das

Leben der anderen. Leute, die mal Commis waren und sich hochgearbeitet haben. Köche, Gourmets und ein Ehepaar, das in Frankreich ein Weingut betreibt. Einige inspirieren ihn, andere wecken seinen Neid, wenn sie Erfolge bei Wettbewerben feiern, eigene Restaurants eröffnen oder an Orte reisen, die er gerne besuchen würde.

Er fügt ein paar lokale Restaurants in Åre hinzu, die ihm vorgeschlagen werden, und wünscht sich, er wäre in der Küche und könnte sich voll und ganz auf seine Arbeit konzentrieren, denn am Ende muss er Ediths Konto checken. Sein Magen zieht sich zusammen, als er das Foto sieht, das sie vor ein paar Stunden von sich und Julia gepostet hat. »Frohe Weihnachten, Sis!«, gefolgt von einer Reihe verschiedener weihnachtlicher Emojis. Das Foto ist aus Frankfurt. Seufzend schaltet er das Handy aus. Als er sich zurück aufs Bett wirft, um nach der Fernbedienung zu greifen und zu sehen, ob ihn etwas im Fernsehen ablenkt, fällt sein Blick auf den Nachttisch. Dort liegt ein in dunkelrotes Papier eingewickeltes Päckchen mit silbernem Klebeband darum und einer Karte, die unter der Schnur eingeklemmt ist. Wahrscheinlich ist es Schokolade oder etwas anderes, das Gitt organisiert hat, ein Geschenk der Familie Duwal für alle Mitarbeiter. Vielleicht wurden die Päckchen verteilt, während er unterwegs war, und jemand hat eins in sein Zimmer gelegt. Er macht es ohne große Begeisterung auf. Es ist deprimierend, dass sein einziges Weihnachtsgeschenk etwas ist, das das Nord in großem Stil gekauft hat und wahrscheinlich jedes Jahr verschenkt. Auch wenn es wahrscheinlich von guter Qualität ist.

Doch für Schokolade ist die Schachtel, die zum Vorschein kommt, zu schwer, und auch die Form stimmt nicht ganz, sie ist quadratisch. Vielleicht ist es ein Kerzenständer aus lokalem Granit, sie werden in den Souvenirläden des Dorfes verkauft, ein paar davon stehen im Wohnzimmer. Er klappt die handgeschriebene Karte auf.

Frohe Weihnachten! Alice

Die persönliche Unterschrift überrascht ihn. Gleichzeitig ist es typisch Alice, aber auch ein wenig seltsam, dass Carls Name nicht auf der Karte steht.

Die Schachtel enthält eine lederne Box, und er öffnet überrascht den Verschluss. Es ist eine Uhr, eine Omega Speedmaster. Er blickt sich im Raum um, als ob er irgendwo eine Erklärung dafür finden könnte. Er ist sich absolut sicher, dass das Päckchen heute Morgen noch nicht da war, und fragt sich, ob Alice es selbst hergebracht oder ob sie Gitt beauftragt hat, es hier zu hinterlegen. Er ist enttäuscht und erleichtert zugleich, dass er vorhin nicht da war und dass Sofi weit weg ist, wahrscheinlich schaut sie gerade Donald Duck. Vielleicht bedeutet das, dass es für ihn eine Chance gibt, Alice wiederzusehen, dass er sie gestern falsch eingeschätzt hat. Wahrscheinlich hatte sie gerade andere Dinge im Kopf, ein Geschenk dieses Kalibers sollte doch bedeuten, dass sie an ihn denkt, oder? Er versteht einfach nicht, wie er so etwas Teures verdient haben könnte. Er nimmt die Uhr, wiegt ihr Gewicht in der Hand, bevor er sie über sein Handgelenk streift. Sie gefällt ihm, er spürt, wie er lächelt. Eine Uhr, die ihn an die Uhr erinnert, um die er Emil beneidet hat, als er vor ein paar Wochen in einem übergroßen geliehenen Jackett in dem Kopenhagener Restaurant saß, und die er nun selbst am Handgelenk trägt. Ihm ist es egal, dass Alice verheiratet oder seine Chefin ist.

Als es kurze Zeit später an der Tür klopft, öffnet er widerwillig, lehnt aber ab, als José ihn fragt, ob er Lust hat, Glühwein zu trinken. Als sich die Tür schließt, bereut er es, denn er schämt sich, keinen vernünftigen Grund nennen zu können, warum er am Weihnachtsabend allein in seinem Zimmer sitzen will. Am liebsten würde er sich José anvertrauen, aber das ist viel zu riskant. Alex weiß, dass er dazu neigt, sich zurückzuziehen, wenn die anderen versuchen, ihn in die Gemeinschaft zu integrieren. Sie sind zwar Konkurrenten in der Küche und können eifersüchtig und neidisch aufeinander sein, doch die meisten seiner Kollegen sind eigentlich nett. Aber es fällt ihm immer noch schwer, anderen Menschen zu vertrauen, er ist zu sehr daran gewöhnt, für sich zu sein.

Er bewundert wieder die Uhr, lehnt sich in die Kissen zurück und schaltet den Fernseher ein, wo Benjamin Cricket gerade Weihnachtslieder singt.

10

Am ersten Weihnachtstag ist es nicht mehr ganz so kalt, der Wind hat nachgelassen, und Alex ist froh, als Erster am Lift zu sein, als dieser öffnet. Die Uhr an seinem Handgelenk lässt ihn an Alice denken. Das Gefühl der frisch präparierten Piste unter dem Board ist unschlagbar, und der Schnee, der in der Nacht gefallen ist, macht das Skifahren im Wald magisch. Er beginnt, sich wieder leicht zu fühlen, er rauscht schwungvoll den Hang hinab, ohne dass er nachdenken muss. Keiner der anderen Skifahrer aus dem Nord ist in Sicht, und als er merkt, wie gut es sich anfühlt, bekommt er ein schlechtes Gewissen, dass er nicht öfter versucht hat, José zu wecken, aber der schlief tief und fest, und Alex findet, dass er eine Mütze voll Schlaf verdient hat. Er selbst wachte sehr früh auf, und das Erste, was er gesehen hat, als er die Augen öffnete, war die Uhr auf dem Nachttisch neben ihm.

Er hält Ausschau nach Alice und hofft, sie am Hang zu entdecken. Jedes Mal, wenn er sie sieht, trägt sie eine andere Jacke, aber fast immer eine helle, und jedes Mal, wenn er eine schlanke Frau in weißer Skikleidung sieht, schaut er genauer hin. Aber keine von ihnen ist Alice. Es ist Weihnachten, und alle um ihn herum scheinen gut gelaunt zu sein. Abgesehen von einem Vater, der seinen halbwüchsigen Sohn wegen eines in den Schnee gefallenen Autoschlüssels zurechtweist, sieht er nur fröhliche Gesichter. Er konzentriert sich aufs Fahren, und als er im Lift sitzt, findet er in seiner Tasche einen Schokoladenkeks, der sein Mittagessen für den Tag bildet. Es ist unmöglich, nicht an den Unterschied zwischen diesem mickrigen Mahl und Alice' Luxusmittagessen zu denken. Aber bald wird ein neuer Monat anbrechen, und sobald er seinen ersten Gehaltsscheck erhält, wird er José zum Mittagessen ins Buustamon einladen. Als José von ihm wissen wollte, wie er sich die Ausrüstung hatte leisten können, hat er ihm nicht gesagt, dass Alice sie bezahlt hat, sondern etwas von einer Überweisung seiner Eltern erzählt, und José fragte auch nicht weiter nach. Er knickt den Rand seines Skihandschuhs um, krempelt mit der anderen Hand den Ärmel seiner Jacke hoch und bewundert sein Weihnachtsgeschenk wahrscheinlich schon zum fünften Mal. Die Uhr muss etwas bedeuten, auch wenn sie Alice wahrscheinlich nur ein Taschengeld gekostet hat. Morgen geht er wieder zur Arbeit, und er freut sich darauf und fürchtet sich zugleich davor. Die freien Tage haben ihm gezeigt, wie hart er seit seiner Ankunft gearbeitet hat, aber er muss noch härter arbeiten, wenn er in Zukunft die gleichen Chancen haben will wie Thomas und Pierre.

Einige Stunden später schließen die Lifte. Die Luft ist nicht mehr klar, und die schönen Schneeflocken sind einem unangenehmen Wind gewichen. Er sollte nach Hause gehen und sich früh hinlegen. Auf dem Heimweg erhält er eine SMS. Er nimmt sein Handy und erwartet einen weiteren Kontaktversuch seiner Familie, oder vielleicht eine sinnlose Reklame, die er vergessen hat abzubestellen, aber es ist eine Nachricht von einer unbekannten Nummer.

Kannst du mir bei ein paar Sachen zu Hause helfen?
Alice

Er liest sich die Nachricht mehrmals durch, bevor er schnell die Bindung löst, sein Board abschnallt und sich auf den Weg zur Bushaltestelle macht.

Als er den Innenhof erreicht und vor dem großen Haus aus der Jahrhundertwende steht, sind ihm bereits tausend Gedanken durch den Kopf gegangen. Er überlegt, kann sich nicht entscheiden, ob er etwas zur Uhr sagen, den Vorfall auf dem Fest erwähnen oder so tun soll, als käme er nur, um zu helfen. Er fragt sich, warum sie Hilfe braucht, was für eine Arbeit er machen soll. Aber er hat nicht viel Zeit, darüber nachzudenken, denn in dem Moment erscheint Alice an der Kellertür des großen Hauses, als habe sie gewusst, dass er da ist.

»Wie schön, dass du kommen konntest.«

Es ist schwer, ihren Gesichtsausdruck zu deuten, ob die Stimmung wie im Badezimmer des Jagdschlosses oder wie vor dem Zwinger ist. Er folgt ihr, sieht, wie sie einen Eimer anhebt und einen Schlüssel packt, dann betreten sie das Haus. Er ist aufgeregt. Sie ist es, die ihn gebeten hat herzukommen, und er verschlingt ihren geschmeidigen Körper mit seinen Blicken, sie trägt wieder eine neue Jacke, diesmal silbern, und eine enge schwarze Jeans. Sie betreten einen möblierten Kellerraum, und sie bittet ihn, ein paar helle Holzkisten mit Weinflaschen, die direkt vor der Tür stehen, in einen Vorratsraum zu tragen. Als er damit fertig ist, dreht er sich zu ihr um. Sie wollte, dass er herkommt und ihr hilft. Die Kisten waren nicht sehr schwer, wenn man sie einzeln trug, und eigentlich hätte sie sie auch selbst schleppen können. Alice, die seine Gedanken zu lesen scheint, wirft ihm über die Schulter einen Blick zu.

»Es ist so nett von dir, dass du mir an deinem freien Tag hilfst. Ich hätte es selbst machen können, aber ich bin beim Skifahren gestürzt.«

Sie hält inne und reibt sich den Ellbogen, als wolle sie es ihm zeigen.

»Mein Arm tut ein bisschen weh, und das Personal ist im Urlaub.«

Während sie spricht, führt sie ihn die Treppe hinauf ins Erdgeschoss. Sie geht hinter ihm her und schiebt ihn fast nach oben. Es ist ihm unangenehm, weil er weiß, dass sie ihn beobachtet, aber es ist erregend, ihren Atem an seinem Hals zu spüren, und er ist fast enttäuscht, als sie aus dem Keller in die Küche kommen. Er schaut sich in dem großen Raum um, was sie amüsiert zur Kenntnis nimmt. Die Küche ist fast so gut ausgestattet wie in einem Restaurant, und Alice beginnt sofort, mit einigen Zutaten zu hantieren, die auf der Küchenplatte liegen.

»Tu nicht so überrascht, ich kann auch kochen.«

Sie beginnt mit der Zubereitung dessen, was er für ihr Abendessen hält, er sieht Trüffeln, Parmesan, Hühnchen, Sahne, Zwiebeln und frische Nudeln. Ihm juckt es in den Fingern, aber er wagt es nicht, ihr anzubieten, das Gericht zuzubereiten, und sie fragt ihn auch nicht, ob er ihr helfen will. Stattdessen öffnet sie eine breite Tür, hinter der sich ein Weinkühlschrank verbirgt.

»Wein?«

Ohne eine Antwort abzuwarten, nimmt sie zwei Weingläser aus dem Schrank, füllt sie, reicht ihm eines und prostet ihm zu. Der Wein funkelt wie Bernstein, ein orangefarbener Schein umspielt das Glas.

»Viel Glück, Alex.«

Er hebt auch das Glas, nippt am Wein. Dann dreht er die Flasche um und liest das Etikett, das er von seiner früheren Arbeit in Kopenhagen kennt. Es ist ein sehr guter Naturwein.

Er bemerkt, dass er noch seine Skikleidung trägt, und Alice zeigt ihm, wo er sie aufhängen kann. Nachdem er die Thermohose und die Jacke ausgezogen hat, trägt er nur noch seine Unterwäsche und einen schwarzen Wollpullover. Er fühlt sich nackt, wenn er mit einer langen Unterhose herumläuft, und setzt sich an den Tisch, um seinen Unterkörper unter der Tischplatte zu verstecken.

Alice schneidet die Zwiebel mit einem der schönsten Messer, die er je gesehen hat, wahrscheinlich vom Messermacher in Åre. Thomas hat ein ganzes Set davon, er hat sie in der Küche gesehen, aber noch nie Gelegenheit gehabt, damit zu arbeiten. Die Wartezeit für ein solches Messer, wenn er es sich denn leisten könnte, beträgt über sieben Monate. Er weiß, dass Carl jeden Moment hereinkommen und ihn hier in Unterwäsche mit einem Glas Wein in der Hand mit Alice sehen könnte, und bei diesem Gedanken trinkt er schnell einen großen Schluck. Er weiß nicht viel über Carl, außer dem, was er im Internet gelesen hat, aber er hat wahnsinnige Angst davor, dass Carl ohne Vorwarnung auftaucht und ihn feuert. Dass er das Nord sofort verlassen muss.

Alice war die wenigen Male, die er Carl erwähnt hat, verschlossen gewesen wie eine Muschel, aber er weiß, dass es nicht gut aussehen würde, wenn jemand, irgendjemand, sie jetzt sehen würde. Wieder ist es, als könnte Alice seine Gedanken lesen.

»Carl ist über Weihnachten leider nicht zu Hause. Er hatte geschäftlich in Kapstadt zu tun und sollte heute Abend kommen, aber der Flieger konnte nicht abheben, weil die Fluglotsen dort gestreikt haben, also wird er ein paar Tage da unten bleiben und auf die Jagd gehen.«

Alex atmet erleichtert auf. Wenn Carl in Kapstadt ist, ist es ausgeschlossen, dass er unangekündigt auftaucht oder früher als geplant nach Hause kommt. Alice hört auf zu hacken und nimmt einen langsamen Schluck aus ihrem Weinglas. Alex räuspert sich und versucht, seine Stimme möglichst ruhig zu halten.

»Danke für das Weihnachtsgeschenk. Aber ich weiß nicht, ob ich so etwas Teures annehmen kann.«

Alice lächelt und blickt vom Schneidebrett auf.

»Gern ... Wie ich sehe, hast du es doch schon angenommen.« Er wird rot und merkt, dass sie es bemerkt hat, obwohl das Licht in der Küche schwach ist. Sie schneidet die Zwiebel zu Ende, legt das Messer weg und sieht ihn mit einem Blick an, den er nur schwer deuten kann.

»Ich dachte, du hättest eine kleine Aufmunterung verdient. Es ist immer schwer, an Weihnachten von der Familie getrennt zu sein. Aber vielleicht verbringst du auch sonst nicht so viel Zeit mit ihnen?«

Alex läuft ein Schauer über den Rücken. Er kann nicht ausmachen, ob sie nur Small Talk macht oder etwas Konkretes meint. Er versucht, sich mit dem Gedanken abzufinden, dass jeder im Nord über seine Vergangenheit Bescheid wissen könnte. Es gibt keinen Grund, warum Alice sich für sein früheres Leben oder seine Familie interessieren sollte. Er hat einen normalen Nachnamen, und obwohl es viele Onlineartikel über den Unfall gibt, wird sein Name normalerweise nicht erwähnt und kein Foto von ihm gezeigt. Alice lächelt, legt den Kopf schief und wischt sich langsam die Hände an einem Küchenhandtuch ab.

»Ich habe auch nicht viel Kontakt zu meiner Familie.«

Sie nippt an ihrem Wein, stellt das Glas ab und geht um die Kücheninsel herum, sodass nur noch ein Meter zwischen ihnen liegt.

»Die Jahre haben mich gelehrt, dass Familie etwas ist, das man sich aussuchen kann. Vor allem an Weihnachten. Apropos Weihnachten ... Vielleicht möchtest du mir ein Weihnachtsgeschenk machen?«

Alex ist verwirrt – er hat kaum Geld, und es gibt nichts, was er Alice kaufen könnte, was sie nicht schon hat. Dann geht ihm langsam ein Licht auf, und er wird wieder rot, weil er es nicht gleich gecheckt hat, aber auch, weil er jetzt genau weiß, was sie meint.

Sie wartet nicht auf eine Antwort, sie ist schon an seiner Seite, stellt sich dicht neben seinen Stuhl und beginnt, seine Schultern zu massieren. In seinem Kopf wird es still. Seit einem peinlichen One-Night-Stand im Internat während der Schulzeit hat er mit niemandem mehr geschlafen. Ein Mädchen aus der Parallelklasse, das er kaum kannte, aber es war nicht wie jetzt. Damals hat er nichts gespürt, und die Initiative war vor allem von ihr ausgegangen. Das hier ist eher so, wie es vor langer Zeit mit Hannah war. Er will Alice nahe sein, er will, dass sie in diesem Gefühl verschmelzen, wenn alles andere verschwindet und er nur noch als warmes Pochen existiert.

Obwohl Alice kühl aussieht, ist ihre Haut warm, fast fiebrig. Wie warmer Marmor, denkt er und drückt sich an sie. Er dreht sich nicht um, lehnt nur den Hinterkopf an ihren Bauch und schließt die Augen. Er bleibt auf dem Stuhl sitzen, lässt sie führen, lässt es geschehen. Sein Glied wächst. Alice' Finger massieren abwechselnd hart und sanft seine Schultern, wandern hinauf zu seinen Ohrläppchen und seinem Mund, um sein Gesicht mit den Fingerspitzen zu necken. Er macht sich jeden Augenblick darauf gefasst, dass sie zurückweicht, überrascht lacht und sagt, das sei alles nur ein Scherz. Stattdessen spürt er, wie ihre Hände weiter seinen Hals hinaufwandern, und als ihre Fingernägel sich in seine Kopfhaut bohren, erschauert er. Sie löst ihren Griff und streicht ihm sanft über die Wange, wie sie es im Badezimmer des Schlosses getan hat, während sie sein Gesicht zu sich dreht. Sie wissen beide, was nun geschehen wird. Sanft zieht sie ihn hoch, entkleidet seinen Unterkörper, er zieht sein Hemd aus. Dann lässt sie ihre eigene Hose zu Boden gleiten. Sie trägt kein Höschen, und er zuckt zusammen, als er ihren nackten Unterkörper sieht. Ihr Schamhaar ist ordentlich geschnitten, kraus und dunkel. Seine Schläfen beginnen zu pochen.

Sie fordert ihn auf, ihr das Hemd auszuziehen, und knöpft ihren BH auf, während sie ihn zur Kücheninsel schiebt, leise wie eine Katze, die eine Tür öffnet. Ein Schauer durchfährt ihn, als er begreift, was sie will. Dass er dort auf dem Rücken liegt. Sie klettern auf die Kücheninsel. Wieder errötet er, entblößt und erregt zugleich. Sein Schwanz ist steinhart, und im Gegensatz zu Alice' warmer Haut fühlt sich die Steinplatte der Kücheninsel auf seinem Hintern und Rücken eiskalt an. Ihm ist alles egal, Carl, seine Familie, Sofi oder sonst etwas, er will nur hier und jetzt bei Alice sein.

»Du vertraust mir doch, Alex?«

Er liebt es, wenn sie seinen Namen sagt. Er liebt es, wenn sie sich wie ein Tier fühlt. Es ist, als würde sie ihn verschlingen, als könnte sie nicht widerstehen. Er will gefressen, zerstört, verzehrt werden, sich in ihr auflösen. Jeder Teil seines Körpers wird weich und fällt, die Waden entkrampfen sich, der Kiefer, die Augenlider. Ihr Handgelenk an seinen Lippen, ihre Haut, an manchen Stellen fast durchsichtig, mit Adern, kleinen weißen Flaumhaaren und sandfarbenen Sommersprossen. Ihre Brüste sind schwerer als erwartet, weich und warm wie der Rest ihres Körpers. Alles verschwindet. All seine Unsicherheiten fließen aus ihm heraus und sind fort. Er ist nur noch Körper und Lust, er ist Gegenwart, und als sie in einem gemeinsamen Orgasmus explodieren, bleibt die Zeit stehen.

11

Es ist neblig und feucht, als Alex in die Personalunterkunft zurückkehrt. Er und Alice haben an diesem Abend nicht nur einmal, sondern dreimal miteinander geschlafen. Nach der Kücheninsel an der Wand in der Küche und dann auf dem Sofa im großen Wohnzimmer. Er konnte nicht genug kriegen von ihrer Haut, davon, wie ihre schlanken Finger über seinen Körper glitten, und wäre am liebsten noch länger geblieben. Doch dann zog sie sich an und sagte, es sei Zeit für ihn zu gehen. Als sie sich verabschiedeten, holte sie ein Handy heraus, auf dem ihre Nummer gespeichert war, und sagte ihm, er solle es immer bei sich tragen. Alex wurde warm ums Herz, als er es nahm, obwohl er wusste, dass das, was passiert war, wirklich falsch war.

Er hoffte, unbemerkt in die Personalunterkunft zu gelangen, aber zu seiner Überraschung war José noch wach und begrüßte ihn fröhlich, als er Alex hereinkommen sah.

»Wo warst du denn, bist du im Dorf hängen geblieben, oder was?«

Er hatte nicht damit gerechnet, dass einer seiner Kollegen an der Kücheninsel sitzen und Fragen stellen würde. Alex hätte José gerne ausgewählte Teile erzählt, aber jetzt ist er gezwungen, ihn wieder anzulügen. Er überlegt kurz und hofft, dass José ihm seine hastig erfundene Notlüge abkauft.

»Ein Typ ist bei Björnänge von der Straße abgekommen, ich habe ihm geholfen, die Räder freizuschaufeln, und dann hat er mich unten an der Tankstelle auf eine Pizza eingeladen.«

»Das ist nett, ich weiß nicht, ob ich das bei der Kälte geschafft hätte. Willst du ein Bier?«

»Tut mir leid, ich bin etwas müde, aber gerne ein andermal.«

»Verstehe. Übrigens ist Sofi vorbeigekommen, sie hat erwähnt, dass eine Hannah versucht hat, dich über den Instagram-Account vom Nord zu kontaktieren. Sie hat gebeten, dass du ihr antwortest.«

Er sieht, dass José eine Erklärung von ihm erwartet, aber Alex kriegt keinen Ton hervor. José zuckt mit den Schultern und wirft seine leere Bierdose in den Mülleimer.

»Anscheinend hat sie dich auf einem Foto gesehen. Dachte, das würde dich interessieren.«

Im ersten Moment denkt Alex, dass er sich ins Zimmer schleichen sollte. Dann sieht er, wie José auf ihn wartet, und ihm wird klar, dass dies seine Chance ist. Um José zu zeigen, dass ihm ihre Freundschaft etwas bedeutet, um sich ihm anzuvertrauen, wie es Freunde tun.

»Ähm … Hannah ist meine Ex. Aber ich möchte keinen Kontakt zu ihr.«

José nickt zustimmend.

»Es sind ein paar Dinge passiert, als ich in der Oberstufe war, in Växjö. Die Polizei war involviert, na ja. Eine wirklich schlimme Sache. Das ist jetzt lange her.«

Alex bringt es nicht über sich, noch mehr zu sagen, aber José scheint nicht nach einer Fortsetzung zu fragen, sondern kommt auf ihn zu und umarmt ihn fest.

»Okay, danke.«

Alex klopft ihm dankbar auf die Schulter und verschwindet schnell in seinem Zimmer, erleichtert und peinlich berührt zugleich nach dem Gespräch mit José. Hannah. Er versteht nicht, was sie will. Die Tatsache, dass er sie überall geblockt hat, sollte Bände sprechen, warum begreift sie den Wink mit dem Zaunpfahl nicht? Er fragt sich, warum sie so hartnäckig versucht, Kontakt mit ihm aufzunehmen, aber es ist egal. Sie ist der letzte Mensch auf der Welt, mit dem Alex reden will, und egal, wie oft sie es versucht, er wird sich niemals bei ihr melden.

Am nächsten Morgen merkt man in der Küche, dass alle ein paar Tage freihatten. Das Arbeitstempo ist hoch, die Stimmung gut. Alex ist glücklich, ein Gefühl, das er seit Monaten, vielleicht seit Jahren nicht mehr verspürt hat. Er ist gerade dabei, seine Station einzurichten, die Flaschen mit Öl zu füllen und Schnittlauch zu schneiden, als Thomas ruft:

»Make sure your station is clean, Carl is coming!«

Alex verschüttet etwas Öl und wischt es schnell weg. Carl ist also wieder da. Alex fragt sich, wann er wohl gekommen ist. Heute Morgen ist kein Hubschrauber gelandet, jedenfalls hat er nichts davon gehört. Was, wenn ihn gestern jemand aus der Villa hat schleichen sehen, was, wenn Carl Bescheid weiß, was, wenn jetzt alles vorbei ist? Das gute Gefühl, das er am Morgen hatte, verschwindet, und er sieht vor seinem inneren Auge, wie er in der Küche vor allen gedemütigt und lächerlich gemacht wird. Die letzte Nacht mit Alice war mit das Beste, was ihm je passiert ist, aber in der Küche des Nord zu arbeiten ist sein Lebenstraum. Wenn Carl herausfindet, was geschehen ist, ist es damit vorbei.

Es gibt kein Entkommen, und während Alex sich noch nach einem Fluchtweg umsieht, kommt Carl durch die Schwingtür vom Speisesaal herein. Er geht auf Thomas zu und schüttelt ihm die Hand. Carl sieht ganz anders aus als auf seinen Onlinefotos, auf denen er mürrisch und zerzaust wirkt. In Wirklichkeit ist er viel schlanker, klassisch gut aussehend, mit grauem Haar und perfekter Frisur, und er wirkt fröhlich, während er interessiert den Tintenfisch begutachtet, der auf Thomas' Werkbank zur Reinigung bereitliegt. Alex schaut auf seinen Arbeitsplatz hinunter. Womit hat er gestern eigentlich gedacht? Mit seinem Gehirn jedenfalls nicht. Er hört, wie Carl etwas über Silvester und die erwarteten Gäste sagt, wie immer Jagdfreunde und Prominente, dann beendet er sein Gespräch mit Thomas. Aus dem Augenwinkel sieht Alex, wie sie sich noch einmal die Hand geben, bevor Carl schnell weiter durch die Küche geht. Dann bleibt

Carl stehen, und Alex bemerkt, dass er ihn direkt anstarrt. Sein Blick ist kalt und prüfend. Alex weiß nicht, wohin er sich wenden soll. Sekunden später richtet Carl seinen Blick auf Thomas und nickt, als wäre nichts geschehen. Vielleicht hat er sich das auch nur eingebildet.

Niemandem scheint Carls Blick aufgefallen zu sein. Die Stimmung ist wie immer. Obwohl Carl freundlich und höflich wirkt, fühlt sich Alex schwach und außer Atem. Es muss ein Zufall gewesen sein, dass Carl ihn angesehen hat, wahrscheinlich hat er sich nur in der Küche umgeschaut.

Auf dem Weg nach draußen wendet sich Carl noch einmal an Thomas.

»Alice hat alles unter Kontrolle, frag sie. Ich bin nur kurz hier, die Geschäfte rufen.«

Dann ist er so schnell verschwunden, wie er gekommen ist, und Alex macht sich daran, Kräuteröl zu pressen. Den Rest des Tages vergräbt er sich in Arbeit und redet sich ein, dass Carl nichts weiß. Jedenfalls noch nicht. So muss es sein. Doch zugleich beschleicht ihn das ungute Gefühl, dass ihn jemand nach den Stunden mit Alice durch die Hintertür hat hinausschleichen sehen.

»Gute Arbeit, Alex. Ich habe dich noch nie so hart arbeiten sehen, mach weiter so.«

Wenn Florence wüsste, woher seine Konzentration kommt – aber er saugt das Lob in sich auf. Es ist leicht, die Messer zu schleifen und das Mise en Place vorzubereiten, aber innerlich wächst die Unruhe. So wunderbar Alice auch ist, er kann seine Zukunft nicht wegen einer Beziehung aufs Spiel setzen, die nie mehr sein wird als das, was sie jetzt ist.

Ein Summen ertönt in seiner Tasche, und er erkennt, dass es das Telefon ist, das Alice ihm gegeben hat. Unauffällig nimmt er es in die Hand und entsperrt das Display. »Der Code ist 0505, mein Geburtstag, merk ihn dir gut«, hatte sie gesagt, als sie ihm das Handy lächelnd gab.

Jetzt leuchtet eine SMS von ihr auf dem Display:

Sehen wir uns heute Abend?

Sie muss verrückt sein, Carl ist da. Vielleicht hat sie gar nicht gemerkt, dass er zurückgekommen ist, sie scheinen getrennte Leben zu führen. Er löscht die SMS, er traut sich nicht zu antworten, er will keinen Beweis auf dem Handy, nicht jetzt, wo Carl zurück ist.

Mitten in der Nacht, Alex hat gerade sein Zimmer betreten und die Tür hinter sich geschlossen, klingelt das Handy. Er nimmt ab, jederzeit bereit aufzulegen, falls es Carl ist.

»Hallo, hier ist Alice. Hast du meine SMS nicht bekommen?«

Sie klingt fast ein wenig atemlos, als würde sie von unterwegs anrufen.

»Ja, klar … Äh, tut mir leid, ich weiß nicht. Carl ist doch da?«

Er stottert, aber Alice wirkt unbekümmert.

»Keine Sorge. Carl wird bald abreisen, er ist nur über Silvester hier.«

Am Telefon herrscht lange Stille.

»Ich mag dich wirklich, ich glaube, das hast du gestern gemerkt«, fährt sie fort.

Alex weiß, was sie getan haben, ist falsch. *Völlig falsch.* Aber er fühlt sich zu ihr hingezogen, und er würde alles tun, um das Gefühl, das er heute Morgen gespürt hat, zurückzubekommen. Eine kurze Erinnerung an Carls Blick, als er durch die Küche ging, schießt ihm durch den Kopf. Aber warum sollte er sich schuldig fühlen, wenn Alice es nicht tut? Sie hat ihm doch gesagt, dass es in Ordnung ist. Vielleicht hat Carl viele Geliebte in Cagnes-sur-Mer, wo er sich zwischen seinen internationalen Geschäftsreisen herumtreibt, vielleicht haben sie sogar eine offene Beziehung. Was weiß er denn schon wirklich?

»Wir treffen uns in einer Viertelstunde bei den Ställen«, sagt Alice, als er nicht antwortet.

Sie hat schon aufgelegt, und er merkt, dass sie mit seinem Erscheinen rechnet. Es ist Nacht, aber Alex hat noch das Adrenalin von der Abendschicht im Körper und ist eher energiegeladen als müde. Aber er macht sich Sorgen, dass José, Lisa oder einer der anderen ihn bemerken könnten, wenn er aus dem Haus geht. Er schnuppert an seinem Ärmel, er riecht nach Braten, aber das ist ihm egal, denn er muss jetzt los, wenn er es rechtzeitig zu den Ställen schaffen will. Er öffnet die Tür zum Aufenthaltsraum.

»Hey, Alex, bist du auch noch wach? Du musst dir den Film ansehen, der ist krass gut!«

Jonathan liegt auf dem Sofa, die Fernbedienung in der Hand. »Ich hab noch was in der Küche vergessen, bin gleich wieder da.«

Verdammt, dass Jonathan noch da ist. Es gibt eine Grenze, wie viele schlechte Ausreden er sich erlauben kann, ohne dass es komisch wirkt. Jetzt muss er sich beeilen, sonst fragt sich Jonathan bestimmt, wo er bleibt. Er wirft sich seine Jacke über und beginnt, durch den Schnee zu stapfen, der unter seinen Schuhen knirscht, und als er die Ställe erreicht, ist ihm von der Anstrengung warm. Die Tür gleitet mit einem schweren Quietschen zur Seite, das Geräusch durchschneidet die Dunkelheit der Nacht. Auch im Stall ist es dunkel, er geht ein paar Schritte auf den Raum mit den Sofas zu, hört das ängstliche Scharren der Pferde. Er fühlt sich unwohl in der Finsternis, die ihn umgibt. Jemand ist im Raum, aber er kann nicht erkennen, wo. Dann hört er ein Geräusch und dreht sich um.

»Oh, Entschuldigung, ich habe dich gar nicht gesehen!«

Alice packt sein Handgelenk mit einem harten Griff.

»Ich wollte dich nur kurz anschauen.«

Sie presst ihre Lippen auf seine, und sie küssen sich lange. Ihre Zunge ist schmal und spitz, erkundet seine Zähne und Lippen, ihre Hände halten seine Taille fest, und er reagiert, indem er seine eigenen Hände schnell zu ihren Brüsten wandern lässt. Diesmal ist er nicht mehr so schüchtern, ihr Körper ist ihm bereits vertraut. Sie macht ihm klar, dass sie das Sagen hat, und er nimmt sie erst langsam, dann immer schneller auf einem der Tische im Raum. Er kann sich nicht zurückhalten, ist zu erregt und kommt viel zu schnell.

»Tut mir leid, das wollte ich nicht.«

Alice lächelt.

»Kein Problem, ich weiß, wie du es wiedergutmachen kannst.«

Sie führt seinen Kopf zu ihren feuchten Schamlippen, und Alex weiß sofort, was sie von ihm will. Er wird nervös, hat Angst, einen Fehler zu machen, aber er lässt sich von ihr führen, küsst die Innenseite ihres Oberschenkels und versucht, seinem Gefühl zu folgen. Nach einer Weile stöhnt sie laut auf, und er arbeitet sich nach oben, liebkost ihr Muttermal, eine kleine Narbe auf ihrem Bauch, und dann küssen sie sich lange. Sie beendet den Kuss, sieht ihn mit einem fast amüsierten Blick an, geht zur Tür und zieht sich einen langen schwarzen Wollmantel an.

»Alex, du bist wirklich ein Kerl mit Potenzial.«

Dann verschwindet sie und lässt ihn allein im Stall zurück. Er weiß nicht, wie er ihre Worte deuten soll, unsicher, ob er es wirklich geschafft hat, sie zu befriedigen, aber er hofft, dass sie ihn wiedersehen will. Er eilt hinaus und überlegt sich sofort eine glaubwürdige Erklärung, die er Jonathan geben kann. Den ganzen Weg von den Ställen versucht er, sich eine Ausrede auszudenken, aber als er die Tür zur Personalunterkunft öffnet, ist es still und dunkel, der Fernseher ist aus. Er wirft einen Blick auf die Uhr und stellt erschrocken fest, dass es fast halb zwei ist. Gerade als er den Wecker stellen will, erreicht ihn eine weitere SMS von Alice.

Morgen kommst du mit mir zum Snasahögarna. Stimm dich vor deiner Schicht mit Florence ab. Ich freue mich auf unseren gemeinsamen Tag.

Er sinkt ins Bett, lehnt sich lächelnd in die Kissen zurück und schließt die Augen.

12

Zwei Tage vor Silvester steht Alex in der kalten Küche und arbeitet neben Lisa fieberhaft an den Canapés für den Abend. Die Austern, Flusskrebse und Venusmuscheln sind fertig, er beginnt mit der kalten Mandelsuppe, während Lisa das geriebene getrocknete Rentierfleisch zubereitet. Er zittert innerlich. Trotz des Stresses und Thomas' hektischen Blicken ist er voller Energie. Das schnelle Tempo gefällt ihm, die Anspannung des ersten Monats ist verflogen. Er ist voll da, präsent, denkt an nichts anderes als an die Zutaten, die vor ihm liegen. Außer in den Augenblicken, in denen seine Gedanken zu dem Ausflug mit Alice zum Snasahögarna wandern, einer Helikoptertour mit Off-Piste-Skifahren. Er hatte das Mittagessen für Alice und den Skiführer vorbereitet, einen Rentierschmorbraten, den sie im Freien essen konnten. Als sie mit dem Hubschrauber abhoben, war ihm, als könne er den kalten hellblauen Himmel berühren. Als hebe sie jemand mit leichter Hand hoch, um sie einen Augenblick später wieder sanft auf einem Bergkamm landen zu lassen. Alice hatte ihm auch ein Board mitgebracht, und das Gefühl, wie der Pulverschnee unter dem Brett dahinglitt, war unbeschreiblich. Als sie vom vielen Fahren müde waren, bat Alice den Piloten, sie in Issjödalen abzusetzen, wo sie durch meterhohen Schnee zu einer kleinen Hütte stapften, in der Gitt ein Kaminfeuer vorbereitet hatte. Alice hatte ihn unter den rauen Dachsparren ausgezogen, und sie waren auf der Decke vor dem Kamin gelandet.

»Alex, kannst du mehr Holz holen?«

Er eilt hinaus, denn er weiß, dass es immer eilig ist, wenn Florence ruft. Unterwegs schaut er auf sein normales Handy und sieht eine ungelesene SMS. Er klickt sie an. Er muss sie mehrmals lesen, bis sein Hirn verarbeitet hat, was da steht:

Alex, ruf mich an, wir müssen reden. Hannah

Er löscht die Nachricht und eilt zurück in die Küche. Nichts von dem, was sie zu sagen haben könnte, interessiert ihn.

Als er bei seiner Station ankommt, wartet dort Alice auf ihn. Sie hat sich in den letzten Tagen ungewöhnlich viel in der Küche aufgehalten. Die anderen vermuten wahrscheinlich, dass es an der großen Silvesterparty liegt, aber Alex stellt fest, dass sie jedes Mal, wenn sie kommt, in seiner Nähe bleibt. Fast unbekümmert sucht sie seinen Blick, als wäre es ihr egal, was die anderen denken. Sosehr er das Zusammensein mit ihr genießt, so sehr stresst es ihn, dass sie auftaucht, wenn er arbeitet. Er schaut sie fragend an und traut sich nicht, sie anzulächeln, wenn viele Leute um sie herum sind. Sie tut so, als würde sie das Glas mit dem russischen Kaviar mustern, der die Suppe krönen soll, und steckt ihm etwas in die Schürzentasche, bevor sie weitergeht. Ein gefaltetes Stück Papier. Alex schaut sich um. Er ist sich ziemlich sicher, dass Lisa alles beobachtet hat, obwohl sie gerade damit beschäftigt ist, Anweisungen von Pierre entgegenzunehmen. Zum Glück hat Thomas ihm den Rücken zugewandt und unterhält sich mit Carol über Wein. Zuerst wundert er sich, warum sie nicht einfach eine SMS geschickt hat, wie sie es sonst immer tut, aber dann merkt er, dass er das heimliche Telefon nicht dabeihat. Er traut sich nicht, den Zettel hervorzuholen und ihn zu lesen, aber er hofft, dass es eine Einladung zu einem neuen Treffen ist. Er träumt von ihrem Liebesspiel auf den Decken in der Hütte und von Alice' Körper, während er so konzentriert wie möglich weiterarbeitet.

Bis zur ersten Pause sind es noch mehrere Stunden, die Minuten vergehen langsam, und als die Mandelsuppe fertig ist, macht er sich unruhig über einen Berg Topinambur her, der geschält werden muss. Nach einigen Stunden bekommt er endlich das ersehnte Schulterklopfen von Florence und die Aufforderung, eine Pause zu machen. Er nickt und eilt zum gemeinsamen Umkleideraum hinter der Küche, wo er den Zettel aus der Tasche fischt. Doch gerade als er ihn auffalten will, um zu lesen, was sie geschrieben hat, kommt José herein, und er steckt das Papier hastig in die Hosentasche.

»Wollen wir schnell eine rauchen?«

Alex raucht nicht, aber er will nicht unhöflich erscheinen, also setzt er sich und hört José zu, der ihm von einem Carpaccio erzählt, das er in einer Variation am Inspirationstag zubereiten will. Alex kann sich kaum konzentrieren und schaut ständig auf die Uhr. Die Pause ist fast vorbei, und er muss wissen, was Alice geschrieben hat.

»Schöne Uhr!«

Alex lächelt und nickt.

»Ich weiß.«

José nimmt einen letzten Zug und beugt sich vor, um sie genauer zu betrachten.

»Neu, oder was?«

Alex schaut auf die Uhr, dann zu seinem Kollegen, sein Lächeln wird breiter. Er ist kurz davor, José alles zu erzählen, über Alice, über das, was sie gemeinsam haben. José arbeitet schon länger hier, vielleicht weiß er mehr über Alice? Es gibt so viel, was er wissen möchte. Sie haben keine gemeinsame Zukunft, aber er stellt sich trotzdem Fragen, will mehr über sie wissen. Es ist unmöglich, aber er wünscht sich, dass ihre Treffen ewig andauern. Er beschließt, einen Teil der Wahrheit zu offenbaren. Es wäre schön, das Geheimnis mit jemandem zu teilen, und er müsste keine Notlügen mehr erfinden. José hat ihn immer unterstützt, und Alex fühlt sich nicht wohl dabei, ihn anzulügen. Aber ihm alles zu erzählen, ist viel zu riskant, das kommt nicht infrage.

»Ja, das war ein Weihnachtsgeschenk …«

José nickt, fragt aber zum Glück nicht, von wem das Geschenk ist. Stattdessen drückt er seine Zigarette aus und fängt wieder an, über den Inspirationstag zu sprechen. Es sind nur noch zwei Minuten bis zum Ende der Pause, Alex kann nicht länger warten. José sieht enttäuscht aus, als Alex ihn mitten im Satz unterbricht, und er hat ein schlechtes Gewissen.

»Tut mir leid, ich muss aufs Klo.«

Er dreht sich auf dem Absatz um, geht zur Toilette und schließt die Tür hinter sich ab, bevor er sich auf den Toilettensitz sinken lässt. Er faltet das dicke cremeweiße Papier auseinander.

Wir treffen uns gleich nach der Arbeit im Bootshaus./A

Das Bootshaus, das muss das Gebäude sein, das er zwischen den Fichten neben der Brücke unterhalb der Ställe erahnt hat. Wenn es das Gebäude ist, an das er denkt, dann ist es sehr gut vor Blicken geschützt, was ihn erleichtert, und er eilt aufgeregt zu seinem Platz zurück.

Dort angekommen, bleibt er stehen und erstarrt. Sein Arbeitsplatz ist völlig verwüstet. Die Sachen liegen durcheinander, als hätte jemand im Vorbeigehen alles zusammengeschoben. Er schaut sich um, jeder ist mit sich selbst beschäftigt. José raucht noch draußen, er kann ihn nicht fragen, ob er etwas gesehen hat. Er hat keinen engen Verbündeten, der einen Kollegen verraten könnte, also beißt er die Zähne zusammen und fängt an, die überall verstreuten Artischocken einzusammeln. Wütend zu werden hilft nicht. Stattdessen tut er so, als sei nichts passiert, sammelt die Schalen und Utensilien ein und trägt alles zum Waschbecken, um das abzuspülen, was auf dem Boden gelegen hat. Zwei Stunden vor Schichtende taucht Florence hinter ihm auf und nickt anerkennend, als sie seinen aufgeräumten Arbeitsplatz sieht.

»Gut gemacht, Alex. Wir brauchen dich heute nicht mehr, du kannst früher gehen. José kann alles fertig machen, dann sparen wir Arbeitsstunden.«

Sein erster Gedanke ist, dass er das Geld eigentlich braucht, aber er freut sich über das Lob von Florence und hofft, dass derjenige, der seine Station verwüstet hat, mitbekommen hat, was sie gerade gesagt hat. Er übergibt an José, ohne die Entscheidung infrage zu stellen, nimmt seine Schürze ab und geht zur Tür. Auf dem Weg nach draußen fragt er sich, ob Alice etwas damit zu tun hat oder ob es nur ein Zufall ist, dass er heute früher Feierabend machen darf.

Er geht den vertrauten Weg von der Küche zu seinem Zimmer, duscht schnell und versucht, den Rauchgeruch loszuwerden. Ihm fällt auf, dass Alice viele SMS geschrieben hat, aber das war, bevor sie ihm den Zettel gegeben hat. Dann zieht er sich eine saubere Jeans an und will gerade gehen, als das Telefon klingelt. Sein normales Telefon, nicht das, das Alice ihm gegeben hat. Er nimmt ab, ohne nachzudenken, obwohl er die Nummer nicht kennt. Am anderen Ende ist es ganz still. Erst denkt er, dass er zu spät abgehoben hat, dann hört er jemanden nach Luft schnappen.

»Hallo, Alex. Hier ist Hannah.«

Ihm wird schwarz vor Augen, er taumelt zum Bett und setzt sich. Er hört sie, obwohl er das Telefon auf das Bett gelegt hat.

»Alex, bist du da?«

Er drückt den Anruf weg und blockiert mechanisch die Nummer, obwohl er weiß, dass sie wahrscheinlich weiter anrufen wird, wenn auch von anderen Nummern, bis sie ihn erreicht. Solange er weitermacht und nicht darüber nachdenkt, ist alles in Ordnung, aber ihre Stimme weckt Erinnerungen, die er am liebsten verdrängen würde. Nach ein paar Minuten steht er auf, immer noch benommen, aber entschlossen, sich nicht von Hannah beherrschen zu lassen. Er wird sich sein Leben nicht noch einmal von ihr ruinieren lassen. Er geht ins Bad, putzt sich gewissenhaft die Zähne und schnürt dann entschlossen die Schuhe. Jetzt will er nur noch Alice sehen.

13

Der Schnee knirscht unter seinen Stiefeln, das Restaurant ist beleuchtet, er hört das leise Gemurmel der Gäste, die kommen und gehen, aber sonst ist es dunkel und still. Alex geht auf den See zu, wo das Bootshaus sein muss. Zu seiner Überraschung hört er Musik, ein Lied, das er fast, aber nicht ganz zuordnen kann. Er erinnert sich, dass seine Mutter es mochte, aber er schiebt den Gedanken an sie beiseite und folgt den Laternen, die die abendliche Dunkelheit erhellen. Am Steg, der ins Wasser führt, stehen noch mehr Laternen, und er sieht eine offene Lücke im Eis unter sich. Die Musik und die Lichter sind nicht gerade diskret, und ihm gefällt der Gedanke nicht, dass jemand hierherkommen und ihn allein mit Alice entdecken könnte. Zugleich liebt er es, es ist, als hätte sie ihm einen roten Teppich ausgerollt, der ihn in ihre Welt führt. Er klopft an die Tür, sieht seinen Atem in der Dunkelheit vor sich aufsteigen. Für ein paar Sekunden ist alles still, dann öffnet Alice die Tür und lässt ihn eintreten. Sobald er sie sieht, sinken seine Schultern, und er spürt, dass er ihr vertraut.

Im Innern des Bootshauses ist es warm und dunkel, aber er entdeckt ein paar Bänke unter langen Holzbügeln, auf denen Bademäntel und Handtücher liegen. In einer Ecke steht ein exklusiver Weinkühlschrank, und an einer Wand führt eine große Glastür in eine riesige Sauna mit Panoramafenstern, die auf den dunklen See hinausgehen, wo die Lichter der Laternen in der nahenden Nacht tanzen. Alice, barfuß und im weißen Frotteebademantel, geht zum Kühlschrank und gießt sich ein Glas Weißwein ein.

»Wein oder vielleicht ein Bier?«

»Bier, bitte.«

Sie holt den Flaschenöffner hervor, und es zischt, als sie die Flasche öffnet und ihm reicht.

»Ist es in Ordnung, wenn wir die Musik ausmachen?«

Er will nicht sagen, dass er Angst hat, entdeckt zu werden, aber sie nickt nur, und plötzlich verstummt das Lied. Er nimmt einen Schluck von seinem Bier und schaut sie anerkennend an.

»Das ist unser selbst gebrautes Bier, Nord-Weißbier, aber das hast du sicher schon probiert. Wir testen gerade verschiedene Geschmacksrichtungen für das Restaurant.«

Er hängt seine Jacke an einen der Haken neben ihren Klamotten.

»Du kannst einen Bademantel anziehen, ich dachte, wir gehen in die Sauna und nehmen ein Bad im Eiswasser. Das ist meine Lieblingsbeschäftigung in dieser Jahreszeit.«

Alex zieht sich aus und steht peinlich berührt da, weil es ihm unangenehm ist, völlig nackt zu sein. Er versucht, sich mit seinem Pullover zu bedecken, bevor Alice ihm einen Bademantel gibt, den er sich schnell überzieht. Dann folgt er ihr in die Sauna. Dort lässt sie ihren Bademantel auf den Boden fallen und setzt sich nackt mit gespreizten Beinen auf der obersten Stufe hin. Er zögert und tut es ihr dann gleich, aber auf der Bank unter ihr. Er trinkt von dem Bier und versucht, sich zu entspannen und den Moment zu genießen, ohne daran zu denken, dass jemand kommen könnte. Sie sitzen nackt da und schauen aus dem großen Fenster aufs Wasser, aber Alex wird den Gedanken nicht los, dass Carl, Gitt oder Sofi jeden Moment durch das Fenster hereinsehen könnten.

Nach einer Weile spürt er Alice' forschenden Blick und hört, wie sie ihr Glas abstellt, das schon leer ist.

»Ich kenne deine Geschichte.«

Er ist baff. Wie lange weiß sie es schon, und warum erzählt sie ihm das jetzt? Er denkt an all die vertraulichen Gespräche, die sie mit Carol, Florence und Sofi geführt hat. Obwohl es in der Sauna fast achtzig Grad heiß ist und Alice gerade einen Eimer Wasser über die heißen Steine geschüttet hat, fühlt er sich, als hätte ihm jemand eiskaltes Wasser über den Rücken gegossen. *Alle wissen es.* Schon lange hat er nicht mehr so wenig an den Unfall gedacht wie in den letzten Wochen, aber jeder Versuch von Hannah, ihn zu kontaktieren, hat die Erinnerungen zurückgebracht. Er will Alice' Blick nicht begegnen, spürt, dass sie auf eine Antwort von ihm wartet, aber er bekommt nichts heraus. Seine Stimme klingt fremd, als er schließlich eine Antwort hervorwürgt.

»Was meinst du?«

In seinen Ohren rauscht es, er will aus der Sauna stürmen, aber er rührt sich nicht vom Fleck. Er hat sich nicht verhört, aber er schafft es nicht, so zu tun, als wäre er ungerührt. Er zwingt sich, still zu sitzen, weicht ihrem Blick aus. Das Blut schießt ihm in den Kopf, er presst die Lippen zusammen. Sie wartet, vielleicht darauf, dass er noch etwas sagt, dann fährt sie fort, obwohl er sich wünscht, dass sie schweigt.

»Der Unfall. Mein Gott, du Armer, du warst noch ein Kind. Es muss schwer sein, mit der Schuld zu leben ... sie immer zu verbergen, um nicht verurteilt zu werden.«

Irgendwie fühlt er sich von ihr respektiert. Sie will ihm nichts Böses. Aber gleichzeitig auch unbehaglich.

»Wie hast du es herausgefunden?«

Alice streicht ihm sanft über den Rücken.

»Ich überprüfe alle meine Mitarbeiter, bevor sie hier anfangen. Das bleibt unter uns. Es ist wahrscheinlich das Beste, wenn niemand sonst weiß, was du getan hast.«

Eine Welle der Erleichterung durchströmt ihn, als ihm klar wird, dass sie es nicht von Hannah erfahren hat und auch sonst niemand davon weiß. Er wendet sich Alice zu.

»Ich möchte lieber nicht darüber sprechen. Es ist lange her.«

»Ja, natürlich. Aber du sollst wissen, dass ich für dich da bin, wenn du reden möchtest.«

Ihre Stimme klingt fürsorglich, sie hebt ihren Fuß und beginnt, seinen Oberschenkel zu streicheln. Ihre Zehennägel sind klein und spitz, wie perfekte Muscheln, und sein Glied hebt sich, aber etwas stört immer noch. Es ist unangenehm und seltsam, dass Alice von dem Unfall weiß, und er möchte mehr darüber erfahren, wie sie es herausgefunden hat, aber gleichzeitig tut er alles, um diesen Gedanken zu verdrängen. Sie fängt an, sich selbst zu streicheln, und zeigt, dass sie will, dass er ihre Brustwarzen kneift. Dann stöhnt sie leise, setzt sich rittlings auf ihn, drückt seinen Kopf nach hinten und küsst ihn lange. Er möchte nichts lieber, als ihren Körper halten, ihre Nähe spüren, sie jetzt nehmen, aber sie weicht zurück und sieht ihn herausfordernd an.

»Jetzt springen wir ins Wasser!«

Sie hebt ihren Bademantel vom Boden auf und verschwindet in Richtung Steg. Alex folgt ihr, obwohl es ihm gereicht hätte, sich ein paar Sekunden lang auf dem Steg abzukühlen. Draußen vor der Tür stehen Pantoffeln, die er widerwillig anzieht. Die Laternen umrahmen den Steg und bilden eine Lichtallee bis zum Wasser, einem dunklen Loch im weißen Eis. In der Ferne ruft eine Eule, und sein Widerwille, sich ins eiskalte Wasser zu stürzen, wächst. Er will es wirklich nicht. Alice tänzelt auf das Wasser zu, ist ein paar Meter vor ihm, als er sie über die Kante gleiten sieht und hört, wie sie ins Wasser eintaucht. Rauchschwaden steigen um ihren Kopf auf, als sie lautlos ein paar Züge macht, bevor sie sich an einer Holzleiter hochzieht, die an der Treppe befestigt ist, die vom Steg zum Eis hinunterführt. Ihr Körper glänzt weiß, ihr Haar umschmiegt die Schultern, ihre Augen sind dunkel mit großen Pupillen, und sie sieht ihn eindringlich an.

»Du bist dran!«

Er will nicht, er war schon immer eine Frostbeule und selbst im Sommer kein Freund vom Baden. Aber er sieht an ihrem Blick, dass er keine Wahl hat, also wirft er den Bademantel ab und geht zum Rand. Er zögert einen Moment, springt dann aber doch hinein, und ein Schauer durchfährt seinen Körper, als er auf das Wasser trifft und unter die Oberfläche gezogen wird. Mit einem lauten Schnauben taucht er wieder auf, presst aber schnell die Lippen zusammen, damit ihn niemand hört. Er denkt nur noch an den Ausstieg, aber die Leiter ist weg. Er dreht sich um, Alice ist in Richtung Sauna verschwunden, der Rand ist eisesglatt, aber er wagt nicht zu rufen, er will nicht riskieren, dass jemand außer Alice ihn hört und kommt.

Die Tür zum Bootshaus fällt ins Schloss.

Er ist allein. Tausend Gedanken schießen ihm durch den Kopf, aber nur einer bleibt haften. Er darf jetzt nicht in Panik geraten, er muss raus. Er wirft sich noch einmal gegen die Kante, aber sie ist zu glatt, und er fällt zurück. Er spürt seinen Körper nicht mehr, nur noch ein schmerzhaftes, pochendes Kribbeln, und auch das wird von Sekunde zu Sekunde weniger. Ohne Leiter geht es nicht. Sie muss unten sein, ins Wasser gefallen sein, als er hineingesprungen ist, und er tastet vergeblich nach der Kante, obwohl sich seine Arme wie gefühllose Holzscheite anfühlen und seine Finger wie Feuer brennen. Es ist zwecklos. Er muss seine Taktik ändern. Obwohl sich alles in ihm dagegen sträubt, drückt er sich nach unten. Alles ist kalt, und sein Kopf pocht, weil das Wasser auf seine Ohren drückt, aber er spürt etwas mit seinem Fuß und schafft es, die glitschige Holzkonstruktion zu greifen, sie über den Rand des Kielwassers zu heben und sich an der Treppe festzuklammern, die vom Steg hinunterführt. Er zieht sich hoch, ist aber zu unterkühlt, um sich bücken und nach dem Bademantel oder den Pantoffeln greifen zu können.

In der Sauna lässt ihn die Kälte nicht los, seine Hände und Füße brennen und zittern, er sinkt auf eine der Bänke. Das Atmen fällt ihm schwer, das Herz klopft in seiner Brust. Alice sieht ihn fragend an.

»Wo warst du?«

Sie wirkt verärgert und hat offenbar nicht mitbekommen, was passiert ist.

»Die Leiter ist runtergefallen, aber ich habe sie wieder hochgezogen.«

Er kann kaum sprechen, richtet sich aber auf und setzt sich. Alice holt sich ein weiteres Bier, signalisiert aber deutlich, dass sie nicht daran interessiert ist, mehr über sein Drama zu erfahren. Nach ein paar Minuten kehrt die Wärme in seinen Körper zurück, und nach ein paar weiteren Augenblicken beginnt er zu schwitzen. Alice kommt näher, und obwohl er immer noch unter Schock steht, folgt er ihrer Einladung, weil er sich freut, dass sie ihn begehrt. Ihr Charme lässt ihn das Wasser vergessen, und er küsst sie langsam.

Dann steht sie auf, verlässt die Sauna, und er hört, wie sie in einer angrenzenden Umkleidekabine duscht. Als er aus der Sauna kommt, ist sie schon angezogen und wartet auf ihn.

»Ich muss jetzt gehen«, sagt sie und ist wie immer schnell weg.

Bevor er das Bootshaus verlässt, schaut er sich noch einmal um und achtet darauf, dass er nichts zurücklässt, was verraten könnte, dass er hier war. Es ist fast unmöglich, die Jeans über seine warme Haut zu ziehen, er schwitzt, der Rücken seines T-Shirts ist sofort nass. Er weiß nicht, ob er die Tür abschließen soll oder nicht, aber da er keinen Schlüssel hat, zieht er sie einfach fest hinter sich zu.

Die Haare, die unter seiner Mütze hervorragen, verwandeln sich in Eiszapfen, als er zur Personalunterkunft eilt. Alice hat die Laternen ausgeschaltet, im Bootshaus ist es dunkel. Er hat das Fenster in seinem Zimmer angelehnt, damit er diesmal von der Rückseite einsteigen kann, aber es ist aufgeflogen und steht weit offen. Der Raum ist eiskalt. Er schließt das Fenster, heute Nacht wird er in voller Montur schlafen müssen. Als er unter der Bettdecke, dem Rentierfell und einer zusätzlichen Decke aus dem Schrank liegt, in seinem feuchten T-Shirt und mit den nassen Haaren, und einzuschlafen versucht, denkt er daran, was hätte passieren können. Er hätte sterben können, weil er sich nicht getraut hat, um Hilfe zu rufen. Warum hat Alice ihn am Wasser alleingelassen, sie hätte doch merken müssen, dass er in Schwierigkeiten steckt, als er nicht gleich zurückkam? Dann kommt ihm ihre Unterhaltung wieder in den Sinn. Alice weiß alles über den Unfall, er wird nie davon wegkommen.

14

Es ist der Tag vor Silvester, und alle versammeln sich. Carol geht die letzten Details für die große Silvesterparty durch, die traditionell jedes Jahr im Nord stattfindet. Viele Prominente checken im Luxushotel Copper Hill in Åre ein, aber die exklusivsten Gäste sind eingeladen, im privaten Chalet von Alice und Carl direkt neben dem Restaurant zu übernachten. Carl ist mit seinen Freunden in der Jagdhütte untergebracht, wie Alex von den anderen Mitarbeitern erfährt.

»Sorgt dafür, dass im Chalet alles für Elon Musk und seine Gruppe bereit ist, sie kommen morgen an und fliegen am Neujahrstag um fünfzehn Uhr wieder ab. Am Nachmittag machen sie eine Hundeschlittenfahrt. Private Session, sie sind zu zwölft.«

Carol klickt mit dem Stift in ihrer Hand. Die meisten Leute arbeiten inzwischen digital, doch sie hat fast immer einen Block dabei, auf den sie verschiedene Details über Allergien, Vorlieben und Besonderheiten der Gäste kritzelt. Ihre Handschrift ist unleserlich, aber einige Namen auf der Liste sind mit einem Kreis markiert, andere mit einem Stern. Zum ersten Mal seit seiner Ankunft im Nord hat er den Eindruck, dass sie gestresst ist.

»Sie haben ein großes Feuerwerk bestellt, das um Punkt neun Uhr am Neujahrsmorgen, wenn die Uhr in Los Angeles zwölf schlägt, gezündet werden soll. Sie werden wahrscheinlich die ganze Nacht durchfeiern, also sorgt dafür, dass wir Personal an der Bar haben. Und zwar rund um die Uhr. Um acht Uhr kommen Alexander Skarsgård und ein paar Freunde ins Restaurant, natürlich ins Chambre séparée.«

Carol fährt fort, die Gäste abzuhaken und Anweisungen zu geben, Thomas ergänzt Informationen über spezielle Diäten, Allergien und andere Dinge, die auf keinen Fall fehlen dürfen. Diesmal muss Alex nicht einspringen, was eine Erleichterung ist, denn die Mitarbeiter feiern ihre eigene Silvesterparty, an der er teilnehmen möchte.

Nach der Besprechung geht es an die Arbeit, und Alex soll Nüsse klein hacken.

»Keine gehackten Haselnüsse in einem der Hummergerichte für Tisch fünf, stattdessen gehackte Mandeln. Carl und Alice sitzen heute Abend dort mit der Regionalabgeordneten und ihrem Mann, und Carl ist gegen Haselnüsse allergisch.«

»Oui, Chef!« Alex kommt der Bitte von Florence nach und arbeitet weiter, wobei er darauf achtet, keine Spuren von Haselnüssen auf Carls Teller zu hinterlassen. Er wechselt alle Utensilien und zieht sich Handschuhe an, bevor er die Mandel aufhebt, die auf Carls Teller landen soll, um sicherzustellen, dass keine Rückstände übertragen werden.

Nach dem Saunagang hat er nur wenig Lust, Alice wiederzusehen, und obwohl sie ihm im Laufe des Tages mehrmals eine SMS geschickt hat, antwortet er nicht. Carls Anwesenheit lastet auf ihm.

Vielleicht hat sie ihn aus Fürsorge auf den Unfall angesprochen, und er überlegt, ob er sich ihr anvertrauen soll. Aber er wünscht sich, sie hätte nie etwas gesagt. Der Vorfall im Wasser und die ständige Angst, dass Carl herausfindet, was los ist, überschatten das wunderbare Gefühl, das er sonst in seinem Körper verspürte, wenn er mit Alice zusammen war. Letzte Nacht lag er stundenlang wach und dachte über verschiedene Szenarien nach. So wunderbar es ist, ihr körperlich nahe zu sein, ihre Treffen müssen aufhören, er riskiert zu viel. Er weiß, dass sie sich nicht wiedersehen sollten, aber er will mit ihr persönlich darüber reden, nicht per SMS.

Kaum ist der letzte Gang gegessen und Alex dabei, seinen Platz abzuräumen, ertönt ein lauter Knall aus dem Speiseraum. Er versucht, durch die Glasscheibe in der Schwingtür zwischen Küche und Gästen zu sehen, was passiert ist. Mehrere Gäste sind von ihren Plätzen an den Tischen aufgestanden und haben sich um Carl versammelt, der rot angelaufen ist und sich den Hals hält. Jemand ruft nach einem Krankenwagen, eine ältere Dame in einer rosa Seidenbluse versucht, ihm das Jackett auszuziehen, und reißt sein Hemd auf. Es wirkt wie eine Theaterszene, etwas Inszeniertes. Die mundgeblasenen Gläser, das kupferfarbene Besteck und die getrockneten nordischen Blumen sind auf den Tischen zurückgelassen worden, ebenso wie die cremefarbenen Leinenservietten, die auf den Boden gefallen sind, als die Gäste ihre Plätze verlassen haben.

Die Kollegen versammeln sich, die Situation in der Küche ist unübersichtlich, und die meisten drängen sich an der Schwingtür, um zu sehen, was los ist. Niemand unternimmt etwas, alle warten ab. Niemand scheint zu wissen, ob es etwas Ernstes ist oder ob Carl sich nur verschluckt hat und die Gefahr schon vorüber ist. Das Licht im Speisesaal ist schwach, und Carls Gesichtszüge sind kaum zu erkennen. Alex steht hinter Jonathan, der nach vorne getreten ist, aber sein Blick ist auf Alice gerichtet. Für einen Moment scheint sie von Carls Zuckungen mehr fasziniert als beunruhigt zu sein. Sekunden später steht sie inmitten des Küchenpersonals und öffnet einen Medizinschrank an der Wand, von dessen Existenz er nicht einmal wusste. Sie holt einen Adrenalin-Pen heraus, eilt zurück und rammt ihn Carl, dessen Lippen vor Atemnot blau anlaufen, ohne zu zögern, mit voller Wucht in den Oberschenkel.

Fast alle Gäste und Mitarbeiter haben sich um Alice und Carl versammelt, bis auf ein paar, die noch immer steif wie Schaufensterpuppen an ihren Tischen sitzen, wie stumme Statisten, die nicht wissen, was sie tun sollen. Eine Frau drückt ihre Serviette an den Mund und starrt auf das Drama, das sich in der Mitte des Raumes abspielt. Niemand gibt einen Laut von sich, aber Alex hört Lisa hinter sich schluchzen. Nach einigen langen stillen Sekunden holt Carl zitternd Luft und beginnt wieder normal zu atmen, und die Gäste brechen in spontanen Applaus aus. Thomas winkt das Personal zurück an seine Plätze, aber Alex bleibt an der Tür stehen und sieht, wie sich die Gäste immer noch um Alice scharen, beeindruckt von ihrem schnellen Eingreifen und begeistert, dass das Drama ein glückliches Ende genommen hat. In der Küche klappert und knallt es, und alle eilen zurück, um zu sehen, welche Speisen zerstört wurden und was vom Herd und in den Öfen noch gerettet werden kann. Sie bereiten sich darauf vor, den Betrieb wieder aufzunehmen, sobald Thomas grünes Licht gibt.

Die Sanitäter aus dem Notfallzentrum unten im Dorf kommen schnellen Schrittes, Sofi, die den Alarm ausgelöst hat, führt sie sicher zwischen den Tischen hindurch, an die die Gäste zurückgekehrt sind. Alex hat seit dem Luciafest nicht mehr richtig mit ihr gesprochen. Er glaubt, dass sie sich schämt, weil sie so betrunken war, und ist ihr in der Küche aus dem Weg gegangen, aber jetzt will er mit ihr reden. Bevor die Sanitäter Carl ins Krankenhaus bringen, sieht Alex, wie er allen freundlich zuwinkt, während Alice sie bittet, den Abend weiter zu genießen und sich keine Gedanken über den jüngsten Vorfall zu machen. Die Gäste brechen in einen weiteren spontanen Applaus aus, und Alex sieht, wie die Kellner auf Alice' Anweisung hin die Gläser aller Gäste füllen, um die Unterbrechung des Essens zu überbrücken. Alice strahlt, obwohl Carl gerade mit dem Krankenwagen weggefahren wird. Sie scheint in ein Gespräch mit dem Ehemann der Regionalabgeordneten vertieft zu sein, der besorgt und aufgeregt zugleich mit seiner Brille herumfuchtelt. Die Atmosphäre im Speiseraum ist entspannt, die Gäste unterhalten sich. Jetzt, wo alles gut gegangen ist, wollen alle feiern.

Alex findet den Weg zurück zu seiner Werkbank, starrt auf die schmutzigen Messer und die Reste der gehackten Haselnüsse und begreift, was gerade passiert ist. Carl hat Haselnüsse gegessen, die eine allergische Reaktion ausgelöst haben. Er starrt auf die Nüsse. Man wird ihn beschuldigen. Dabei ist er sich absolut sicher, das Richtige getan zu haben. Er steht still, wischt nicht einmal die Messer ab, sondern wartet wie betäubt.

»Alex, geh in Thomas' Büro und warte dort«, sagt Florence mit leiser Stimme, ohne zu verraten, was sie denkt.

Es erschreckt ihn, dass sie nicht wütend, sondern ängstlich zu sein scheint. Sie schaut ihm nicht in die Augen. Er hört, wie die anderen in der Küche zu tuscheln beginnen, aber ein kurzer Blick von Thomas genügt, und alle verstummen und befassen sich mit der Arbeit an ihren Plätzen. Alex hört, wie jemand flüstert: *»Für den kleinen Prinzen ist es vorbei«*, aber er weiß nicht, wer das gesagt hat. Im Büro überkommt ihn Nervosität, er zittert am ganzen Körper und versucht vergeblich, sich während des Wartens auf die Einrichtung zu konzentrieren. Die Wände sind hellgrau, geschmückt mit Diplomen und gerahmten Fotos, die Thomas lächelnd mit verschiedenen Prominenten zeigen. Alex wendet den Blick von den Fotos ab und stellt sich vor, wie er seine Sachen packt, um am Abend den Nachtzug zu nehmen, aber er hält inne, als ihm klar wird, dass er nirgendwohin gehen kann. Wenn er entlassen wird, weiß er nicht, was er tun soll.

Alice und Florence kommen herein.

»Ich hoffe, du hast dir keine Sorgen gemacht! Du heißt Alex, oder?«

Alice klingt, als hätten sie sich noch nie getroffen. So echt, als hätten sich ihre letzten Begegnungen nur in seiner Fantasie abgespielt.

»Ich habe mit meinem Mann den Teller getauscht, um ihm den Rest von meinem Hummer zu geben, und dabei habe ich völlig vergessen, dass ich ja andere Nüsse hatte als er! Gott weiß, wie mir das passieren konnte, wo wir doch schon so viele Jahre zusammen sind, aber ich war mitten in einem Gespräch und … Jedenfalls ist alles in Ordnung, die Sanitäter haben gerade angerufen. Mein Mann muss wahrscheinlich nicht einmal über Nacht zur Beobachtung bleiben.«

Florence läuft während der Ausführungen von Alice rot an, aber sie hält Alex' Blick stand und nickt ihm aufmunternd zu. Alex ist verblüfft und weiß nicht, was er denken soll. Er schaut Alice an. Das kann sie doch nicht mit Absicht gemacht haben, oder?

»Ich bin froh, das zu hören«, stößt er hervor.

»Du kannst jetzt wieder zurück zu deinem Platz gehen, Alex«, sagt Florence und verlässt den Raum. Als er aus der Tür tritt, spürt er den leichten Druck von Alice' Hand auf seiner und sieht den Hauch von einem Lächeln auf ihren Lippen.

Als er wieder an seinem Platz ist, werfen ihm die anderen in der Küche lange Blicke zu. Er ignoriert sie, arbeitet weiter. Das Vorgefallene zieht vor seinem inneren Auge vorbei, die übliche Angst steigt in ihm auf. Was, wenn Carl gestorben wäre? Wenn man ihm die Schuld gegeben hätte, was wäre dann passiert? Gerade er weiß, wie schnell ein Unfall passieren kann. Dann ist es für immer zu spät. Er sieht Erde aus einem umgestürzten Blumenkübel, altbekannte Erinnerungen an die Nacht, in der sie Hedda überfuhren, mischen sich mit Carls mitgenommener Miene, als die Sanitäter ihn wegbrachten.

Als er am Abend endlich vor seiner Zimmertür steht, klingelt das Telefon.

»Hallo«, hört er Alice' Stimme am anderen Ende der Leitung.

»Hallo.«

»Geht es dir gut? Ich habe gemerkt, dass du mit den Haselnüssen einen Fehler gemacht hast, also habe ich die Schuld auf mich genommen, damit du nicht gefeuert wirst.«

Alex öffnet den Mund, um zu erklären, dass er Handschuhe getragen hat und es unmöglich seine Schuld sein kann, aber Alice lässt ihn gar nicht zu Wort kommen.

»Ich will dich ja gern um mich haben, aber nach so einem Fehler hätte Thomas dich nie bleiben lassen. Und wenn Carl das herausgefunden hätte, weiß ich nicht, was er getan hätte.«

»Danke, ich dachte, man würde mich fristlos entlassen«, sagt er, weil er weiß, dass sie ihm sowieso nicht zuhören würde.

»Ja, oder vielleicht etwas Schlimmeres«, antwortet sie kurz. »Ich muss los«, fährt sie fort, »aber morgen ist Silvester, wir sehen uns dann.«

Alex steht immer noch in der Tür, das Handy in der Hand. Methodisch rekapituliert er in Gedanken jeden Schritt, seit Florence ihn gebeten hat, die Haselnüsse durch Mandeln zu ersetzen. Er ist sich absolut sicher, dass er Carl keine Haselnüsse auf den Teller gelegt hat. Er überlegt, ob er an Josés Tür klopfen soll, um zu sehen, ob er wach ist, aber er hält sich zurück und beginnt sich langsam auszuziehen. Er muss daran denken, morgen eine andere Hose mitzunehmen, denn diese trägt er normalerweise nicht, und sie ist an der Taille zu groß. Morgen ist Silvester, da kann er sich nicht von Kleidung ablenken lassen, die ihm nicht passt. Bevor er sie in den Wäschekorb wirft, greift er automatisch in seine Taschen, um sie zu leeren. Erstaunt zieht er einen zerknitterten Zettel heraus, der ihm beim Tragen nicht aufgefallen war. Er erkennt das Papier und stellt fest, dass es sich um eine neue Nachricht von Alice handelt.

E, wir treffen uns morgen um 22.30 Uhr bei den Ställen
/A

Alex liest es noch einmal. E? Die krumme Handschrift ist dieselbe wie auf dem ersten Zettel, den er erhalten hat. Er steht da mit dem Zettel in der einen Hand und seiner Hose in der anderen.

Der Hose, die Emil gehörte.

Dem Zettel, der zweifellos eine Nachricht von Alice ist. Aber nicht für ihn.

Morgen ist der letzte Tag des Jahres. Nach der Sauna, dem Vorfall in der Küche und dem Zettel jetzt will er alles, was mit Alice zu tun hat, so schnell wie möglich beenden.

15

Die Musik ist so laut aufgedreht, dass das Haus wackelt, der Bass dröhnt durch seinen Körper, und er sieht Lisa, die sich auf der Kücheninsel dreht und dreht. Sie tanzt in ihrer eigenen Welt und bemerkt nicht, wie eine leere Flasche zu Boden fällt. Das Zerspringen des Glases beim Aufprall auf die Fliesen geht im Dröhnen der Musik unter. Vor dem Fenster sind Lichter zu sehen, noch mehr Feuerwerk, obwohl es fast vier Uhr morgens ist. Diejenigen, die Frühschicht gehabt haben, feiern seit ihrem Feierabend, der vor vielen Stunden mit Naturwein und Canapés begann und schnell in Wodka-Shots und Trinkspiele überging.

Bilder von der Vorfeier ziehen vorbei. José in einem Smoking, und Sofi sah toll aus in einem langen ärmellosen Kleid, das ihre tätowierten Oberarme betonte. Er selbst hatte sich ein weißes Hemd aus Emils Kleiderschrank geliehen, ein bisschen zu groß, aber er fühlte sich gut angezogen.

Es war das gleiche Gefühl wie am Morgen des Weihnachtsabends: dass sie doch eine Bande waren. Aber er war nervös, befürchtete, dass jemand Carl und die Nüsse erwähnen würde, und irgendwann war er betrunken gewesen, zu betrunken. Je klarer ihm geworden war, was hätte passieren können, wenn man ihn für Carls Allergieschock verantwortlich gemacht hätte, desto mehr hatte er getrunken und Hannahs Stimme in seinem Kopf gehört. *»Du darfst nicht sagen, dass ich es war … Du darfst nichts sagen!«*

Den ganzen Tag hat er versucht, Emil zu erreichen, aber es ging nur die Mailbox ran. Angesichts der Nachricht ist es ziemlich offensichtlich, was für eine Art von Beziehung er und Alice hatten. Ihm kam der Gedanke, dass Emil sich wahrscheinlich keinen Rat gewusst hat, wie er die Sache mit Alice nett beenden und trotzdem im Nord bleiben konnte. Sonst wäre er wohl immer noch hier. Aber Alex will trotzdem mit ihm reden. Er sollte hier weg, bevor er noch mehr Chaos anrichtet, aber die Chance, so einen Job wie im Nord zu bekommen, wird sich nie wieder ergeben, wenn er jetzt geht. Sein Herz klopft im Takt der Musik, er spürt einen Druck in der Brust, und gerade als er glaubt, eine Panikattacke zu bekommen, landet Sofi mit einem dumpfen Aufprall neben ihm auf dem Sofa.

»Alex, traust du dich, die nächste Frage ehrlich zu beantworten?«

Sofi schaut ihm direkt in die Augen. Diesmal ist er der Betrunkene, während sie nüchtern wirkt.

»Natürlich.«

Er weiß, dass man merkt, dass er betrunken ist, er lallt, aber er kann nichts dagegen tun.

»Stehst du auf ältere Frauen?«

Ein Aufschrei geht durch die Runde. Begeistertes Gelächter, Getuschel und ein Pfiff. Verdammt, Sofi weiß alles über seine Treffen mit Alice, sonst würde sie nicht so fragen.

»Mich macht alles an«, antwortet er schnell und ringt sich ein scherzhaftes Grinsen ab.

»Haha, ich wusste es«, antwortet Jonathan und drückt ihm einen Kuss auf den Mund.

Alle lachen, und die Party geht weiter, aber Alex weiß nicht, wohin mit sich. Er versucht, sich auf dem Sofa aufzurichten, kommt aber nicht weit. Jemand fragt José, an welchem Ort er den besten Sex hatte, und Alex lässt sich in die Kissen zurücksinken. Er hofft, entspannt zu wirken, dabei ist er sehr nervös. Er hat das Gefühl, dass alle ihn anschauen, obwohl sie eigentlich José anschauen sollten. Er schläft mit Alice, und jeder weiß es. So muss es sein.

Sofi verschwindet in Richtung Küchentheke, wo sie einen sündhaft teuren Rum mit einem Schluck aus einer Pepsi-

Max-Flasche mixt. Er rappelt sich hoch, stolpert über den Couchtisch und schafft es zur Küche, wo er einen Shot leert, den Sofi ihm hinstellt, obwohl er weiß, dass er eigentlich Wasser trinken sollte.

Alice hat gesagt, sie würden sich heute treffen, aber er hat nichts von ihr gehört, und sein Vorsatz, einigermaßen nüchtern zu bleiben, ist längst gescheitert. Aber was soll's, morgen haben sie sowieso frei. Wenn er jetzt eine Nachricht von ihr bekäme, wäre er wahrscheinlich nicht einmal mehr in der Lage, eine SMS zurückzuschreiben, sein Körper ist taub und seine Feinmotorik komplett dahin. Er stellt sich vor, wie in großen Buchstaben auf seiner Stirn steht, dass er mit Alice geschlafen hat. Als er Sofi wieder anblickt, sieht sie aus, als wolle sie etwas sagen, aber dann geht sie einfach zu der Gruppe auf dem Sofa zurück.

Er schaut sich um und bemerkt die seltsame Mischung von Leuten, die im Laufe des Abends zusammengekommen sind. Leute aus dem Dorf, ein paar Mädchen mit Stofftaschen, die aussehen, als wären sie noch am Gymnasium, ein Typ, den er vom Lift kennt und für Sofis älteren Bruder hält, und viele andere, von denen er keine Ahnung hat, wer sie sind. Um frische Luft zu schnappen, wankt er auf den langen Balkon hinaus und drückt sich ans Geländer. Das Feuerwerk erhellt den Nachthimmel, es scheint kein Ende zu nehmen. Die Familie Duwal hat extra Feuerwerkskörper gesponsert, damit auch die, die in der Spätschicht arbeiteten und um Mitternacht nicht freihatten, in den Genuss des Neujahrsgefühls kommen. Die Leute rufen sich Neujahrsgrüße zu, obwohl Mitternacht schon Stunden her ist, und feiern, als gäbe es kein Morgen.

Jemand verschüttet Bier über seine Jeans, ein Mädchen versucht, mit ihm zu knutschen, aber er kann kaum erkennen, wie sie aussieht, alles ist verschwommen, und er wird von den Leuten hinter ihm, die nach vorne wollen, gegen das Geländer gepresst. Er befreit sich und geht zu Jonathan und

José, die sich ebenfalls abgeseilt haben. Sie rauchen Zigarren in einer Ecke des Balkons, umarmen ihn, schreien. Letztes Jahr an Silvester war er allein in der Schule, er weiß kaum noch, was er damals getan hat. Wahrscheinlich ist er früh ins Bett gegangen. Inzwischen ist er ein anderer Mensch. Kaum zu glauben, dass es erst ein Jahr her ist, dass er im letzten Schuljahr war, mit naiven Träumen und der Hoffnung auf einen Job in Kopenhagen. Er stößt mit seinen Kollegen an, pafft an seiner Zigarre, obwohl ihm davon noch übler wird, und sagt sich, dass sie ein gutes Jahr vor sich haben. Morgen wird er sich als Erstes mit Alice in Verbindung setzen, um ihre Affäre zu beenden, und dann wird er sich ganz auf seine Arbeit in der Küche konzentrieren. Das ist sein Vorsatz für das neue Jahr.

Alex wird wach, weil ihn jemand schüttelt. Es tut weh, sich zu bewegen. Lisa steht neben dem Bett mit einem Glas, von dem er annimmt, dass es in Wasser aufgelöstes Aspirin enthält. Bei dem Anblick verspürt er sowohl Durst als auch Übelkeit, er drängt sich an ihr vorbei zur Toilette, um sich zu übergeben. Dann spült er sich das grünlich weiß verfärbte Gesicht ab, bevor er zu Lisa zurückkehrt, das Glas nimmt und es in einem Schwung austrinkt.

»Danke, dass du mich geweckt hast.«

Sie lacht und wirkt kein bisschen müde. Beeindruckt sieht er sie an.

»Gern geschehen. Wir fahren in einer Viertelstunde los. Ich werde mal sehen, ob ich Jonte wach kriege, er ist gestern auf dem Balkon ohnmächtig geworden, und wir mussten ihn ins Haus schleppen. Letzte Nacht hat er im Wohnzimmer auf dem Boden geschlafen.«

Der Akku von Alex' Handy ist leer, und er kann keine Powerbank finden, also beschließt er, es in seinem Zimmer zu lassen. Dann zieht er sich an, so schnell es seine Kopfschmerzen erlauben. Wo er Alice' Handy gelassen hat, weiß er nicht. Und er hat auch keine Zeit, es zu suchen, das muss er später machen. Es ist Tradition, dass alle Mitarbeiter außer den Chefs am Neujahrstag zum Grillen auf den Berg fahren, und als er aus der Haustür tritt, sieht er, dass die Schneemobile schon gepackt und alles in großen Wagen vorbereitet ist. Rentierfelle, Essen und Trinken liegen auf den Anhängern, und bald geht es in einer Karawane den Berg hinauf. Das Wetter ist herrlich, und die frische Luft vertreibt die Müdigkeit. Er ist denen dankbar, die länger gearbeitet haben als er und dafür gesorgt haben, dass alle den freien Tag genießen können.

Er sitzt hinter José auf einem der großen Scooter. Alles, was in den vergangenen Tagen passiert ist, ist wie weggeblasen, und eigentlich könnte das Jahr nicht besser beginnen. José ist kein guter Scooterfahrer, aber Alex fährt lieber mit ihm als mit Sofi, und als sie ankommen, brennt schon ein großes Feuer, um das sich die meisten Leute versammelt haben. Er springt ab, blinzelt in die Sonne und wünscht sich, er hätte eine Sonnenbrille dabei.

Die Idee ist, Wagyu-Rindfleisch zu grillen, es in Scheiben zu schneiden und in selbst gebackenem Fladenbrot mit Chili-Mayonnaise zu servieren. Jonathan hat zwei Flaschen Svartbergets Pilsner mitgebracht, eines von Alex' Lieblingsbieren, und obwohl alle mehr oder weniger verkatert sind, ist die Stimmung lockerer als sonst. Die Januarkälte beißt, aber das Feuer knistert und gibt Alex ein Gefühl der Ruhe, das er lange nicht mehr gespürt hat. Alle unterhalten sich über die Party am Vorabend, lachen über den Kuss von Alex und Jonathan und diskutieren über Neujahrsvorsätze. Niemand erwähnt Alice, und er entspannt sich für einen Moment. Als Alex mit dem Essen fertig ist, greift er nach einem weiteren Bier, es ist schön, einfach mit seinen Kumpels abzuhängen und viel zu quatschen. Er vermeidet es, an Alice zu denken, daran, dass er sie treffen und mit ihr Schluss machen muss, oder daran, dass Hannah seinen Kollegen etwas über ihre gemeinsame Vergangenheit erzählt haben könnte. José kommt auf ihn zu und reicht ihm zwei selbst gebackene Haferflockenplätzchen mit einem riesigen geschmolzenen Marshmallow.

»Was machst du am Inspirationstag?«

Alex lehnt sich zurück, zuckt mit den Schultern, aber Josés Frage macht ihm klar, dass er sich langsam vielleicht doch etwas einfallen lassen sollte. José wirkt entschlossen.

»Ich habe eine Idee, von der ich hoffe, dass sie funktioniert.«

Alex genießt die Sonne in seinem Gesicht und nickt aufmunternd.

»Aber ich werde dir nicht verraten, was es genau ist, denn dann könntest du sie ja einfach klauen.« José grinst. »Nein, aber im Ernst, ich kann es dir später am Nachmittag zeigen, wenn du willst, ich könnte ein Feedback gebrauchen. Ich will Thomas wirklich beeindrucken.«

Das Wetter hat umgeschlagen, und sie fangen an zu packen, sie müssen nach Hause, bevor es zu dunkel wird, um runterzufahren. Der Wind, anfangs nur leicht, peitscht ihnen bald ins Gesicht, und die Sicht wird immer schlechter. Die Leute fangen an, die Scooter zu beladen, aber Alex muss nach dem vielen Bier pinkeln und läuft ein Stück vom Lagerfeuer weg hinter ein paar Bergbirken. Als er zurückkommt, ist nur noch ein Scooter da. Sofi sitzt darauf. Verdammt, er will nicht sein Leben riskieren, indem er mit ihr fährt, aber wenn er nach Hause will, hat er keine andere Wahl. Resigniert blickt er sich um, nur um festzustellen, was er schon weiß. Alle anderen sind weg. Der Schnee wirbelt um sie herum, und selbst ihm, der in Südschweden aufgewachsen ist, wird klar, dass sie sich beeilen müssen, bevor der Sturm noch schlimmer wird. Langsam macht sich bemerkbar, dass er letzte Nacht kaum geschlafen hat. Wie schön wäre es jetzt, eine heiße Dusche zu nehmen, ins Bett zu kriechen und sich zuzudecken. Dann wird er Alice eine SMS schicken und fragen, ob sie sich morgen treffen und reden können. Er kann nicht glauben, dass er so naiv war. Er rennt zum Schneemobil, und Sofi gibt ihm ein Zeichen, dass er aufspringen soll. Wie beim letzten Mal gibt sie sofort Gas, aber das interessiert hier niemanden außer ihm. Diesmal muss er sich an ihrer Taille festhalten und sein Gesicht zum Schutz gegen den Wind an ihren Rücken drücken. Sie fahren eine Schneemobilpiste entlang, doch als er glaubt, fast am Ziel zu sein, bleibt Sofi abrupt stehen. Der Wind heult, Sofis Brille und Helm sind mit Schnee bedeckt, sie fährt sich mit dem Handschuh übers Gesicht, dreht sich zu ihm um und versucht, den Wind zu übertönen.

»ES GEHT NICHT … ICH KANN NICHTS SEHEN! ICH BIN AUF DEM FALSCHEN WEG.«

»WAS!? WAS MEINST DU?«

Sie schaut ihn an, und trotz Skibrille und Helm, die den größten Teil ihres Gesichts verdecken, sieht er, dass sie ratlos ist. Sie schreit und versucht wieder, den Wind zu übertönen.

»WIR MÜSSEN ANHALTEN, DAS WETTER IST ZU SCHLECHT! ICH WEISS NICHT, WO WIR SIND.«

Was meint sie damit? Sie können hier im Schneesturm nicht bleiben, sie werden erfrieren. Mit einem Schaudern erinnert er sich an das Eiswasser, und allein der Gedanke, dass er nicht so bald in sein warmes Zimmer zurückkehren kann, raubt ihm alle Energie. Sofi holt etwas vom Anhänger. Eine Schaufel. Sie beginnt zu graben, scheint zu wissen, was sie tut, aber er hat immer noch nicht wirklich begriffen, was geschieht. Sie geht auf ihn zu, legt ihre Hände an sein Ohr und spricht direkt hinein, sodass er hören kann, was sie sagt.

»Ich werde ein kleines Biwak graben, halte dich in der Zwischenzeit warm.«

»Was, fahren wir nicht weiter?«

»Nein, Alex! Das geht nicht, es ist zu gefährlich bei der schlechten Sicht!«

Er weicht zurück und sieht ihr beim Graben zu, ohne zu wissen, wie er ihr helfen kann. Er merkt, dass sie sich ärgert, weil sie Energie aufwenden muss, um sich zu erklären. Hätte er doch nur einen der anderen Scooter genommen, dann wäre er schon zu Hause.

»WAS KANN ICH TUN?«

Sie sieht ihn an und packt ihn fest am Arm.

»GANZ RUHIG, ICH MACH DAS SCHON. ABER BEWEG DICH, STEH NICHT SO RUM!«

Seine Zähne klappern vor Kälte, er springt auf und rudert mit den Armen. Der Wind treibt die Kälte in alle Poren, die Temperatur muss schnell gesunken sein. Sofi gibt ihm mit einem Wink zu verstehen, dass er in die Schneehöhle kommen soll, die sie geschaufelt hat, und er setzt sich dicht neben sie, ohne sich darum zu kümmern, ob sie deswegen sauer wird. Sie nimmt ein paar Plastikverpackungen in die Hand und bricht sie entzwei.

»Heizgel, stopf es in die Handschuhe und Schuhe.«

Plötzlich wird ihm der Ernst der Lage bewusst. Sie könnten hier draußen sterben, wenn sie sich nicht warm halten.

»Rettest du uns gerade das Leben?«

Sie fängt an zu lachen. Endlich können sie mit normaler Stimme sprechen und müssen nicht mehr schreien. Draußen stürmt es immer noch, aber sie sind geschützt wie in einem Bienenstock aus dickem Schnee.

»Ich habe schon Schlimmeres erlebt, aber spar dir die Lorbeeren. Wir sind verdammte Amateure, die ohne Funkgerät losgefahren sind.«

Sie zieht ihre Handschuhe aus und nimmt sich selbst ein paar Pakete.

»Es ist tödlich, wenn der Letzte nicht mit den Vorausfahrenden kommunizieren kann. Ich habe vor dem Aufbruch nach dem Wetter gesehen, aber ich hätte nicht gedacht, dass es sich so schnell ändert.«

Alex merkt, dass sie sich wahrscheinlich mehr Sorgen

macht, als sie zugibt. Obwohl sie in den Bergen aufgewachsen ist, gräbt sie wahrscheinlich nicht jeden Tag ein Biwak. Alex lehnt sich an sie, sie holt einen Energieriegel aus ihrer Innentasche und gibt ihm die Hälfte.

»Als ich zwölf war, gerieten mein Vater, mein Bruder und ich in einen Sturm. Wir mussten die Nacht draußen verbringen, bis die Bergrettung uns gefunden hat. Seitdem bin ich immer vorbereitet.«

Eine Weile sitzen sie schweigend da. Alex ist immer noch kalt, aber es ist herrlich, vor dem Wind geschützt zu sein, und fast gemütlich im Biwak, wenn man den Ernst der Lage einmal beiseitelässt. Er bemerkt, dass Sofi sich anders verhält, sie scheint ihre unangenehme Attitüde für den Moment abgelegt zu haben und ist jetzt eher so wie am Anfang, als er ins Nord kam. Sie legt den Kopf in den Nacken und schließt für einige Sekunden die Augen.

»Ich weiß, dass ich in letzter Zeit nicht sehr nett war. Aber es gibt vieles, was du nicht über das Nord weißt.«

»Wovon redest du?«

Sofi scheint zu überlegen, wie sie weitermachen soll.

»Okay, okay. Du musst mir nicht glauben, aber ich arbeite seit ein paar Jahren für Alice und Carl. Sie sind nette Menschen, aber sie haben ihre eigene Agenda. Sie leben ein anderes Leben als wir Normalsterblichen. Sie wollen die totale Kontrolle, nicht nur über das Restaurant, sondern auch über uns, die wir dort arbeiten. Vor allem Alice, wenn du verstehst, was ich meine.«

Alex schüttelt den Kopf, er mag die nagende Sorge nicht, die in ihm wächst, den Verdacht, dass sie recht hat. Er will Sofi nicht offenbaren, was er denkt, stattdessen ärgert er sich über sie und nimmt Alice in Schutz, ohne wirklich zu wissen, warum.

»Aber wie soll ich dir vertrauen? Du warst ja bisher *total* nett zu mir.«

»Ich weiß. Ich sagte doch, dass es mir leidtut.«

Sie hält inne und schließt wieder die Augen. Der Wind hat nachgelassen. Alex friert, aber er hält das für ein gutes Zeichen. Er hat Angst, dass ihm warm wird und er sich ausziehen will, weil er in einer Dokumentation gesehen hat, dass das ein sicheres Zeichen dafür ist, dass man erfriert. Er kann kaum glauben, dass er ausgerechnet mit Sofi hier festsitzt. Gleichzeitig ist er erleichtert, denn wäre er allein oder mit einem der ausländischen Kollegen zusammen, wären sie nie auf die Idee gekommen, ein Biwak zu bauen, hätten auch gar nicht die Fähigkeiten dazu gehabt.

Lange schweigen sie, dann beginnt Sofi wieder zu sprechen, ihre Stimme ist leiser geworden, es klingt, als wäre sie kurz davor zu weinen.

»Ich habe vor einiger Zeit einen Typen kennengelernt, Gabriel, wir sind miteinander ausgegangen. Er hat als Commis gearbeitet, so wie du. Aber nach einer Weile wurde er ganz von Alice … verschluckt, oder … Jedenfalls war das mein Gefühl. Und dann war er eines Tages weg, hat das Nord verlassen und sich nie wieder gemeldet.«

»Was meinst du mit weg, wurde ihm gekündigt, oder was?«

»Ich glaube, aber ich weiß nicht, wo er danach hingegangen ist.«

Alex will, dass sie weiterredet, aber sie sagt nichts mehr. Er will mehr über Alice wissen und ob Sofi Emil auch kannte, aber er traut sich nicht, er will nicht, dass Sofi begreift, was zwischen ihm und Alice passiert ist, auch wenn es schon vorbei ist. Sie ahnt aber sowieso, was los ist. Stattdessen fragt er nach Gabriel.

»Okay, aber ihr hattet danach keinen Kontakt mehr, oder?«

Es dauert eine Weile, bis Sofi antwortet.

»Ich habe versucht, ihn zu erreichen. Zuerst hat er kurz zurückgeschrieben, aber dann hat er meine SMS nicht mehr beantwortet. Ich fühlte mich ziemlich verarscht.«

Alex muss unbedingt versuchen, Emil zu erreichen. Er muss herausfinden, was ihm hier passiert ist, warum er das Nord verlassen hat und ob es etwas mit Alice zu tun hat.

Nach einer Weile donnert es, und es ist, als würde das Dach über ihnen einstürzen. Alex gerät in Panik, aber Sofi hält ihn ruhig, aber bestimmt zurück, als er aufstehen will. Dann gräbt sie sich vorsichtig heraus und gibt ihm mit einem Wink zu verstehen, ihr zu folgen.

»Wir können jetzt weiterfahren, ich sehe genug.«

Er kriecht hinaus, Sofi versucht, den Scooter im Schnee zu starten, und er setzt sich hinter sie. Es schneit und bläst immer noch, aber nicht mehr so stark. Die Sicht ist besser, hinter den dichten Wolken sieht er ein paar Streifen vom Himmel.

»Ich weiß, wo wir sind, lass uns nach Hause fahren«, sagt sie.

Alex klammert sich an ihr fest und ist zum ersten Mal froh, dass sie so schnell fährt, wie sie kann. Aber der Gedanke an Alice und diesen Gabriel, den Sofi als »von Alice verschluckt« beschrieben hat, lässt ihn nicht los, genauso wenig wie die Tatsache, dass er unbedingt mit Emil reden will. Er muss so schnell wie möglich zu Alice. Ihr erklären, dass sie jetzt Schluss machen müssen. Irgendetwas sagt ihm, dass es nicht leicht sein wird, aber er hat nicht vor, einer der Commis zu sein, die das Nord verlassen müssen, bevor sie es selbst wollen.

16

Alex purzelt fast vom Scooter. Er ist erleichtert, als er im Warmen ankommt, sich ausziehen kann und unter einer heißen Dusche steht. Trotzdem ist ihm kalt, als er sich unter die Daunendecke legt und eine zusätzliche Decke über das Rentierfell zieht, um sich warm zu halten. Unter einem Pullover auf dem Bett findet er Alice' Handy und sieht, dass sie eine Menge SMS geschrieben hat, aber er kann es nicht ertragen, sie jetzt zu lesen. Stattdessen stellt er sich den Wecker für den nächsten Tag und schließt erschöpft die Augen.

Plötzlich ist er wieder draußen im Schnee. Er erkennt sich nicht wieder, er hat keinen Mantel dabei. Panik durchzuckt ihn in Wellen, aber er friert nicht, obwohl er nur ein T-Shirt und Boxershorts trägt. Er betrachtet seinen halb nackten Körper. Seltsamerweise erreicht die Kälte der Schneewehe, in der er steht, nicht seine Füße, obwohl er keine Stiefel anhat. Er ist im Wald und sieht die Fichten wie ein Gewölbe hoch über seinem Kopf aufragen. Ein Wolf heult, eine Eule stürzt sich von einem Ast vor ihm herab und schlägt ihm mit den Flügeln ins Gesicht. Nun steht er in einer Blutlache. Um ihn herum liegen tote Hasen im Kreis. Von hinten nähern sich Schritte, er beginnt zu rennen. Er weiß, dass ihn jemand verfolgt, aber er kann nur einen dunklen Schatten ausmachen. Er wirft sich zur Seite, um zu entkommen, und fällt geradewegs in einen Teich, wo der Schatten seinen Kopf unter Wasser drückt.

Mit einem Ruck erwacht er schweißgebadet. Die lange Unterhose und das Hemd, die er nach dem Duschen angezogen hat, kleben an seinem Körper. Er reißt sich die Sachen vom Leib, sinkt nackt zwischen die Laken und versucht wieder einzuschlafen.

Als der Wecker klingelt, fühlt es sich an, als hätte er erst vor einer Sekunde die Augen geschlossen. Alex erhebt sich mühsam, zieht seine Arbeitskleidung an, nimmt eine Powerbank und ein Kabel und steckt sie zusammen mit seinen Handys in die Tasche. Er muss etwas essen. In der Küche sitzt José auf einem Hocker. Er hat eine Tüte mit tiefgefrorenen Fladenbroten hervorgeholt und sie im Ofen aufgewärmt.

»Was war denn gestern los? Alle haben auf dich und Sofi gewartet. Wir haben uns Sorgen gemacht, es war sehr windig.« José bestreicht sein Brot mit Erdnussbutter und lächelt schief. »Oder läuft da was zwischen euch, seid ihr deshalb verschwunden?«

Alex schenkt sich eine große Tasse Kaffee ein und nimmt einen Schluck, bevor er antwortet, immer noch sehr erschüttert, weil er an das Biwak denkt und daran, was hätte passieren können.

»Nein, wir sind im Sturm stecken geblieben«, sagt er genervt. »Was habt ihr euch dabei gedacht, einfach loszufahren, war euch nicht klar, wie schlimm es hätte werden können?«

José schaut schockiert drein, und Alex schämt sich sofort, dass er seinen Frust an ihm ausgelassen hat.

»Scheiße, zum Glück ist alles gut gegangen … Alle dachten, du wärst bei Sofi. Ich bin mit dem ersten Scooter runter und habe versucht, dich anzurufen, aber dann muss ich eingeschlafen sein, denn ich habe nicht mitbekommen, dass der Sturm immer schlimmer wurde. Ich glaube nicht, dass jemand gemerkt hat, dass ihr zurückgeblieben seid, sonst hätten wir euch natürlich gesucht.«

José sieht beschämt aus, er scheint ernsthaft geglaubt zu haben, Alex hätte was mit Sofi angefangen und bei ihr geschlafen oder so. Alex schnappt sich ein Sandwich und beschließt, nicht weiter darauf einzugehen.

»Sofi war ziemlich cool, sie hat ein Biwak gebaut.«

Er schaut José an, muss ihn nach Emil fragen und vielleicht das Risiko eingehen, ihm von Alice zu erzählen. José ist schon länger hier, vielleicht hat er ein paar Ideen, wie man die Beziehung beenden kann, ohne dass es in der Küche komisch wird. Je mehr er darüber nachdenkt, desto mehr befürchtet er, dass er auf jeden Fall gefeuert wird.

»Hey ... Kennst du eigentlich Emil? Der, der vorher meinen Job hatte? Er hat ein paar Sachen vergessen, ich wollte sie ihm schicken, aber seine Nummer scheint nicht mehr zu funktionieren.«

Alex gibt sich Mühe, entspannt zu klingen, um nicht zu verraten, wie verzweifelt er versucht, Emil zu erreichen.

José nimmt sich von dem Brot.

»Emil, nein, mit dem hatte ich nicht viel zu tun. Ich kenne auch sonst niemanden, der ihn gut kannte, er war fast nie in der Küche. Ich glaube, er hatte irgendeinen Sonderdienst, wo er viel direkt für Alice gearbeitet hat, oder so.«

Alex spürt, wie seine Frustration wächst.

»Was weißt du über sie?«, fragt er vorsichtig. »Na ja, außer dem, was im Internet steht.«

José sieht ihn verwirrt an.

»Über Alice?«

»Na ja, ich habe von Sofi gehört, dass ... Na ja, sie hat mir gestern ein paar Sachen erzählt, dass der Schein vielleicht trügt.«

José wartet etwas zu lange, bevor er antwortet. Er stellt die Erdnussbutter ab und räumt sein Messer in den Geschirrspüler. Alex bedauert, dass er Alice überhaupt erwähnt hat.

»Okay, ich weiß nicht genau, was du meinst. Ich finde sie toll.«

Dann beginnt José, in einer Zeitschrift zu blättern, Alex isst schweigend sein Frühstück zu Ende und geht rüber in die Küche, wo Florence sie sofort an die Arbeit schickt.

»Jungs, fangt an, die Makrelen auszunehmen, und reißt euch zusammen, ihr seht fix und fertig aus.«

Alex hat keine Lust, den ganzen Tag Fische auszunehmen, aber er muss die Zähne zusammenbeißen.

Er ist immer noch müde, und seine Zunge klebt am Gaumen, aber endlich hat er zehn Minuten Pause. Es fällt ihm schwer, sich an diesem Morgen zu konzentrieren, und je mehr Fischabfälle sich auf der Werkbank stapeln, desto größer wird der Stress in ihm. Er fragt sich, ob Sofi heute arbeitet, will mit ihr reden und sehen, wie es ihr nach gestern geht. Er nimmt sich ein großes Glas Wasser, gibt Eiswürfel dazu und geht nach draußen, um frische Luft zu schnappen. Einige der anderen Köche stehen im Hof und rauchen wie immer. Alex nickt ihnen zu, hat aber keine Lust, sich zu unterhalten, also geht er auf die Toilette und holt seine beiden Handys hervor.

»Alice«, *»Alice«*, *»Alice«*, *»Alice«*, *»Alice«*, *»Alice«*. Eine lange Reihe von *»Alice«* ist alles, was er sieht, als er sich durch die Anruflisten klickt. Fast alle Anrufe und SMS des gestrigen Tages sind von ihr, außer ein paar von Lisa und einem von José auf seinem normalen Handy. Die Uhrzeit zeigt, dass er ungefähr zu der Zeit eingegangen sein muss, als er und Sofi im Biwak saßen. Er zählt über zwanzig verpasste Anrufe, und als er die Liste durchsieht, sieht er, dass Alice die ganze Silvesternacht auf beiden Handys angerufen hat, bis auf ein paar Stunden am Morgen. Dann hat sie den ganzen Neujahrstag über angerufen. Zögernd beginnt er, die Nachrichten zu lesen. Am Anfang sind sie freundlich und einladend. Dann wechselt der Ton schnell.

»Alex, ich mache mir Sorgen um dich. Ruf mich an! Alice«, *»Alex, warum meldest du dich nicht, ruf mich an, sobald du das siehst! A«*, *»Alex, was machst du, ruf mich sofort an!!!«*, *»Wenn du mich nicht in zehn Minuten zurückrufst, wirst du es bereuen. Ruf mich sofort an!«*, *»Ich habe dir vertraut, ich dachte, du wärst besser als das. Ich habe deine Geheimnisse bewahrt und dich in der Küche verteidigt, für wen hältst du dich?«*

Gestresst tippt er auf die Rückruftaste und drückt den Hörer ans Ohr. Er muss sich erklären und hofft, dass sie abhebt, seine Pause ist gleich vorbei. Eigentlich würde er die Anrufe am liebsten ignorieren, aber ihm ist klar, dass es keine gute Idee wäre, mit ihr auf diese Weise Schluss zu machen, wenn sie so wütend ist.

Er verlässt die Toilette und geht ein paar Schritte um die Ecke, damit ihn niemand hört. Dann wartet er ungeduldig auf das Freizeichen. Schließlich hört er ihre Stimme, aber es ist nur der Anrufbeantworter. Es ist noch nie vorgekommen, dass sie nicht abgehoben hat. Außerdem ist sie diejenige, die normalerweise anruft; er hat noch nie ihren Anrufbeantworter gehört. Ihre Stimme ist sanft und warm, aber er erschrickt, als er sie hört. Er hinterlässt nach dem Signalton keine Nachricht, sondern steckt das Handy wieder in die Tasche.

Er muss zurück zu den Makrelen, bevor Florence merkt, dass er zu lange weggeblieben ist, auch wenn ihm heiß und schwindelig ist. Wahrscheinlich hat er sich gestern stärker ausgekühlt, als er dachte. Als er die Küche betritt, ist die Stimmung heiter, und er sieht auch sofort, warum. Alice ist da. Er versucht, Augenkontakt mit ihr aufzunehmen, aber sie ignoriert ihn, und er macht mit den Makrelen weiter. Sie lacht über etwas, das Lisa sagt, und bewundert ihre Arbeit an den Desserts des Abends, Kekse mit Moltebeergeschmack, die mit schneeweißem Guss überzogen sind. Dann schenkt sie Pierre ein anerkennendes Lächeln, bevor sie sich Jonathan zuwendet, der die Brühe zubereitet. Als Jonathan seinen Platz verlässt, um etwas zu holen, nutzt Alex die Gelegenheit. Schnell schaut er sich um und lehnt sich so unauffällig wie möglich zu Alice hinüber.

»Wir müssen reden.«

Sie antwortet nicht, schaut ihn nur eine Sekunde lang an. Er kann nicht in ihren Augen lesen, weiß nicht, was sie denkt, aber etwas hat sich verändert. Jonathan kommt zurück und ist überrascht, Alex an seinem Platz zu sehen, aber Alice' breites Lächeln lässt ihn aufatmen.

»Tolle Brühe, gut gemacht.«

Dann verlässt sie die Küche, und Alex wird klar, dass er es riskieren muss, ihr zu folgen. Er flüstert José zu, dass er dringend aufs Klo muss, und bittet ihn, ihm Deckung zu geben. Dann geht er. Draußen vor der Küchentür wartet Alice auf ihn, sagt aber nichts. Alex schweigt. Er überlegt, ob er versuchen soll, sie zu besänftigen, sich für die vielen unbeantworteten Nachrichten und Anrufe in der Silvesternacht zu entschuldigen, oder ob er ihr einfach die Wahrheit sagen soll. So wie es ist. Er riecht nach Makrele und hat keine Fleecejacke dabei, es ist kalt, unter dem Kochhemd stehen ihm die Haare an den Armen zu Berge. Außerdem ist er gestresst, weil er seinen Arbeitsplatz unerlaubt verlassen hat, und er hat Angst, dass es jemand sehen oder hören könnte.

»Tut mir leid, dass ich nicht geantwortet habe, mein Telefon ist kaputt, und das andere habe ich vergessen, und ich bin mit Sofi am Berg stecken geblieben, wir mussten ein Biwak graben.«

Er hört sich unzusammenhängend über alles reden, was gestern passiert ist. Seine Zähne klappern, während er spricht. Sie antwortet nicht, also fährt er fort. Sein Atem bildet große Wolken, und die kalte Luft macht es ihm schwer, sich auf etwas anderes zu konzentrieren als auf den Versuch, sich aufzuwärmen.

»Es tut mir leid, dass ich mich nicht gemeldet habe.«

Sie antwortet immer noch nicht, sondern schaut ihn nur an. Wirkt fast ein wenig angewidert. Sie zieht ihre Jacke zurecht und sieht gelangweilt aus.

»Ich verstehe.«

Ihr Ton ist kühl, sie klingt überhaupt nicht verständnisvoll. Er weiß, dass er jetzt die Gelegenheit nutzen sollte, die Affäre zu beenden, aber es ist so kalt, dass er kaum ein Wort herausbringt und wieder hineingehen muss. Alice scheint schlechte Laune zu haben, und wenn er sagt, dass er sie nicht mehr sehen will, könnte sie entscheiden, dass es das Beste wäre, ihn einfach zu entlassen. Die Polizeiverhöre nach dem

Unfall kommen ihm in den Sinn, nichts, was er damals sagte oder tat, konnte die verurteilenden Blicke der Polizei beeinflussen.

»Treffen wir uns heute Abend?«

Die Kälte beißt, er spürt, wie sich seine Wangen röten. Alice wirkt nachdenklich, in ihrer kurzen Pelzjacke und dem geflochtenen Stirnband über dem blonden Haar scheint sie sich von der Kälte nicht beeindrucken zu lassen. Dann streckt sie die Hand aus, legt sie ihm auf die Stirn und zieht sie resigniert wieder zurück.

»Du hast Fieber«, sagt sie knapp und geht.

Alex reißt die Tür auf und eilt zurück an seinen Arbeitsplatz. Warum hat er ihr nichts gesagt? Jetzt ist er gezwungen, sie wiederzusehen.

17

Alex kann sich nicht erinnern, dass es ihm jemals so schlecht ging, zumindest nicht körperlich. Er versucht fernzusehen, aber er schafft es nicht, der Handlung des Films zu folgen, und bald fällt er wieder in einen fiebrigen Nebel. Anscheinend sind einige Mitarbeiter krank, aber das ist kein Trost, denn der Gedanke, dass die Küche unterbesetzt ist, stresst ihn nur noch mehr. Es grämt ihn, dass die anderen die Chance haben, sich zu zeigen, zugleich hat er Mitleid mit seinen gesunden Kollegen. Der Druck, mit zu wenig Personal und einem ausgebuchten Speisesaal das hohe Niveau zu halten, das Thomas und die Gäste im Nord erwarten, ist fast unmenschlich. Statt sich nützlich zu machen und Neues zu lernen, liegt er im Bett und hustet so heftig, dass es sich anfühlt, als würde seine Lunge in der Brust zerreißen.

Die schweren Leinenvorhänge sind zugezogen, der kleinste Lichtstrahl verursacht bei ihm migräneartige Kopfschmerzen. Er muss so schnell wie möglich wieder gesund werden, sonst könnte jemand anders seinen Platz einnehmen. Außerdem ärgert er sich ein bisschen, dass er die Stunden auf dem Snowboard bei dem schönen Wetter verpasst. Der Husten zerrt an seiner Brust, er greift nach der Schachtel mit den Halstabletten, drückt eine gelbe heraus und legt sie sich auf die Zunge. Aber der größte Stressfaktor ist, dass er immer noch keine Gelegenheit hatte, mit Alice zu sprechen. Seit sie sich vor dem Restaurant getroffen haben, hat er nichts mehr von ihr gehört, und er liegt seit fast zwei Wochen im Bett. Sie scheint ihn während seiner Krankheit nicht sehen zu wollen, was er verstehen kann, und er hofft, dass sie ihn inzwischen vergessen hat.

Von Sofi hat er erfahren, dass sie in letzter Zeit eine Reihe von privaten Abendessen bei sich zu Hause veranstaltet hat. Das Restaurant hat das Essen zubereitet und bei ihr und Carl serviert, wobei sich die exklusiven Gäste die Klinke in die Hand gegeben haben. Er ist erleichtert, dass sie nicht vorbeigekommen ist. Sofi dagegen besucht ihn fast jeden Tag mit Halsbonbons, Husten- und Fiebersaft. Sie hat auch Lunchboxen mitgebracht, obwohl er sie kaum angerührt hat.

Seit dem Gespräch im Biwak sind sie sich nähergekommen, und er freut sich auf ihre Besuche, auch wenn sie oft nur kurz sind. Sie hat kein Wort über den Mopedunfall verloren, und so beschließt er anzunehmen, dass sie und die anderen Mitarbeiter nichts davon wissen. Vielleicht war Alice ehrlich, als sie sagte, sie würde es für sich behalten. In seiner hoffnungsvollsten Version ihres bevorstehenden Treffens und Gesprächs stimmt sie ihm zu, sie gehen als Freunde auseinander, und in der Küche kann alles wie gewohnt weitergehen.

Er hat das ungute Gefühl, dass dies naive Hoffnungen sind.

Ein erneuter Hustenanfall beutelt ihn, und er fällt zurück zwischen die schmutzigen Laken, die er am liebsten wechseln würde. Ein Wunder, dass er sich nicht schon früher etwas zugezogen hat, nach all den kalten Nächten draußen in zu dünner Kleidung. Letzte Woche war er zu krank, um sich überhaupt Gedanken darüber zu machen, dass er mitten in der Saison eine Jahrhunderterkältung hat, aber jetzt, wo er wieder etwas wacher ist, lässt ihm das keine Ruhe. Mühsam richtet er sich auf und geht in den Aufenthaltsraum. Ihm wird schwindelig, als er aufsteht, aber er sieht, dass etwas in seinem Postfach ist, also beschließt er, es zu leeren, dann in sein Zimmer zurückzukehren und sich wieder hinzulegen. Jeder hat sein eigenes Brieffach direkt vor der Tür, und Gitt bringt normalerweise jeden Nachmittag eine Runde Post mit. Aus jedem Fach ragt eine frische Ausgabe des *DI Weekend.*

Auf dem Couchtisch sieht er fünf weitere Exemplare derselben Zeitschrift liegen. Neugierig nimmt er sein Exemplar mit ins Zimmer, legt sich aufs Bett und schlägt die Zeitschrift auf.

Von der Titelseite starrt ihn Carl unter der Überschrift »Das Imperium des Geschäftsmannes Carl Duwal« an. Er ist in voller Jagdkleidung abgebildet, neben ihm liegt einer der Hunde. Die Schatten der Bäume hinter ihm bilden dunkle Ränder um sein Gesicht und lassen ihn grimmig aussehen. Gitt muss extra Zeitungen bestellt haben, damit alle Mitarbeiter das große Porträt des Chefs lesen können. Schnell überfliegt er den Text.

Der Mann, der Mythos, die Legende. Der erfolgreiche Unternehmer Carl Duwal ist für seine Arbeit in der Finanzwelt ebenso bekannt wie dafür, Fragen zu seinem Privatleben nicht zu beantworten. Hier spricht er zum ersten Mal in einem exklusiven Interview offen über seine Leidenschaften und Träume. Dazu gehört auch sein großes Interesse an der Jagd, das er sonst nur mit seinem engsten Kreis teilt.

»Die Jagd ist ein Lebensstil, den ich mit meiner lieben Frau Alice teile, es ist unsere große gemeinsame Leidenschaft. Ich gebe nie auf, ich kann schlaflos im Wald liegen, bis ich meine Beute erlegt habe. Das gilt auch für mein Unternehmen. Wenn ich mich einmal entschieden habe, gibt es kein Halten mehr.«

Alex überfliegt den Text weiter und bleibt bei einem anderen langen Zitat hängen.

»Meine erste Frau, Gräfin Victoria Duwal, die Mutter meines geliebten Sohnes Theodor, hinterließ eine große Lücke, als sie starb. Sie war noch keine vierzig Jahre alt, und Theodor war erst sieben, als er seine Mutter verlor. Victoria liebte auch die Jagd, sie wuchs im Wald auf,

und ich fühle mich ihr immer nahe, wenn ich mit den Hunden über meine Felder gehe.«

In einem Kasten neben einem Foto von Carl, Victoria und Theodor liest Alex:

Victoria Duwal starb tragischerweise viel zu jung und hinterlässt Carl und ihren Sohn Theodor.
»Ich habe mir nie verziehen, dass ich nicht da war, als Victoria starb, und ich werde für den Rest meines Lebens damit leben müssen.«
Carl Duwal verbrachte viel Zeit damit, einen Teil des Vermögens, das er von Victoria geerbt hatte, in die Victoria-Duwal-Lern-Stiftung zu investieren, deren Hauptaufgabe es ist, benachteiligten Kindern den Zugang zu höherer Bildung zu ermöglichen – etwas, das Victoria sehr am Herzen lag.

Carls erste Frau war also die Wohlhabende in der Familie. Alex fragt sich, ob Carl unter der kontrollierten Oberfläche immer noch um sie trauert, denn in dem Artikel geht es fast mehr um sie als um ihn und Alice. Vielleicht war sie seine große Liebe, und deshalb ist die Beziehung zwischen ihm und Alice nicht die beste.

Es klopft an der Tür, Sofi steckt ihren Kopf herein. Sie bringt Suppe aus der Küche und setzt sich auf die Bettkante. Sie öffnet die Thermoskanne, und zu seiner Freude riecht er einen Hauch von Hühnerbrühe, als sie ihm eine Tasse einschenkt. Nicht weil er besonders hungrig ist, sondern weil sein Geruchssinn langsam zurückkehrt. Er muss sich nicht mehr so oft die Nase putzen wie noch vor ein paar Tagen, und der Geschmack der klaren Suppe liegt himmlisch auf der Zunge, auch wenn sein Hals immer noch kratzt wie Stacheldraht.

»Verdammt, ich will doch nur gesund werden!«

Sofi geht zum Fenster und zieht die Vorhänge beiseite, und er lässt sie gewähren, obwohl das Licht in seinen Augen brennt.

»Verstehe ich, du warst echt lange krank.«

»Hattest du gar nichts?«

Er ist dankbar, dass sie so oft kommt, er weiß, wie voll ihr Terminkalender ist.

»Nein, eigentlich nicht, Gott sei Dank. Aber wenn, dann musst du dich umgekehrt auch um mich kümmern.«

»Natürlich!«

Er versucht zu lächeln, aber der Husten nimmt überhand, und er wird davon so sehr gebeutelt, dass er kaum die Tasse auf den Nachttisch stellen kann, ohne die Suppe zu verschütten.

»Ich wollte versuchen, morgen zu arbeiten.« Sofi sieht ihn an und lacht.

»Morgen? Ich würde sagen, nächste Woche. Ich glaube nicht, dass Thomas solche Hustenanfälle in der Küche mag.«

Sie sieht seine Frustration, setzt sich auf die Bettkante und tätschelt seine Hand. Er nimmt sie nicht weg.

»Alex, es ist nur eine Grippe. Das geht vorbei, versprochen.«

Er greift nach einer Kopfschmerztablette und nickt. Jetzt kann er sich nur noch ausruhen und abwarten, so frustrierend das auch ist. Er sieht, wie Sofis Blick auf die Zeitung fällt.

»Hast du sie gelesen?«

Sie nickt.

»Wer war sie?«, fragt er Sofi und zeigt auf das Bild einer lächelnden Victoria mit Diadem und Jacke mit breiten Schulterpolstern. Man sieht, dass es schon eine Weile her ist, dass es aufgenommen wurde.

»Carls erste Frau, der der ganze Hof hier oben gehörte, stammte aus einer adligen Familie. Nach ihrem Tod, anscheinend ist sie unerwartet gestorben, irgendwas mit dem

Herzen, hat Carl Alice geheiratet, und sie haben den ganzen Hof umgebaut und das Nord gestartet.«

Sofi nimmt die Zeitung und schaut sich die Fotos von Carl an.

»Jemand hat gesagt, dass Alice Carl kennengelernt hat, als sie Kellnerin in einem Restaurant in Östermalm war, das Carl und Victoria gehörte, aber ich weiß nicht, ob das stimmt. Es gibt Gerüchte, dass sie, obwohl sie erst zwanzig war, sich an Carl heranmachte und sich um ihn kümmerte, als er nach Victorias Tod am traurigsten war, wahrscheinlich um ihn zu ›trösten‹.«

Alex mustert das Cover und versucht, die Tatsache zu verdauen, dass Alice als Kellnerin gearbeitet hat. Er dachte, sie käme aus einer reichen Familie und hätte ihr Leben lang so gelebt.

»Deshalb brennt sie so für das Restaurant. Ich schätze, das Nord ist ein Symbol für einen wahr gewordenen Lebenstraum oder so etwas.«

Alex nickt, er möchte mehr über Alice und Sofis Ex Gabriel erfahren, aber er will nicht riskieren, dass das Gespräch in eine Richtung geht, die seine eigene Beziehung zu Alice betreffen könnte.

»Übrigens, kanntest du Emil?«

»Emil, der früher hier gearbeitet hat? Nein, eigentlich nicht. Wieso?«

»Ach, nur so.«

Schnell wechselt er das Thema, blättert in der Zeitung.

»Aber dieser Theodor, wo ist der?«

Sofi zuckt mit den Achseln.

»Er ist in England, seit er klein war, anfangs im Internat. Ich glaube, ich habe ihn nur dreimal getroffen. Ich habe ihn nie in der Nähe von Alice gesehen, außer einmal, als er mit Carl eingeflogen ist.« Sofi sammelt ein paar alte Lunchpakete ein und macht Anstalten zu gehen.

»Meine Eltern mochten Alice anfangs nicht, aber sie ist

eine Expertin darin, Menschen umzustimmen. Großzügige Geschenke, Trinkgeld. Die meisten Leute hier oben haben keine Ahnung, woher sie kommt, aber sie nehmen an, dass Carl einfach eine neue reiche Frau kennengelernt hat. Niemand würde ihre Herkunft infrage stellen, dafür ist sie hier viel zu beliebt.«

Dann muss Sofi gehen, die Tür fällt hinter ihr ins Schloss. Alex wünscht sich, sie wäre länger geblieben. Er legt sich aufs Bett und starrt an die Decke. Nach einer Weile holt er Emils Zettel hervor und sieht ihn sich genau an. Es ist zweifellos Alice' Handschrift. Er nimmt das Handy und versucht noch einmal, Emil anzurufen, aber niemand geht ran. Er wiegt das Telefon, das Alice ihm gegeben hat, in der Hand, es ist seit Silvester stumm geblieben. Er überlegt kurz, dann wählt er von diesem Telefon aus Emils Nummer, aber wieder geht nur die Mailbox ran.

Er setzt sich auf, wartet einen weiteren Hustenanfall ab, fühlt sich aber gestärkt durch Sofis Brühe. Dann sieht er etwas von einem der Schränke ragen. Entschlossen nimmt er einen Stuhl und stellt sich darauf. Staub wirbelt auf, als er die Kiste, die gegen die Wand geschoben ist, herunterholt. Er zieht sie zu sich heran und hebt den Deckel ab. Ein Paar schwarze Lederschuhe, die unbenutzt aussehen. Er seufzt, wühlt aber weiter und macht sich über den Garderobenschrank her. Ihm ist heiß, in seinen Adern pocht das Fieber von der Anstrengung, aber er reißt fast manisch jedes einzelne Kleidungsstück aus den Regalen. Er durchsucht alle Schubladen, tastet die Taschen ab. Das Zimmer wird immer unordentlicher. Er wirft Dinge heraus, reißt das Laken ab, um die Matratze hochzuheben. Er weiß nicht, wonach er sucht, aber wenn Emil seinen Pass und den Zettel dagelassen hat, dann hatte er es eilig, das Nord zu verlassen, und vielleicht hat er noch etwas anderes vergessen.

Der Schrank gähnt bald leer, er findet keine weiteren Zettel. Alex setzt sich wieder auf das Bett, öffnet die Schubladen des Nachttischs. Die Kopfschmerzen sind unerträglich, er ist erschöpft, genervt von der vergeblichen Suche. Er schaut unter das Bett und ins Bad. Als er schon fast aufgegeben hat, sieht er die Kleiderbügel an der Tür, nimmt alle von den Haken und wirft sie aufs Bett. Zuerst den Mantel, den er kaum benutzt, dünne Taschen, er tastet das Futter ab. Dann die knallgelbe Fjällräven-Jacke.

Eine Innentasche, die er vorher nicht bemerkt hatte. Sein Herz setzt einen Schlag aus, als er spürt, wie sich seine Hand um etwas Hartes und Kaltes schließt. Langsam zieht er es heraus. Ein Handy, genau wie das, das Alice ihm geschenkt hat. Er steckt es in die Ladeschale, sieht, wie das Display zum Leben erwacht und dass man einen vierstelligen Code eingeben muss, um es zu aktivieren. Scheiße. Er denkt nach. Alice' Geburtstag. Der fünfte Mai. Er merkt, wie er den Atem anhält, während er vorsichtig die Zahlen eingibt. *Null, fünf, null, fünf.*

Das Handy entriegelt sich, ein Bild des Åreskutan ziert den Bildschirm, fast keine Apps sind geladen. Schnell schaut er nach. Im Telefonbuch steht nur eine Nummer, die von Alice. Die Notizfunktion ist leer, in der Kamera sind keine Bilder gespeichert. Er öffnet die Anrufliste. Viele Anrufe von Alice, zu allen möglichen Tageszeiten. Alex notiert die Uhrzeit des letzten verpassten Anrufs. An diesem Morgen ist er mit dem Zug zum Nord gefahren. Er klickt auf die Nachrichten-App. Nur eine Nachricht ist gespeichert, die anderen hat Emil wahrscheinlich gelöscht. Sie ist ungelesen, stammt von Alice und wurde am Abend, als Alex Emil in Kopenhagen traf, verschickt:

Das ist das letzte Mal, dass du mir das antust, ich hoffe, du siehst deinen Fehler ein.

18

Alex unterdrückt einen Hustenanfall. Endlich ist er wieder in der Küche, aber er fühlt sich alles andere als wohl. Er schaut sich um, immer wieder über die Schulter, in der Erwartung, Alice zu sehen, aber sie ist noch nicht aufgetaucht. Alex geht davon aus, dass sie bald mitbekommen wird, dass er wieder in der Küche ist, und dass sie ihm früher oder später eine SMS schicken wird. Dann wird er mit ihr reden. Seine Beine sind wackelig, ans Snowboarden ist nicht zu denken, aber ein Ausflug auf die Piste ist sowieso das Letzte, was er will. Schon das Anziehen heute Morgen hat ihn ins Schwitzen gebracht. Er wischt sich die Feuchtigkeit von der Stirn und konzentriert sich darauf, mit dem Messer nicht abzurutschen, während er eine Pastinake in kleine Würfel schneidet.

Nach stundenlangem Grübeln im Krankenbett hat er eine Strategie gefunden, von der er glaubt, dass sie funktionieren wird. Alice ist unberechenbar, aber irgendwie muss er aus der Situation herauskommen, ohne dass sie in einen rasenden Wutanfall mündet. Wie bei Emil. Vielleicht hat Emil wirklich geglaubt, Alex einen Gefallen zu tun, als er ihm seinen Platz im Nord anbot, aber er hätte ihn auch davor warnen können, etwas mit Alice anzufangen. Wenn er nur den Rest der Saison durchhalten würde, könnte er vielleicht ein gutes Zeugnis von Thomas bekommen und weiterziehen. Irgendwie muss er ihr klarmachen, dass es auch für sie das Beste ist, wenn sie sich nicht mehr sehen, denn Carl könnte es herausfinden. Alex zuckt zusammen. Verdammt, er hat sich geschnitten, und das Schneidebrett färbt sich rot, obwohl die Wunde nur oberflächlich ist. Schnell holt er ein Pflaster und reinigt seinen Arbeitsplatz, bevor jemand etwas bemerkt.

Die Wochen vergehen, und jeden Tag macht er sich darauf gefasst, dass Alice in die Küche kommt. Das Telefon bleibt stumm, und er sieht weder sie noch Carl. Das verheißt nichts Gutes, und gleichzeitig rückt mit jeder Woche das Ende der Saison näher. In der Küche läuft es, Thomas klopft ihm sogar mehrmals anerkennend auf die Schulter. Florence überträgt ihm immer mehr Verantwortung, und er ist endlich wieder ganz gesund. Mit José war er ein paarmal draußen an den Fitnessgeräten und hat trainiert.

Wann immer er die Gelegenheit hat, spricht er mit Sofi, auch wenn es schwierig ist, längere Momente zu finden, wenn beide arbeiten. Er würde gerne mehr über Emil und Gabriel erfahren, aber er weiß nicht, wie er sie möglichst unverfänglich darauf ansprechen soll. Sofi ist nicht dumm, und er will nicht riskieren, dass sie herausfindet, was passiert ist. Das ist das Einzige, was er an seiner Krankheit vermisst, ihre Gespräche, wenn sie nach ihm gesehen hat. Er ertappt sich dabei, dass er immer öfter an Sofi denkt, wenn sie sich nicht sehen. Er beginnt sich einzureden, dass Alice wahrscheinlich jemand anderen gefunden hat, mit dem sie sich vergnügt, während er krank war, ein Gedanke, der ihm Erleichterung verschafft. Das muss es sein. Manchmal stellt er sich vor, wer es sein könnte. Vielleicht Pierre, er sieht klassisch gut aus und ist sehr fit. Und er war schon immer einer von Alice' Lieblingen in der Küche. Mit jedem Tag, der vergeht, wird er zuversichtlicher, dass die ganze Sache im Sande verlaufen wird. Jetzt kann er sich auf das konzentrieren, weswegen er hier ist, nämlich seine Fähigkeiten in der Küche weiterzuentwickeln.

An einem Abend hört Alex mitten im allgemeinen Trubel der Küche, wie sich Thomas und Florence mit jemandem unterhalten. Er kann nicht sehen, wer es ist, weil die Person ihm den Rücken zudreht, aber es ist ein Gast, der einen großen Fisch in der Hand hält. Irgendein Prominenter hat eine große Forelle gefangen, ist direkt zu Thomas in die Küche gegangen und hat ihn gebeten, sie für ihn zu kochen. Alex hält den Atem an und wartet auf den Ausbruch, aber er ist überrascht, dass Thomas sich überhaupt nicht darüber aufregt, dass man seine Routine stört und in seinen heiligen Arbeitsplatz eindringt. Er lacht und unterhält sich mit dem Mann, der Englisch, mit starkem amerikanischem Akzent, spricht. Trotz des Stresses in der Küche ist Thomas sehr charmant und klingt, als wäre er mit einem Kumpel auf einem Angelausflug. Auch Florence klingt begeistert, als sie dem unbekannten Gast antwortet.

»No problem, Sir, we can fix it right away!«

Sie hebt den Fisch auf und wendet sich Alex zu.

»Justin Timberlake war zum Eisfischen in Valsjöbyn, und wir haben ihm versprochen, die Forelle zuzubereiten, damit er sie heute Abend essen kann. Filetiere sie schnell und achte darauf, dass der Kopf noch dran ist. José übernimmt solange deine Station.«

Alex nickt und nimmt den Fisch, dessen Haut in allen Farben des Regenbogens schimmert. Er weiß, dass dies ein Test ist. Seine Chefs wollen sehen, was er kann. Es ist schon eine Weile her, dass er eine Forelle filetiert hat, und obwohl er sich ziemlich sicher ist, dass Justin Timberlake nicht genug über Fische weiß, um sich zu beschweren, weiß er, dass sowohl Florence als auch Thomas den kleinsten Fehler bemerken werden. Aber Cina bestand darauf, dass ihre Schüler in der Lage waren, einen Fisch zu filetieren, und wenn er eines aus dem Effeff beherrscht, dann ist es das.

Trotzdem zittert seine Hand. Er wischt sich die vom Fisch und vom Schweiß feuchten Hände an der Schürze ab und schließt die Augen. Sagt sich, dass er weiß, wie das geht. Dann schaut er sich um. Nichts darf ihn jetzt stören, aber die meisten scheinen beschäftigt zu sein, also begibt er sich in seinen Tunnel, konzentriert sich voll und ganz. Er holt sein biegsames Filetiermesser und sein normales Kochmesser heraus. Dann wäscht er den Fisch in kaltem Wasser und sucht nach einer Richtzange, die er braucht, um die Radialgräten an den Seiten der Forelle zu entfernen. Er atmet tief durch und wartet, bis seine Hand absolut ruhig ist. Mit dem dünnen Filetiermesser schneidet er vorsichtig den Bauch auf, entfernt die Kiemen, die Eingeweide und den Blutstrang an der Wirbelsäule. Den Kopf lässt er dran, genau wie Florence es gesagt hat.

Er führt das Messer zum Fischrücken, winkelt es leicht an, um nicht zu viel Fleisch zu verlieren, arbeitet sich bis zum Schwanz vor, wendet und schneidet die Gallenblase weg. Dann reibt er die Haut mit Fett ein und legt den ganzen Fisch eingesalzt auf den Grill. Der erste Teil ist fertig, und er beobachtet sein Werk, damit die Haut nicht am Rost festklebt. Nachdem er mit einem Thermometer überprüft hat, dass die Innentemperatur des Fisches fünfundvierzig Grad beträgt, wagt er es, den Fisch zu wenden, und zu seiner Erleichterung löst sich die Haut leicht. Das Ergebnis ist perfekt, und er kann wieder normal atmen. Zwei Sekunden später hat Florence ihm die frisch gegrillte Forelle abgenommen, und er muss wieder seiner gewohnten Routine nachgehen. Dennoch ist er total happy.

»Sofi, geh runter und hol eine Flasche gekühlten weißen Domaine Roulot Meursault!«

Wenig später kommen Berichte aus dem Gastraum. Justin schwärmt von dem Fisch in Kombination mit dem gut ausgewählten Wein, und Alex bekommt Lob von Thomas. Das hat er noch nie erlebt. Er möchte vor Freude schreien und springen, und das Gefühl hält den ganzen Abend an. Sofi zeigt ihm die Daumen nach oben und lächelt ihn an, und er würde sie am liebsten umarmen, aber so erwidert er nur das Lächeln und macht sich wieder an die Arbeit.

An diesem Abend passiert es. Wie immer, gerade als er über die Schwelle seines Zimmers tritt. Sein Handy vibriert, und er sieht Alice' Namen auf dem Display. Er hält inne, schließt die Tür hinter sich und lässt es eine Weile klingeln. Eigentlich will er nicht rangehen, aber er drückt auf den Knopf und hält sich das Telefon ans Ohr. Nervosität macht sich breit, sobald er ihre Stimme hört, und er bereut es sofort, den Anruf angenommen zu haben. Er will das Nord nicht verlassen, nicht nach dem Erfolg des heutigen Abends in der Küche, und er bekommt Panik bei dem Gedanken, hinausgeworfen zu werden.

Alice klingt fröhlich, als wäre die Zeit stehen geblieben und als hätten sie erst gestern gesprochen. Sie wartet nicht auf eine Antwort von Alex, sondern fängt sofort an zu reden, als wäre sie sicher, dass er zuhört.

»Morgen ist Valentinstag, und ich möchte etwas Besonderes mit dir unternehmen, eine Hundeschlittenfahrt oder vielleicht einen Hubschrauberflug.«

Er sagt nichts. Er holt tief Luft und versucht, sich Mut zuzusprechen. Jetzt muss er etwas sagen, auf keinen Fall wird er morgen mit ihr zu einer Art Valentinstagsdate gehen, anstatt zu arbeiten. In der Küche läuft es jetzt richtig gut, und er spürt instinktiv, dass er sie am liebsten nie wiedersehen würde, obwohl das natürlich unmöglich ist, solange er noch im Nord ist.

Er kann ihre Frage immer noch nicht beantworten, seine Zunge verweigert ihren Dienst. Als er ihren Vorschlag nicht kommentiert, fährt sie fort, aber er meint, einen härteren Ton in ihrer Stimme wahrzunehmen.

»Das Wetter sieht vielversprechend aus, es wird wieder kälter, auf den Pisten liegt Neuschnee, und ich habe endlich ein bisschen Luft nach all den Events in letzter Zeit.«

Schließlich verstummt sie und wartet auf eine Antwort. Er kann die Pause nicht länger hinauszögern, er muss antworten.

»Morgen wird es schwierig, ich habe Florence eine zusätzliche Schicht in der Küche versprochen. Es haben sich so viele Paare angemeldet, dass wir auf Zweiertische umstellen mussten.«

Ein paar Sekunden vergehen. Er holt noch einmal tief Luft und spürt, dass er sich klarer ausdrücken muss. Die Stille hängt schwer in der Luft.

»Alice, ich muss ehrlich sein, ich glaube nicht, dass es funktioniert, wenn wir so weitermachen. Ich fühle mich nicht wohl mit Carl ...«

»Mach dir keine Sorgen um Carl. Und wenn es um den Job geht, bin ich deine Chefin und nicht Florence, oder?«

»Aber ...«

»Kein Aber, wir machen, was ich sage.«

Sie beendet das Gespräch, und er kann nicht länger im Zimmer bleiben, sein ganzer Körper kribbelt. Er muss sich bewegen, etwas tun. Er legt sein Handy auf die Kommode, zieht sich einen Collegepullover an, geht in die Küche, wendet aber unruhig, geht mit einem mulmigen Gefühl im Bauch zu den Postfächern. Er versucht sich einzureden, dass es gut ist, wenn sie sich sehen, damit er ihr wirklich erklären kann, dass sie sich nicht mehr sehen dürfen, und sie zugleich davon überzeugt, dass er als Angestellter im Nord bleiben muss.

In seinem Fach liegt ein weißer Umschlag. Nur sein Name steht darauf, kein Poststempel, keine Adresse. Er nimmt den Brief mit in sein Zimmer und öffnet ihn. Darin findet er eine Postkarte mit einem Schneeiglu, dreht sie um und liest sie:

Vielleicht können wir uns in einem Schneeiglu wiedersehen? Alles Gute zum Valentinstag! Sofi

Er geht zum Fenster, drückt die Karte an seine Brust. Er liest sie noch einmal, und ihm wird innerlich warm. Je näher er Sofi kennenlernt, desto besser gefällt sie ihm. Aber eine neue Beziehung ist nicht möglich, solange er sich immer noch von Alice unter Druck gesetzt fühlt.

Er lehnt sich gegen das Kopfende des Bettes, weil er sich noch ein wenig ausruhen will, bevor er sich bettfertig macht. Doch kaum hat er die Augen geschlossen, schläft er ein.

Einige Stunden später wacht er von einem Geräusch auf und meint, dass jemand in seinem Zimmer ist. Verwirrt setzt er sich im Bett auf und weiß nicht, ob er träumt oder wach ist. Es dauert einige Augenblicke, bis er sich zurechtfindet und merkt, dass er sich in seinem Zimmer befindet. Er schaltet die Deckenlampe ein und braucht einen weiteren Moment, bis sich seine Augen an das helle Licht gewöhnt haben. Das Zimmer ist leer. Ein weiterer Albtraum. Niemand ist da. Er greift nach Sofis Karte, um sie noch einmal zu lesen, aber er kann sie nicht finden, obwohl er sicher ist, dass er sie auf dem Bett liegen gelassen hat. Sie muss heruntergefallen sein, er beugt sich über die Bettkante und sucht auf dem Boden und unter dem Bett, aber er kann sie nirgends entdecken. Vielleicht war er vorhin so müde, dass er sie woanders hingelegt hat. Irgendwo anders, aber er hat vergessen, wo. Er zieht sich aus, putzt sich die Zähne und stellt den Wecker für morgen. Bevor der Arbeitstag in ein paar Stunden beginnt, hat er noch Zeit, die Karte zu suchen und Sofi zu antworten.

19

Alex wird durch ein Klopfen an der Tür geweckt und richtet sich verwirrt im Bett auf. Beim Blick auf die Uhr stellt er fest, dass der Wecker noch nicht einmal geklingelt hat, er hat also zum Glück nicht verschlafen. Benommen öffnet er die Tür. Da steht Gitt im Mantel.

»Beeil dich und zieh dich an, Alice wartet bei den Scootern.«

Alex weiß nicht, was er sagen soll, er will nicht gehen. Gitt sieht ihn eine Sekunde an.

»Du arbeitest heute für Alice«, sagt sie mit fester Stimme.

Gitts Blick erschreckt ihn. Er begreift, dass es keinen Sinn hat, mit ihr zu streiten. Es ist besser, mit Alice von Angesicht zu Angesicht zu reden. Gitt schließt die Tür, und Alex beginnt sich anzuziehen, er fühlt sich verschlafen, aber auch gestresst und wütend. Er will nicht, dass die anderen ihn mit ihr weggehen sehen. Vor allem nicht Sofi, nicht jetzt, wo vielleicht etwas zwischen ihnen entsteht. Ihm wird warm, wenn er an sie denkt. Er schüttelt die Bettdecke in einem letzten Versuch, die Karte zu finden, aber er kann sie nirgends entdecken. Er hat keine Zeit mehr, weiterzusuchen. Später muss er ihr eine Antwort schreiben. Seine Gedanken an Sofi werden von einem wütenden Klopfen an der Tür unterbrochen.

»Ich komme!«

Als er draußen bei den Scootern ankommt, dreht Alice sich kaum um, obwohl sie sich seit Wochen nicht mehr gesehen haben. Seltsam, denn erst gestern hat sie ihn doch zu einem romantischen Rendezvous eingeladen. Gitt zeigt auf ihren Scooter.

»Du fährst mit Alice.«

Es ist schwer zu sagen, in welcher Stimmung Alice ist, aber er steigt widerwillig hinter ihr auf. Er erinnert sich daran, wie sie bei ihrem letzten Treffen festgestellt hat, dass er Fieber hatte, wie schnell sie zwischen verschiedenen Gefühlszuständen wechseln kann, und schluckt schwer. Sie startet den Scooter, und er hält sich an der Hinterkante fest. Er will sie am liebsten nicht berühren, aber wenn sie beschleunigt, wird er sich an ihr festhalten müssen. Gitt fährt ihnen auf der schmalen Schneemobilpiste hinterher, aber nach einer Weile ist sie verschwunden. Vielleicht war sie nur als eine Art Anstandsdame dabei, falls jemand die beiden zusammen wegfahren sieht.

Alice fährt direkt auf den Berg zu. Alex kennt die Strecke nicht, vermutet aber, dass sie auf dem Weg zu einer der Jagdhütten der Familie Duwal oder zu einem anderen Ort in den Wäldern um das Nord sind. Nach einer Weile bremst sie und biegt scharf rechts ab. Am Fuße eines Hügels sieht Alex eine Hütte.

Sie halten an. Alice springt ab und geht mit schnellen Schritten hinein, ohne ihn auch nur anzusehen. Nachdem er vom Scooter gestiegen ist, bleibt er kurz vor der Hütte stehen. Ohne Alice kann er nicht zurück, obwohl er am liebsten den Scooter wieder starten und einfach zurück zum Nord fahren würde. Schließlich geht er hinein und erinnert sich an seine Strategie. Er muss ruhig und sachlich bleiben und sie davon überzeugen, dass es für alle Beteiligten das Beste ist. Dann muss er ihr klarmachen, dass sie sich beeilen müssen, damit er nicht zu spät zu seiner Schicht in der Küche kommt.

In der Hütte liegt Alice auf einem Rentierfell neben einem offenen Kamin, in dem ein Feuer brennt. Sie streicht mit der Hand über das raue Fell. Ihre Haut ist blass, das Haar fällt ihr über die Schultern. Sie ist so schön wie immer, aber ihre Augen funkeln vor Wut. Sie presst ihre Lippen zusammen, und Alex weiß sofort, dass sie sauer auf ihn ist. Er denkt an Emil. Er fragt sich, ob sie auch mit ihm hier gewesen ist.

Zögernd steht er in der Tür und fragt sich unsicher, was sie eigentlich will. Ungeduldig winkt sie ihn zu sich.

»Komm rein! Ich dachte, wir spielen heute am Valentinstag ein kleines Spiel.«

Ihre Lippen formen ein kleines Lächeln, das ihre Augen nicht erreicht.

Alex geht ein paar Schritte vorwärts. Die Hütte ist nicht groß, und das Feuer wärmt sein Gesicht, obwohl er aufrecht steht, aber er zieht seine Jacke nicht aus. Er setzt an, ihr zu sagen, was er sich vorgenommen hat, er ist auch fest entschlossen, nach Emil zu fragen.

»Alice, ich will nicht undankbar erscheinen, nach allem, was du für mich getan hast, aber wir müssen reden.«

Sie legt den Zeigefinger an den Mund, um ihm zu signalisieren, dass er still sein soll.

»Ich habe gestern versucht, es dir zu sagen. Du bist in jeder Hinsicht erstaunlich, und ich wünschte, es wäre anders, aber ich denke, wir wissen beide, dass es nicht mehr funktioniert.«

Sie ignoriert ihn, antwortet nicht. Er sieht, wie sich etwas in ihren Augen verdunkelt, denkt plötzlich, dass sie etwas Erbärmliches an sich hat. Wie eine Fünfjährige, die mit dem Fuß aufstampft, weil sie nicht genau das bekommt, was sie will. Sie ist ein Kind, das schmollt, weil es sein Lieblingsspielzeug nicht bekommt. Aber er hat es satt, ihre Marionette zu sein, und will nicht mehr mitspielen.

»Leg dich hin und mach die Augen zu.«

Widerwillig sieht er ein, dass das hier ein wenig dauern wird, also zieht er seine Jacke aus und setzt sich auf das Fell, aber mit etwas Abstand zu ihr. Wenn er tut, was sie sagt, wird sie vielleicht endlich anfangen zuzuhören. Sie zieht ihn zu sich, ihre Hände sind kühl wie immer. Er rollt mit den Augen, legt sich neben sie und schließt demonstrativ die Lider. Er überlegt krampfhaft, was er sagen soll, als er spürt, wie sie seine Arme über seinen Kopf zieht und festspannt. Er öffnet die Augen und sieht, dass seine Handgelenke mit Kabelbindern gefesselt sind.

»Was machst du da?«

Trotz der Wärme des Feuers, das direkt neben ihm brennt, zittert er und friert am ganzen Körper. Alice lacht, aber er merkt, dass sie außer sich ist.

»Aber Alex, dachtest du, du könntest mich betrügen und gleichzeitig eine Beziehung mit einer anderen haben?«

Sie wedelt mit etwas vor seiner Nase herum. Es ist Sofis Karte. Es war also doch jemand letzte Nacht im Zimmer. Alice, oder vielleicht Gitt, muss reingekommen sein, während er schlief, es gibt keine andere Möglichkeit. Er will das nicht, er muss weg hier, zum Scooter, aber der Kabelbinder schneidet ihm in die Handgelenke.

»Bitte, Alice!«

Er will sie nicht noch mehr aufregen, er will nur weg und sie davon überzeugen, nach Hause zu fahren.

»Alice, die Karte hat nichts zu bedeuten. Wir sind nur Freunde.«

Sie antwortet nicht, dreht ihm den Rücken zu und wirft die Karte in die Flammen. Er sieht zu, wie sie vom Feuer verzehrt wird, und zieht sich hoch, aber es ist schwer, weil er seine Arme nicht benutzen kann. Er ist ein Idiot, dass er sich in diese Lage gebracht hat, sie ist verrückt, krank.

»Kannst du mich nicht gehen lassen?«

Sie dreht sich zu ihm um, zieht ihren schwarzen Kaschmirpullover aus und wirft ihn weg.

»Warum willst du mich nicht sehen?«, faucht sie und zieht sich weiter aus.

Alex weiß nicht, was er sagen soll, so absurd ist es, dass sie ihn gefesselt hat und sich jetzt die Kleider vom Leib reißt.

»Ich habe Angst, dass Carl es herausfindet, das könnte ja auch dir schaden, und ich möchte bei euch im Nord bleiben«, versucht er. »Es ist mein Traum, hier zu arbeiten. Du musst doch einsehen, dass es keine gute Idee ist, wenn wir uns so treffen.«

Sie hält inne und schaut ihn an. Ihre Unterlippe schiebt sich leicht vor, was das Gefühl verstärkt, dass sie ein Kind ist, das er überreden muss.

»Ich dachte, das zwischen uns wäre etwas Besonderes. Du warst ja nicht gerade desinteressiert.«

Er versucht zu navigieren und überlegt krampfhaft, welche Worte er wählen soll. Sie zuckt mit den Schultern, setzt sich mit nacktem Oberkörper rittlings auf ihn und beginnt, seine Hose aufzuknöpfen. Eine Welle des Ekels steigt in ihm auf. Instinktiv dreht er sich zur Seite, woraufhin sie frustriert schnaubt und seinen Kopf so dreht, dass sich ihre Blicke treffen.

»Alice, ich will nicht.«

Sie streichelt seine Wange, diesmal sanfter. Ihre Hand ist eiskalt, und Alex möchte, dass sie sie wegzieht, aber wenn er noch etwas sagt, wird er vielleicht nie wieder einen Fuß in die Küche des Nord setzen.

»Ich vergebe dir, Alex, und Carl ist jetzt nicht hier, oder? Und ich bin so froh zu hören, dass du gerne für mich arbeitest.« Sie streichelt ihn weiter, fährt ihm sanft durchs Haar.

Dann geht alles ganz schnell. Sie schafft es, ihm alle Kleider auszuziehen, bis auf die Fleecejacke, deren Reißverschluss sie öffnet, und schließlich hat er nur noch die und sein Unterhemd an. Vor ein paar Monaten wäre das noch eine seiner sexuellen Fantasien gewesen, ein heimlicher Traum, aber jetzt wünscht er sich nichts sehnlicher, als dass sie aufhört. Seine Handgelenke sind immer noch gefesselt, und Alice macht keine Anstalten, ihn zu befreien.

Er schluckt und denkt an Sofi. Er weiß, was passieren wird, und versucht, sein Gehirn auszuschalten oder wenigstens an etwas anderes zu denken. Er traut sich nicht, sich erneut umzudrehen, er hat Angst vor dem, was sie tun könnte. Als sie beginnt, ihn am ganzen Körper und um seine Genitalien herum zu küssen, kneift er die Augen zusammen. Obwohl er sich gar nicht zu ihr hingezogen fühlt, sondern sich vor ihr ekelt, merkt er, dass sein Körper ihn im Stich lässt. Er bekommt einen Ständer. Vielleicht ginge es schneller, wenn er so tun würde, als ob es ihm gefiele, aber er kann sich nicht dazu durchringen. Er liegt nur steif da und wartet. Alice scheint den Akt so lange wie möglich hinauszögern zu wollen. Er erschauert, als sie an seiner Brust knabbert, und seine Abneigung macht sie noch wütender. Sie setzt sich auf ihn, führt seinen Schwanz unsanft ein und reitet ihn hart bis zum Orgasmus. Ihr Unterleib spannt sich, und sie presst sich auf seinen Magen. Er will die Augen wieder schließen, aber Alice starrt ihn weiter an. Als sie zum zweiten Mal kommt, tut es ihm weh, aber sie schreit laut auf. Ein paar Minuten später durchtrennt sie die Fesseln mit einem Jagdmesser, und er setzt sich auf dem Rentierfell auf.

»Zieh dich an und lass uns zurückfahren«, sagt sie mit weicher Stimme und gießt Wasser über das Feuer.

Er tut, was sie sagt, zieht sich wie in Trance an und versucht, ihre Gesten zu deuten. Voller Scham begreift er, dass sie ihn auf diese Weise dafür bestrafen will, dass er ihr in der Silvesternacht nicht geantwortet hat. Sofis Karte war nur ein Vorwand. Zwischen seinen Beinen pulsiert es, er zittert, obwohl er angezogen und es hier drin sehr heiß ist. Alice steht vor ihm, nimmt sein Gesicht in die Hände. Er steht nur da und lässt sie gewähren, wie eine leblose Puppe.

»Es tut mir leid, dass ich Gitt habe schnüffeln lassen, falls du heute Nacht Angst bekommen hast«, sagt sie zärtlich.

Er antwortet nicht, nickt nur, als wäre alles in Ordnung.

Er setzt sich hinter sie auf den Scooter, obwohl er lieber in die andere Richtung laufen würde. Aber er hat keine Ahnung, wo sie sind, er will nur nach Hause. Er versucht, so viel Abstand wie möglich zu halten, und zuckt jedes Mal zusammen, wenn sich ihre Beine berühren. Es fühlt sich wie eine schlechte Wiederholung an, als würde er erneut hinter Hannah auf ihrem Moped sitzen.

Am Nord parkt Alice hinter der Garage, damit sie niemand zusammen sieht, steigt wortlos ab und geht mit schnellen Schritten zum Hauptgebäude.

Im Badezimmer sieht er seinen Blick im Spiegel. Er ist leer und grau, und am liebsten würde er mit der Faust auf das Glas einschlagen und es zerbrechen. Er hat immer noch Abdrücke an den Handgelenken und würgt ein paarmal über dem Waschbecken, aber es kommt nichts hoch. Stattdessen geht er unter die Dusche und pumpt seine Hand mit der teuren Duschseife voll, die es in jedem Badezimmer im Nord gibt. Während er seinen Körper einseift, versucht er, die Erinnerung an Alice' Küsse auszulöschen, aber sie sind wie unsichtbare Spuren auf seinem ganzen Oberkörper. Er wäscht sich wieder und wieder, spült sich ab, seift sich ein, spült sich wieder ab, aber das Gefühl von Schmutz lässt sich nicht vertreiben, sosehr er es auch versucht. Schließlich stellt er das Wasser ab, trocknet sich ab und zieht saubere Arbeitskleidung an.

Er will gerade gehen, als er die Uhr sieht. Die Omega Speedmaster liegt in ihrer Schatulle auf dem Nachttisch, er hatte heute Morgen keine Zeit, sie zu tragen. Eine klassische, ikonische Uhr. Dasselbe Modell, das Buzz Aldrin bei der ersten Mondlandung trug. Er will sie aus dem Fenster werfen. Er wiegt sie in der Hand. Bekommt einen metallischen Geschmack im Mund, als er an den Champagner denkt, an Emils wohlfeile Worte über das Nord und die extreme Euphorie. Wie wichtig es ihm war, dass Alex noch am selben Abend den Nachtzug nahm. Es muss sein Weg gewesen sein, sich aus der eigenen misslichen Lage zu befreien. Alex wurde nicht nur für Emils Platz in der Küche rekrutiert, sondern auch für Alice' Spiele. Ein Gedanke nach dem anderen, wie Steine, die ins Wasser fallen. Die Kleider, jetzt versteht er, warum Emil sie zurückgelassen hat. Erst jetzt begreift er es wirklich, so richtig. Er lässt sich auf das Bett fallen und wählt Emils Nummer, aber die Antwort ist die gleiche wie immer. *»Hallo, hier ist Emil, hinterlasst eine Nachricht, ich rufe so schnell wie möglich zurück … Peace.«*

Er drückt die Mailbox weg, ohne etwas zu sagen. Natürlich hat Emil inzwischen eine andere Nummer, um Alice zu entkommen. Alex nimmt Emils Handy wieder zur Hand und liest die letzte SMS von Alice: *»Das ist das letzte Mal, dass du mir das antust, ich hoffe, du siehst deinen Fehler ein.«*

Wenn er Alice abweist, ist seine Zeit im Nord vorbei, aber schlimmer noch, er ist sich sicher, dass dies seine gesamte zukünftige Karriere beeinflussen könnte.

Alex blickt auf den schneebedeckten Hang unter dem Fenster. Die Sonne scheint, es ist ungewöhnlich mild für diese Jahreszeit und an der Hauswand laufen Tropfen von schmelzenden Eiszapfen herunter. Der braune Holzboden des Balkons zeichnet sich unter den Schneewehen ab. Das Zifferblatt der Uhr verkündet, dass er zu spät kommen wird, aber er ist nicht in der Lage, sich aufzuraffen.

20

Seine Leistengegend verkrampft sich, als er schneller geht, und obwohl er frisch geduscht ist, fühlt er sich schmutzig. Er kann das Bild von Alice' Gesicht, als sie rittlings auf ihm gesessen hat, nicht abschütteln, und bei dem Gedanken an den beißenden Geruch der Hütte und ihr Stöhnen wird ihm speiübel.

Jonathan schneidet gerade das Fett von der Ente für den Hauptgang des Abends und blickt amüsiert auf, als Alex sich nähert. Alex hat sich so beeilt, dass er laut schnauft.

Er schaut sich in der Küche um, während er sich eine Schürze umbindet.

Florence, die ihre Verärgerung nicht verbirgt, ruft ihm zu, er solle an seinen Platz gehen und Zwiebeln schneiden. Die Szene in der Hütte geht ihm nicht aus dem Kopf. Tränen laufen ihm über die Wangen, aber niemand bemerkt es. Sie nehmen wohl an, dass die Tränen von den Zwiebeln kommen, und Alex konzentriert sich auf die Arbeit mit dem Messer, um das Gefühl zu verdrängen, das seinen Körper überkommt.

Als Sofi in die Küche kommt, wischt er sich mit dem Ärmel seiner Jacke über die Augen und wirft einen Blick auf Florence, die mit einer Brühe beschäftigt ist. Er muss Sofi vor Alice warnen, ihr sagen, dass Alice ihre Karte gefunden hat, und eilt hinüber.

»Hey!«

Ihre Kleider sind wie immer gut gebügelt, das schwarze Jackett sitzt perfekt. Ihr kastanienbraunes Haar ist zu einem festen Knoten gebunden, und ihre Wangen sind gerötet, als hätte sie vor der Arbeit Sport getrieben. Er ist erleichtert, dass sie wie immer wirkt, denn er hatte befürchtet, dass Alice sie zur Rede stellen und etwas über die Karte sagen würde, bevor er die Gelegenheit bekam, mit Sofi zu reden. Er sieht, wie Sofi sich umschaut, bevor sie den Gruß mit leiser Stimme erwidert. Dann fängt sie sofort an, Servietten zu falten und Wasserkaraffen für den Abend zu füllen. Er kehrt an seinen Platz zurück und versucht immer wieder zu signalisieren, dass er sich unterhalten möchte, aber sie vermeidet den Blickkontakt und scheint ganz in ihre Arbeit vertieft zu sein. Florence hat ihn auf dem Kieker, sie ist schlecht gelaunt, und es fällt ihm schwer, seinen Platz zu verlassen. Endlich bietet sich ihm eine Gelegenheit.

»Hey, können wir reden?«

Sofi schaut ihn kurz an, bevor sie sich wieder den Weinbestelllisten zuwendet, auf denen Carol gestern Notizen gemacht hat.

»Nicht jetzt«, sagt sie nur und arbeitet weiter.

Er senkt die Stimme, damit niemand sonst in der Küche etwas hört.

»Es ist ziemlich dringend.«

Sie schaut auf ihre Papiere und antwortet nicht, sondern unterstreicht zornig irgendwas mit ihrem Kugelschreiber und murmelt nur etwas Unverständliches. Alex fragt sich, ob sie weiß, dass er mit Alice zusammen war, ob sie deshalb so abweisend ist. Gerade als er das Risiko eingehen will, sie noch einmal um ein Gespräch zu bitten, stürmt Alice in die Küche. Das Blut weicht aus ihrem Gesicht, und ihm wird klar, warum Sofi so kühl war. Sie muss Alice auf dem Weg nach drinnen begegnet sein und wusste, dass sie im Speiseraum war. Er fragt sich, ob Alice die ganze Zeit vor der Tür gestanden und gelauscht hat.

Alice lächelt breit und geht direkt auf die beiden zu.

»Alex, Sofi! Ich habe euch beide gesucht. Wir drei haben gleich eine Besprechung wegen einer privaten Party, die ich demnächst gebe. Ich brauche eine Kellnerin und einen Commis. Thomas, ich borge mir die beiden kurz.«

Thomas, der ein wenig abseits steht und sich mit Carol bespricht, nickt. Sofi schaut zu Alice, und Alex räuspert sich. Er traut sich nicht, Sofi anzusehen.

»Ja? Okay, sicher.«

Sie folgen Alice in den Speisesaal, Alex zieht sein Hemd über die Handgelenke, wo noch die Spuren der Kabelbinder zu sehen sind. Alice setzt sich an einen der kleinen Tische und bedeutet ihnen, sich zu beiden Seiten von ihr zu setzen. Unauffällig versucht Alex, seinen Stuhl ein wenig zur Seite zu schieben, als er ihn herauszieht, um so weit wie möglich von Alice entfernt zu sein, ohne dass es seltsam wirkt. Sie sind allein im Restaurant.

Alice beginnt, die Sonderwünsche der Gäste durchzugehen, was normalerweise Carol oder Florence für das gesamte Personal tun. Sie fragt nach den Weinen, nach eventuellen Allergien und erkundigt sich bei Sofi, welche Gäste schon einmal hier waren. Dann überprüft sie noch einmal die alkoholfreien Optionen, die möglichen Sitzordnungen und die speziellen Gerichte auf der Speisekarte. Alex wartet gespannt darauf, dass sie die Ereignisse in der Hütte, Hedda oder vielleicht Sofis Karte erwähnt. Das ist ihre Art zu zeigen, wer das Sagen hat. Er bemerkt, dass sie Sofi kalt ansieht, und fürchtet sogleich, dass sie ihre Wut an ihr auslässt. Sie weist Sofi zurecht, weil sie einen neuen Wein falsch ausspricht, und wirft Alex einen strengen Blick zu, weil er bei der Beschreibung einer Zutat stottert. Sofi windet sich, weil sie sich sichtlich unwohl fühlt, und beantwortet Alice' Fragen freundlich und so gut sie kann, was Alice nur noch frustrierter zu machen scheint.

Alex will die Besprechung einfach hinter sich bringen, weiß aber nicht, was er tun soll. Er will Sofi um jeden Preis beschützen, aber Alice genießt es, sie wegen Kleinigkeiten zu kritisieren, und scheint ewig weitermachen zu können. Sie hat gerade eine Frage über einen neuen Wein gestellt, den keiner von ihnen kennt, als sie von fröhlichen, aufgeregten Stimmen unterbrochen werden und sich die Türen des Speisesaals mit einem Knall öffnen. Alex sieht, wie Alice' Miene für einen Sekundenbruchteil erstarrt. Da kommt Carl herein, dicht gefolgt von Thomas und Florence, die zwei Kristallgläser und eine Flasche Louis Roederer Cristal Brut tragen. Er geht auf ihren Tisch zu und bleibt direkt neben Alex stehen. Carl sieht müder aus als in der Silvesternacht, aber genauso gepflegt wie damals, als Alex ihn in der Küche gesehen hat. Er streckt Alice die Hand entgegen und beginnt, eine Rede zu halten. Es klingt, als würde er etwas Auswendiggelerntes vortragen.

»Liebe Alice! Es ist nicht leicht, Geheimnisse vor dir zu haben, aber diesmal habe ich es geschafft! Du arbeitest immer so hart, dass die einzige Möglichkeit, unseren Hochzeitstag zu feiern, darin besteht, dich praktisch zu entführen.«

Er lacht, und das Personal stimmt mit ein. Alice lächelt vorsichtig. Hinter Carl stehen Thomas, Florence und der Rest des Personals aufgereiht. Alle sehen glücklich aus, dass ihnen Carls geheime Überraschung gelungen ist, aber Alex ahnt, dass Alice nicht so glücklich ist. Sie verzieht keine Miene, sondern schaut ihren Mann erwartungsvoll an.

Carl reicht ihr ein großes rotes Etui. Alice öffnet es und entdeckt eine goldene Halskette mit einem Diamantanhänger und passenden Ohrringen. Das Personal applaudiert, als er ihr den Schmuck anlegt und sich über den Tisch beugt, um seine Frau zu küssen. Alex und Sofi sitzen schweigend wie Schaufensterpuppen daneben und wagen nicht einmal, sich anzusehen.

»Die Halskette ist natürlich nur ein Vorgeschmack auf das, was noch kommt: Der Hubschrauber steht bereit, um uns auf eine abenteuerliche Reise zu schicken. Jetzt erwartet uns ein maßgeschneidertes Jagderlebnis in Südafrika.«

Carl scheint sowohl mit dem Küchenpersonal als auch mit Alice zu sprechen, und alle hören aufmerksam zu, als er fortfährt.

»Und ich verspreche, dass ich jedes Tier, das du erlegst, ausstopfen lassen werde!«

Carl streckt seine Hand aus, und Alice steht anmutig auf und folgt ihm. Er legt ihr den Arm um die Schultern, und kurz bevor sie das Restaurant verlassen, dreht er sich noch einmal um, um ein paar letzte Worte an das Personal zu richten. Sein Blick fällt auf Alex. Wieder hat dieser das Gefühl, Carl mustere ihn direkt. Ihre Blicke treffen sich, dann schaut Alex weg, kann sich aber kaum bewegen. Immer noch direkt auf Alex blickend, spricht Carl weiter.

»Vielen Dank an unsere Mitarbeiter, die immer so loyal sind und uns helfen, wenn wir sie brauchen. Wir wissen, dass ihr uns nicht im Stich lasst.«

Dann sind er und Alice weg, die Tür schließt sich hinter ihnen, und sie verschwinden in Richtung Hubschrauberlandeplatz. Sekundenlang herrscht Stille, als warteten alle darauf, dass das Ehepaar Duwal wirklich weg ist. Als sie das vertraute Brummen hören, das bedeutet, dass der Hubschrauber abgehoben hat, sieht Alex, wie Thomas sich entspannt, und spürt auch, wie er selbst freier atmet. Vielleicht ist er nicht der Einzige, der sich freut, dass die Eigentümer für eine Weile verschwunden sind.

»Okay! Dann wollen wir mal.«

Alex und Sofi sehen sich an, kommen aber nicht dazu, etwas zu sagen, bevor Florence auftaucht.

»Alex und Sofi, zurück zu euren Aufgaben. Wie ihr nun wisst, wird es in den nächsten Wochen keine besonderen Spezialaufträge von Alice geben, also könnt ihr das hier erst einmal sein lassen.«

Alex zwinkert Sofi zu, bevor er zu seinem Arbeitsplatz geht und sie im Gastraum zurücklässt, wo sie ihre Vorbereitungen für den Tag fortsetzt. Er ist erleichtert, dass Alice und Carl unerwartet weg sind, vielleicht kann er jetzt endlich mit Sofi sprechen, ohne sich beobachtet zu fühlen. Er muss mit ihr reden, mehr über Gabriel herausfinden. Er hat jetzt nichts mehr zu verlieren. Er muss ihr alles erzählen.

21

Als er in sein Zimmer zurückkommt, ist es früher Abend, Florence hat ihn weggeschickt, um Arbeitsstunden zu sparen, und er lässt sich aufs Bett fallen. Er legt seine beiden Handys in eine Schublade, zusammen mit Emils altem Handy. Als er die Schublade schließt, verspürt er eine gewisse Erleichterung.

Zugleich kribbelt es in seinem ganzen Körper; er will so tun, als gäbe es Alice nicht, zumindest für ein paar Wochen. Er will sich in seiner Arbeit vergraben. Alice und Carl werden vielleicht nicht lange weg sein, aber er wird jede Sekunde nutzen. Vielleicht muss er panisch kündigen, wenn sie zurückkommt, aber wenn er in diesen Wochen hart arbeitet, hat er auf jeden Fall bessere Chancen auf ein gutes Zeugnis. Er seufzt tief und fährt sich mit der Hand übers Gesicht. Er hat eine Scheißangst davor, dass Alice sein Leben ruiniert, so wie Hannah es getan hat.

Er widersteht dem Impuls, die Schublade aufzuziehen, zum Telefon zu greifen und Emil noch einmal anzurufen. Schließlich weiß er, dass nur der Anrufbeantworter rangeht. Wenn Emil eine Affäre mit Alice hatte, kann Alex verstehen, warum er gegangen ist, und irgendwie tut es ihm auch leid. Alex will seine Zukunft wirklich nicht in einer Strandbar verbringen, weil kein vernünftiges Restaurant ihn einstellen will.

Obwohl er todmüde ist, findet er keine Ruhe. Wenn er sich hinlegt und die Augen schließt, flimmern Bilder von der Hütte über seine Netzhaut.

Er schleppt sich ins Wohnzimmer und überlegt, ziellos durch die Fernsehkanäle zu zappen, aber in der Küche übt

José für den Inspirationstag. Er setzt sich auf einen Barhocker und beobachtet ihn. Tief in seinem Inneren möchte er José alles erzählen, aber er traut sich nicht, obwohl José beim letzten Mal sehr nett war und nicht mehr nach Hannah gefragt hat. Alex will nicht riskieren, ihn in etwas hineinzuziehen. Er wendet seine Aufmerksamkeit der Kücheninsel zu und versucht herauszulesen, was José von den Aromen seines Carpaccios hält.

Thomas hat den Inspirationstag schon zweimal verschoben, einmal, weil alle krank waren, dann, weil die königliche Familie zu einem Kurzbesuch kam, aber jetzt wird er bald stattfinden. Alle werden da sein, und die Konkurrenz wird groß sein. José freut sich über die Gesellschaft, lässt eine Playlist spielen, und Alex bemüht sich, trotz allem entspannt zu wirken. Er leiht sich Josés iPad, um sein eigenes Gericht zu recherchieren, und versucht, sich auf das Essen zu konzentrieren und nicht auf Alice, Hannah oder Emil. Es ist etwas ganz anderes, ohne Zeitdruck zu kochen und ohne jemanden, der alles kontrolliert, und langsam nimmt eine Idee für ein Gericht in Alex' Kopf Gestalt an. José schaltet den Herd ein, bindet sich die Schürze um und setzt sich Alex gegenüber.

»Du solltest wissen, dass Suzan, das Mädchen, das beim Inspirationstag letztes Jahr am besten abgeschnitten hat, am Ende der Saison zum Noma gewechselt ist. Das Letzte, was ich gehört habe, war, dass sie in René Redzepis Entwicklungsteam arbeitet.«

Alex schaut auf und versucht zu verdauen, was José gerade gesagt hat. Solch ein Angebot ist echt etwas Besonderes. José schaut ihn an und nickt zustimmend.

»Hm, genau. Thomas ist echt in Ordnung, wenn man gute Leistungen bringt.«

»Was für ein Gericht hat sie denn gemacht?«, fragt Alex.

»Ein Insektengericht aus Bienenlarven. Das Protein der Zukunft. Nicht so mein Ding, darin bin ich viel zu schlecht.

Aber du verstehst, warum René sie genommen hat, die forschen viel über solche Sachen.«

»Ach, nein, ich glaube auch nicht, dass das mein Ding wird. Ich denke an etwas ganz anderes«, antwortet Alex, während seine Gedanken kreisen.

José schnaubt, und Alex gefällt der Blick nicht, den er ihm zuwirft. Hat er etwas Komisches gesagt?

»Ich glaube nicht, dass du dir Sorgen machen musst. Aber wenn du meinen Hintergrund hast, musst du immer doppelt so hart arbeiten wie alle anderen.«

Dann lacht José ein wenig, zuckt mit den Schultern, als wolle er signalisieren, dass es so ist, wie es ist, und lächelt Alex wieder an. Ob José etwas über ihn und Alice weiß, ob er glaubt, dass Alex einen Vorteil aus dem zieht, was zwischen ihnen passiert ist? Wenn der nur wüsste. Aber die harte Arbeit in der Küche in den letzten Monaten hat sich gelohnt, seine Techniken sitzen. Wenn er es schafft, den Konkurrenzkampf mit seinen Kollegen auszublenden und sich auf sein Können zu konzentrieren, würde Thomas sehen, was in ihm steckt. Das könnte der Schlüssel zu seiner Zukunft sein – und sein Weg raus aus Alice' Leben.

Die Tage vergehen, Alex arbeitet hart in der Küche, und in seiner Freizeit tüfteln er und José an ihren Inspirationsgerichten. Eigentlich wollte er seit der Sache im Speisesaal mit Sofi reden, aber er hatte noch keine Gelegenheit, sich für die Karte zu bedanken. Er weiß immer noch nicht, wie er es ihr sagen soll, und die Last, die auf ihm liegt, hat ihn dazu gebracht, ihr in der Küche aus dem Weg zu gehen. Doch eines Abends, als er und José gerade die Küche im Personalhaus aufgeräumt haben, kommt sie aus Lisas Zimmer.

»Hallo!«

»Hallo, gehst du nach Hause?«

»Ja, also ... Mein Auto ist in der Werkstatt, mein Vater holt mich ab. Aber er kommt erst in einer Stunde, also dachte ich, ich bleibe solange hier. Aber Lisa will früh ins Bett gehen, sie ist müde.«

»Okay, möchtest du einen Tee oder so?«

Alex kocht Wasser, schüttet grüne Jasminblüten in eine Teekanne und stellt sie zusammen mit zwei Tassen auf den Couchtisch. Seine Hand zittert ein wenig, als er sie abstellt, er ist ein bisschen nervös, weil er mit ihr allein ist. Zugleich ist er froh, dass nur sie beide im Wohnzimmer sind. Alle anderen arbeiten oder sind in ihren Zimmern. Als er sich wieder hinsetzt, reicht Sofi ihm sein Handy.

»Du hast eine SMS von einer Hannah bekommen.«

Frustriert reißt er das Handy an sich und wünscht, er hätte es in der Schublade lassen können, aber er kann sich nicht jedes Mal Josés iPad ausleihen, wenn er ein Rezept nachschlagen oder schauen will, wie das Wetter am nächsten Tag wird. Offenbar hat Hannah eine neue Nummer, von der sie jetzt eine SMS geschickt hat. Sofi scheint sich über seine Reaktion zu wundern.

»Ich wollte nicht neugierig sein, aber dein Bildschirm leuchtete auf, und ich sah, was da stand. Ich wollte dir nur helfen ...«

Er liest die Nachricht, die gleiche Aufforderung zum Rückruf wie beim letzten Mal, klickt sie weg, blockiert mechanisch die neue Nummer und lehnt sich auf dem Sofa zurück. Er fragt sich, warum sie nicht aufhört, ihn zu kontaktieren, zugleich will er gar nicht wissen, was sie will.

Sie sitzen eine Weile schweigend da.

»Also ... ist alles in Ordnung, war was mit der SMS?«

Alex starrt an die Decke. Er kann nicht mehr lügen, er kann keine einzige Lüge mehr hervorzwingen. Es geht einfach nicht. Wenn es um Sofi geht, will er bei der Wahrheit bleiben, das weiß er instinktiv. Sie schaut ihn fragend an, wartet darauf, dass er etwas sagt.

»Das ist eine lange Geschichte.«

»Okay. Du musst sie nicht erzählen, wenn du nicht willst.«

Er hat nichts zu verlieren. Er mag Sofi, sehr sogar, und deshalb muss er ehrlich zu ihr sein. Trotzdem hört er, wie seine Stimme zittert, als er wieder zu sprechen beginnt.

»Ich hatte eine Freundin, in der Schule.«

»Okay.«

»Sie hieß Hannah, und sie ist diejenige, die mir diese SMS geschickt hat.«

Er weiß nicht, ob er sich das einbildet, aber er glaubt, dass Sofi ein wenig enttäuscht aussieht, als er erwähnt, dass er und Hannah zusammen waren, und das macht ihn glücklich, trotz des Sturms in seinem Inneren. Da ist etwas zwischen ihnen. Hoffentlich macht er es jetzt nicht kaputt.

»Ich meine, wir reden nicht mehr miteinander. Ich will keinen Kontakt. Wir haben seit Jahren nicht miteinander gesprochen, aber jetzt meldet sie sich wieder bei mir.«

Dann hört er sich selbst zu, wie er Sofi die ganze Geschichte von Hannah erzählt. Er nähert sich dem Unfall von der Seite, versucht die Worte zu finden, eine mildere Formulierung, während er in seine Teetasse schaut, aber es gelingt ihm nicht, und am Ende muss er es geradeheraus sagen, es gibt keine Worte, die das Geschehene beschönigen könnten.

»Das Mädchen, das wir … das wir überfahren haben. Sie hat nicht überlebt.« Er lässt kein Detail aus. Erzählt Dinge, die er verdrängt zu haben glaubte, und es tut gut, einfach nur zu reden. Er erzählt, wie isoliert er sich fühlte, von seiner Familie. Wie seine Freunde sich von ihm abwandten, wie Hannah sein Leben noch schlimmer machte, als es ohnehin schon war. Über den Job, den er mit sechzehn in dem schäbigen Restaurant annahm, und über das Gymnasium, das eine einzige große Einsamkeit war, auch wenn sie ihm half, sich auf das Lernen zu konzentrieren. Wie er in Kopenhagen landete und schließlich durch Emil die Chance bekam, in das Nord zu kommen.

Obwohl er versucht, so konkret wie möglich zu sein, redet er eine gefühlte Ewigkeit und denkt anfangs noch daran, dass sie im Gemeinschaftsraum sitzen und jeden Moment ein anderer Kollege hereinkommen könnte. Dann vergisst er es. Niemand kommt und stört sie. Sofi sitzt still neben ihm und rührt sich nicht. Als er es wagt, sie anzuschauen, wirkt sie sehr bewegt, ihre Augen glänzen. Er schweigt und wartet auf ihre Reaktion.

»Okay, was für eine Geschichte. Ich weiß nicht, was ich sagen soll.«

Der Tee ist kalt. Alex merkt, dass sie ihm glaubt und ihn nicht verurteilt, wie er befürchtet hatte.

»Wie fühlst du dich jetzt?«, fragt sie und legt sanft eine Hand auf seinen Oberschenkel.

Er zuckt mit den Achseln. Es gibt keine Worte, und er wird auch nie darüber hinwegkommen. Er ist dankbar, dass sie keine Floskeln von sich gibt. Stattdessen beugt sie sich zu ihm und umarmt ihn fest. Er lehnt seinen Kopf an ihre Schulter und nimmt den Duft ihres Haares in sich auf. Lange sitzen sie so da. Schließlich lässt Alex los, schaut Sofi an, holt tief Luft und fährt fort.

»Ich bin gestresst, weil Alice und Carl bald zurückkommen.«

Sofi sieht ihn fragend an. »Warum?«

Er spürt, dass er sich klarer ausdrücken muss, auch wenn es ihm schwerfällt.

»Vielleicht hast du es geahnt?«

Er schaut sie an, um zu sehen, ob sie ihn versteht, aber sie wartet.

»Dasselbe, was mit Gabriel passiert ist, nehme ich an. Und Emil vielleicht.«

Sofi starrt ihn an. »Du und Alice?«

Alex nickt.

»Sie weigert sich zu verstehen, dass ich nicht mehr will, akzeptiert es nicht, wenn ich Nein sage.«

Er bringt es nicht über sich, ihr Details zu erzählen, schon gar nicht, was in der Hütte passiert ist. Aber er will ihr erklären, dass er anfängt, etwas für sie zu empfinden, und dass er ihre Unterstützung braucht, wenn er weiß, dass Alice nicht in der Nähe ist.

Sofi schaut nachdenklich drein, sagt aber nichts. Er fährt fort, sich zu erklären.

»Ich weiß nicht, ich will nur … arbeiten. Dass alles normal wird. Ich habe Angst, dass sie mich jederzeit feuert oder mich anschwärzt, damit ich eine schlechte oder gar keine Beurteilung von Thomas bekomme. Mich auf gewisse Art in der Branche auf eine Blacklist bringt. Ich kann nicht glauben, dass ich so blöd war.«

Sofi nickt langsam.

»Ich ärgere mich immer noch, dass sie Gabriel in ihre Fänge bekommen hat. Er hat ihr nichts bedeutet, aber ich habe angefangen, mich in ihn zu verlieben.«

Alex nickt und weiß nicht, wie viel er über Gabriel fragen soll, denn er sieht, wie traurig Sofi jedes Mal wird, wenn das Thema zur Sprache kommt.

»Hast du nie wieder von ihm gehört, nachdem er weg war?«

Sie schüttelt den Kopf, und sie sitzen eine Weile schweigend da.

»Ich habe Emil auch nicht mehr erreicht.«

»Wie meinst du das?«

»Ich glaube, er ist in Mexiko, aber er antwortet nicht.«

Sofi wirft ihm einen langen Blick zu. Sie schaut sich in der Küche um, aber sie sind immer noch allein.

»Lass uns versuchen, ihn jetzt anzurufen!«

Bevor er ihr erklären kann, dass er das schon tausendmal gemacht hat und dass nur die Mailbox rangeht, hat sie Emil im Telefonbuch gefunden. Er beugt sich vor, damit sie gemeinsam zuhören können, und wartet auf die vertraute Ansage, die er inzwischen auswendig kennt, doch stattdessen ertönt ein schlichter Ton. *»Kein Anschluss unter dieser Nummer.«*

»Ruf noch einmal an, vielleicht hast du dich verwählt.«

»Kein Anschluss unter dieser Nummer.« Sie schauen sich an. Alex weiß nicht, was er erwartet hat. Da geht die Tür auf, ein Mann mit Schnurrbart kommt herein und winkt Sofi zu.

»Der Motor läuft, kommst du?«

Sofi umarmt Alex kurz, bevor sie ihre Jacke anzieht.

»Wir reden später weiter, okay?«

Alex bleibt auf dem Sofa sitzen, nachdem sie gegangen ist. Er nimmt das Handy. Im Telefonbuch steht unter *»Rantzberg, Emil«* der Name *»Rantzberg, Peder«*. Er überlegt. Es ist zu spät, um anzurufen, aber bevor er zu viel nachdenken kann, formuliert er eine SMS und drückt auf Senden:

Hallo, Peder, lange nicht gesehen! Ich hoffe, es geht dir gut. Dein Bruder hat mir einen Job im Nord besorgt, bevor er nach Mexiko gegangen ist, aber jetzt erreiche ich ihn nicht mehr, hat er eine neue Nummer? Alex

22

Am Morgen des Inspirationstages ist Alex nervös und unsicher. Wieder hat er nicht gut geschlafen, und um das auszugleichen, hat er viel zu viel Kaffee getrunken, was eine dumme Idee war. Er macht sich Sorgen, dass seine Geschmacksnerven abgestumpft sind und er die Aromen nicht mehr richtig herausschmecken kann. Aber er ist auch erleichtert, dass Sofi nun alles über den Unfall und die Begegnungen mit Alice weiß und dass es sie anscheinend einander nähergebracht hat, anstatt sie auseinanderzutreiben. Er fragt sich, wie es weitergehen soll, aber es gelingt ihm, die Gedanken an die Zukunft zu verdrängen und sich auf seinen Arbeitsplatz, die vor ihm liegenden Zutaten und die Gegenwart zu konzentrieren. Er ist vorbereitet, vertraut auf seine Fähigkeiten und freut sich darauf, endlich zu zeigen, was er kann. Thomas gibt eine kurze Einweisung, dann legen alle los. In der Küche ist es mucksmäuschenstill. Alex weiß, wenn er heute Erfolg hat, kann er etwas Einzigartiges präsentieren, ein Dessert mit einer unerwarteten Zutat, die heraussticht. Und damit auch die Chance, dass Thomas auf ihn aufmerksam wird, dass er seine Karrierechancen in der Branche verbessern kann.

Ein paar Stunden später versucht Alex, den Gesichtsausdruck des Chefkochs zu entziffern, als er Lisas Ingwerparfait mit Zimt- und Honigaroma probiert. Alex weiß, dass sie mit diesem Gericht schon einmal experimentiert und dafür einen Preis beim Wettbewerb »Nachwuchskoch des Jahres« gewonnen hat. Der Teller ist wunderschön angerichtet in Weiß, Hellbeige und Kirschrot. Alex wundert sich, dass Lisa auf Nummer sicher geht, statt etwas Neues zu wagen. Aber

Desserts sind ihr Ding, und sie ist phänomenal darin. Sie ist Pierres Liebling, er lobt sie immer, aber das weiß Thomas ja schon. Und wie Alex schon vermutet hat, scheint er zufrieden, aber nicht übermäßig beeindruckt zu sein. Er lobt Lisa und geht weiter zu Jonathan, der beschlossen hat, seine südafrikanische Herkunft zu präsentieren, eine Idee, die Alex auch schwierig findet, da keine seiner Zutaten direkt aus der Region stammt. Doch Thomas nickt anerkennend zu Jonathans Tatar mit Bloody-Mary-Dressing, Selleriepesto und Radieschen-Aioli.

»Great balance, mate.«

Dann kommen in rascher Folge einige Beiträge seiner Kollegen, und obwohl Alex eigentlich zuversichtlich ist, wird er immer nervöser, je näher Thomas seinem Platz kommt. Er ist als Letzter dran, und nachdem er die Gerichte der anderen gesehen hat, ist er ausnahmsweise einmal froh über seine Zeit im Restaurant und über seine einsame Schulzeit. All die Stunden, in denen er nichts anderes getan hat, als vor verschiedenen Food-Kanälen auf YouTube abzuhängen, haben ihn mit einem Wissensschatz und einer Denkweise ausgestattet, die es ihm erlauben zu experimentieren. Er würde es nie laut sagen, aber er findet, dass die anderen Gerichte das Gesamtkonzept des Nord nicht so gut zur Geltung bringen wie sein Dessert. Statt lokaler Produkte mit unerwartetem Geschmack haben die anderen einfach ihre eigenen Lieblingsgerichte präsentiert.

Endlich ist er an der Reihe. Thomas schaut ihn an, dann auf seinen Teller. Alex hält den Atem an, als sein Chef das gebackene Pilzsoufflé mit rohen Blaubeeren und Birkeneis probiert. Wenn es dem Koch nicht schmeckt, weiß er nicht, was er dann macht. Zu etwas Besserem ist er nicht imstande, und er hofft, dass der Geschmack stimmt. Doch Alex muss nicht lange warten, bis Thomas anerkennend nickt.

»Amazing, man. Schaut euch das an, ich bin echt beeindruckt.«

Er dreht sich zu den anderen um und winkt sie an Alex' Platz.

»Es schmeckt süß, luftig, und gleichzeitig verleihen ihm die Pilze einen Umami-Geschmack, der bei diesem Gericht völlig unerwartet ist.«

Erleichterung macht sich in ihm breit. Alex lächelt und sieht, wie Jonathan mit den Augen rollt, offensichtlich eifersüchtig auf das Lob, aber es ist ihm egal. José ist cool wie immer und klopft Alex auf die Schulter, obwohl sein Steinbuttcarpaccio mit Limettendressing nicht nach Thomas' Geschmack war. Er bekam eine mittelmäßige Beurteilung und den Hinweis, beim nächsten Mal darauf zu achten, dass die Säure nicht überhandnimmt.

»Herzlichen Glückwunsch! Du hast es verdient.«

Er hofft, dass José es ernst meint, er will nicht, dass Neid zwischen ihnen aufkommt.

»Danke!«

Vielleicht hat er jetzt eine Chance, als Koch etwas zu erreichen. Zumindest ist es eine wertvolle Bestätigung, dass er auf dem richtigen Weg ist. Jetzt muss er nur noch dranbleiben, und wenn er keine großen Fehler macht, wird er für den Rest der Saison in der Küche des Nord keine Probleme mehr haben.

Alex räumt gerade seine Station auf, noch ganz beschwingt von Thomas' Lob, als Carol ihn unterbricht.

»Alex, da ist ein Mädchen für dich.«

»Ah?«

Er entschuldigt sich und geht zu Carol, während er herauszufinden versucht, wie viele Tage seit Alice' und Carls Abreise vergangen sind und ob sie vielleicht schon zurück sind. Dann wird ihm klar, dass Carol es natürlich nie so ausgedrückt hätte, wenn Alice nach ihm gesucht hätte. Sie gibt ihm mit einem Wink zu verstehen, dass er in den Speiseraum gehen soll, aber er will Zeit gewinnen und herausfinden, ob es sich um die Person handelt, die er vermutet.

Carol hält die Tür zum Speisesaal auf und sieht ungeduldig aus.

»Wie heißt sie?«

Carol zuckt mit den Schultern.

Er geht so langsam wie möglich in den Gastraum und sieht eine junge Frau in seinem Alter an der Tür stehen. Verdammt, sie ist hier. Was will sie? Am liebsten hätte er auf dem Absatz kehrtgemacht, aber dann wird ihm klar, dass das total dumm wäre. Er will nicht riskieren, dass einer seiner Kollegen sie sieht und Fragen stellt. Er hört seinen eigenen Herzschlag, in seinen Ohren dröhnt es, das bekannte Schwindelgefühl überkommt ihn. Auf den ersten Blick sieht sie Hannah nicht ähnlich, aber er ist sich nicht sicher. Die junge Frau ist ziemlich groß, schlank und hat kurze hellbraune Haare. Sie steht mit dem Rücken zu ihm und kommt ihm irgendwie bekannt vor, aber erst als sie sich umdreht, weiß er, wer sie ist.

23

Er hat seine Schwester Edith seit seiner Schulabschlussfeier vor fast einem Jahr nicht mehr gesehen, seitdem haben sie kaum miteinander gesprochen. Alex eilt auf sie zu, unsicher, was ihn erwartet. Irgendetwas muss passiert sein, sonst wäre sie nicht hier. Als er sie erreicht, fällt sie ihm um den Hals und umarmt ihn fest. Er erwidert die Umarmung, tritt dann ein paar Schritte zurück und stellt fest, dass sie sich sehr verändert hat, seit sie sich das letzte Mal gesehen haben. Sie sieht nicht mehr so aus, wie er sie in Erinnerung hat. Sie trug immer einen Pferdeschwanz, aber jetzt hat sie ihr Haar zu einem kurzen Zopf zusammengebunden. Statt der runden braunen Brille, die sie als Kind getragen hat, trägt sie jetzt ein schwarzes Gestell, das sie älter und erwachsener aussehen lässt. Er will ihr vom Nord erzählen und von all dem, was er hier erlebt hat. Dass er für Justin Timberlake einen Fisch filetiert hat und kürzlich für sein Soufflé gelobt wurde. Aber er merkt auch, dass es vieles gibt, was er mit seiner Schwester nicht teilen kann oder will. Früher standen sie sich sehr nahe, aber das war vor dem Unfall.

»Hier arbeitest du also?«

»Ja, aber was machst du hier?«

Er sieht, dass ihr Tränen in die Augen treten. Er wusste es, es ist offensichtlich, dass etwas passiert ist.

»Sag mir einfach, was es ist, ist was mit Mama oder Papa?«

Er traut sich nicht, den Namen seiner kleinen Schwester auszusprechen. *Julia darf nichts passiert sein.* Er denkt an Krebs, dass das Haus abgebrannt ist, dass der Rest der Familie tot ist, er muss es wissen. Doch Edith schüttelt den Kopf.

»Nein, nein. Allen geht es gut, aber es gibt eine Sache, die ich dir am Telefon nicht sagen konnte. Alex, ich weiß es.«

Tausend Gedanken schießen ihm durch den Kopf, was weiß sie? Edith hält ihm ihr Handy hin und gibt ihm mit einem Nicken zu verstehen, dass er den Text lesen soll. Er nimmt es und lässt sich auf einen Stuhl fallen. Es ist ein Instagram-Account, den sie aufgerufen hat, *Hannahs_ Heaven*. Er erkennt Hannah auf dem Foto sofort. Sie ist älter, ihr Gesicht ist schmaler, und obwohl das Foto von schräg oben aufgenommen wurde, kann man erkennen, dass sie es ist. Sie scheint seit ein paar Jahren Mitglied einer Freikirche zu sein. Wenn es nicht so absurd wäre, würde er lachen, denn dass ihre hartnäckigen Kontaktversuche in letzter Zeit dazu dienten, ihn zu Jesus zu führen, ist nun wirklich das Letzte, was ihm eingefallen wäre. Er hat so hart dafür gearbeitet, sie und alles, was mit ihrer Beziehung zu tun hat, zu verdrängen, und doch scrollt er fasziniert durch ihr Konto. Edith wartet geduldig neben ihm, während er ein Bild nach dem anderen an sich vorbeiziehen lässt. Ferienlager, Kreuze, Bibelworte.

Dann ruft er den letzten Beitrag auf, der Hunderte von Likes und mindestens ebenso viele Kommentare bekommen hat: »Mutig, dass du dich traust, es zuzugeben!« und »Jesus sieht dich!« Er liest den Text unter einem Bild von ihr, das sie mit gesenktem Kopf und zum Gebet gefalteten Händen zeigt.

Jetzt werde ich etwas erzählen, was ich schon lange mit mir herumtrage … Vor einigen Jahren habe ich etwas getan, das viele Menschen verletzt hat, etwas, das nie wiedergutgemacht werden kann. Aber seit ich IHN gefunden habe, weiß ich, dass ER mich hält, und ich wähle den Weg zum Licht. Vergebung kann ich letztlich nur von Gott bekommen, aber ich bitte euch dennoch darum. Mein damaliger Freund Alex hat die Schuld auf sich genommen, aber nur, weil ich ihn dazu gezwungen habe. Es war meine Schuld, dass wir uns an dem Abend betrunken haben, und es ist meine Schuld, dass Hedda bei dem Unfall ums Leben gekommen ist, weil ich und nicht er an dem Abend das Moped gefahren habe.

Alex wird fast ohnmächtig, als er sieht, dass sie sein Profil auf Instagram markiert hat, ein Konto, das er so gut wie nie nutzt.

Natürlich wollte ich nicht, dass es so kommt, und ich bin bereit, meine Strafe zu akzeptieren, und ich hoffe auch, dass Gott mir vergibt.

Er schaut zu Edith auf und sieht, wie Tränen über ihre Wangen fließen. Alex kann es nicht genau beschreiben, aber es ist, als wäre er gerade aus einem langen schmerzhaften Albtraum erwacht. Er war sich so sicher, dass Hannah ihm nur wehtun wollte. Jetzt weiß er nicht mehr, was er sich vorgestellt hatte. Langsam reicht er Edith das Handy, ohne weiterlesen zu müssen.

»Aber … wie?«

Zu seiner Überraschung beginnt er zu lachen. Ihm wird klar, dass er wahrscheinlich unter Schock steht.

Edith wirft ihm einen Blick zu, den er lange vermisst hat.

»Wir haben es erst vor ein paar Tagen erfahren, und ich hatte das Gefühl, dass ich dich einfach sehen und dir alles erzählen muss. Ich glaube, sie hat seit Jahren ein schlechtes Gewissen. Ich meine, sie hat Hedda totgefahren. Genau wie du gesagt hast, aber wir haben dir nicht geglaubt. Es tut mir so leid, Alex!«

Edith verstummt und wischt sich eine Träne von der Wange. Sie haben bisher kaum über den Unfall gesprochen. Er hatte nicht die Kraft dazu.

»Jedenfalls hat sie auch einen Blog, dort hat sie es zuerst gepostet. Sie lebt jetzt irgendwo an der Westküste, wo ihre

Kirche ist, aber wahrscheinlich hat sie Freunde, die noch in Växjö wohnen. Jetzt wissen es alle.«

»Aber Mama und Papa, die sind doch in Frankfurt, oder?«

»Ja, sie haben mir die Reise bezahlt, damit ich schnell zu dir komme. Sie schämen sich, Alex. Sie schämen sich so furchtbar, dass sie nicht hinter dir gestanden haben.«

Sie wischt sich weitere Tränen weg. Er selbst fährt sich mit dem Ärmel seines Hemdes über das Gesicht und sieht, dass sich Florence mit Carol an der Bar unterhält. Es kommt nicht oft vor, dass einer der Angestellten Besuch hat. An einem Wochenende kam Lisas Familie zu Besuch, aber sie hatten einen Tisch im Restaurant reserviert. Die meisten halten Kontakt zu Freunden und Familie über das Internet, aber da sie nur wenige freie Tage haben, bleibt keine Zeit, nach Hause zu fahren oder Familienbesuch zu empfangen.

»Gibt es einen Ort, wo wir hingehen können? Ich habe Mama und Papa versprochen, sie anzurufen, sobald ich hier bin, und wir, na ja, sie wollen natürlich auch mit dir reden.«

Alex nickt Florence zu und geht mit Edith hinaus in die Sonne. Der Schnee knirscht unter seinen Schuhen, und er versucht, den Innenhof und die großen Gebäude, die sich dahinter erheben, durch Ediths Augen zu sehen. Obwohl er nicht an Hannah, seine Heimatstadt und all die Dinge denken will, die er so lange verdrängt hat, ist er erleichtert, dass seine Familie endlich weiß, was wirklich passiert ist. Die Art und Weise, wie sie sich distanziert und seiner geschämt haben, wird er nie vergessen. Er weiß, dass es schwer sein wird, ihnen zu vergeben. Aber vielleicht können sie eine neue Beziehung aufbauen. Alex nimmt Edith bei der Hand, wie damals, als sie noch klein war, und beginnt, sie über das Gelände zu führen. Er fühlt sich unglaublich leicht. Sie zeigt auf die riesige Villa von Alice und Carl aus der Jahrhundertwende.

»Wer wohnt denn da?«

»Die Besitzer kenne ich kaum. Die sind meistens in Frankreich«, antwortet er, ohne ihren Blick zu erwidern, um sich nicht zu verraten.

Edith und er gehen weiter zu den Ställen, er weiß, dass sie Pferde liebt, und nimmt an, dass sie noch reitet. Es ist möglich, dass sie Gitt über den Weg laufen, aber er hat bemerkt, dass sie selten auf dem Gut ist, wenn Alice nicht zu Hause ist. Wichtig ist nur, dass sowohl Alice als auch Carl weit weg auf einem anderen Kontinent sind.

Alex ist so nervös, dass er nicht weiß, was er sagen soll, als sie einige Zeit später auf seinem Bett sitzen und einen Videocall mit dem Rest der Familie abhalten. Er sieht sie zusammengedrängt auf einem Sofa in einer Wohnung, die er nicht kennt, und ihm wird klar, dass er schon lange kein richtiger Teil der Familie mehr ist. Er beobachtet sie über den Bildschirm und überlegt, was er sagen könnte, um die Starre zu lösen. Julia sitzt zwischen ihren Eltern, viel größer als bei seinem letzten Besuch. Seine Mutter weint, beginnt zu sprechen, unterbricht sich aber mehrmals, bevor sie die Worte herausbringt: »Alex, es tut mir so leid.«

Er nickt, Tränen steigen ihm in die Augen. Er hat nicht mehr daran geglaubt, dass dieser Tag kommen würde, hatte sich schon fast aufgegeben. Wie sehr hat er seine Familie vermisst. So lange war er allein, ohne es zu merken. Er lehnt sich an Edith, wieder kommen ihm die Tränen.

»Ja, wir müssen uns wirklich zusammensetzen, die ganze Familie, und richtig reden«, fügt sein Vater mit ernster Stimme hinzu.

Alex begreift, dass dies die größte Form der Entschuldigung ist, die er von ihm bekommen wird. Sein Vater war derjenige, der ihn nach dem Unfall am schärfsten verurteilt hat, vielleicht weil er sich schuldig fühlte, einen derart missratenen Sohn großgezogen zu haben. Seine Mutter putzt sich die Nase und ergreift das Wort.

»Wir sind so stolz, Alex, dass du so einen tollen Job ganz allein bekommen hast. Es tut uns schrecklich leid, dass wir nicht für dich da waren, dass wir den größten Fehler unseres Lebens gemacht haben, unserem eigenen Kind nicht zu vertrauen.«

Seine Mutter bricht wieder in Tränen aus, und Alex wünscht sich, er könnte die Kamera ausschalten und das Videogespräch verlassen. Sein Vater fährt fort, er werde alles mit der Polizei klären, das sei das Mindeste, was sie tun könnten. Sie wollen ihn so bald wie möglich sehen, aber sie verstehen natürlich, dass er keinen Urlaub bekommen kann, aber vielleicht könnten sie die verlorene Zeit im Sommer nachholen. Seine Eltern klingen hoffnungsvoll, und Julia lächelt sanft.

»Okay, das ist gut«, sagt Alex.

Nachdem sie aufgelegt haben, geht er zur Toilette, um sich die Nase zu putzen. Dann umarmt ihn Edith noch einmal. Er ist so müde, dass er sich am liebsten aufs Bett legen und einfach schlafen würde. Er möchte ihr alles erzählen, was passiert ist, von Alice und von Sofi. Aber er entscheidet sich, es nicht zu tun.

24

Thomas hat das Personal um sich versammelt, und alle hören aufmerksam zu, als der Küchenchef mit seinen Ausführungen beginnt. Die Jacke des Kochs ist tadellos und die Falte zwischen seinen Augenbrauen fast verschwunden. Alex steht neben Sofi.

»Guys, please listen up! Ich habe von Freunden in Stockholm gehört, dass der Guide Michelin in der Stadt ist. Sie haben schon einige Sternerestaurants besucht.«

Ein Raunen geht durch den Raum. Thomas hält kurz inne, bevor er fortfährt. Er lässt seinen Blick umherschweifen, um sich zu vergewissern, dass alle die Tragweite seiner Worte begriffen haben, aber Alex sieht, dass hinter der ernsten Miene auch eine gewisse Erwartung steckt.

»Das könnte bedeuten, dass sie auch zu uns in den Norden fliegen. Wie ihr seht, ist es sehr wichtig, dass wir unsere Sterne behalten, also muss jeder in den nächsten Tagen voll konzentriert sein. Achtet besonders auf Einzelreservierungen. Carol, wie sieht es aktuell mit den Buchungen aus?«

Carol übernimmt und berichtet.

»Wir haben einen Mr. Atkinson für heute Abend um sieben Uhr, er sitzt am Chef-Tisch. Aber auch eine Frau, Mrs. Fiorella, ebenfalls allein, eine halbe Stunde später, könnte es einer von beiden sein?«

Carol geht weiter die Buchungen der Woche durch. Alex weiß, dass Thomas' Ruf an einem seidenen Faden hängt, wenn in den nächsten Tagen nicht alles glatt läuft, und er ist entschlossen, an den Stationen, an denen er arbeiten wird, sein Bestes zu geben.

Das Wochenende mit Edith verging viel zu schnell, obwohl Florence ihm einen Tag frei gegeben hatte, damit sie zusammen auf die Piste gehen konnten. Die restliche Zeit lagen sie in seinem Bett, schauten Filme und aßen viele Snacks. Er hatte vergessen, wie lustig Edith ist, dass sie den gleichen Sinn für Humor haben. Das Zusammensein mit ihr ließ ihn fast vergessen, dass Alice und Carl bald zurückkommen würden.

Alex signalisiert Sofi, dass sie sich für ein kurzes Gespräch hinausschleichen sollen. Sofi richtet ihren Pferdeschwanz, denn sie hat nur eine Minute, bevor sie wieder an die Arbeit muss.

»Ist deine Schwester schon nach Hause gefahren?«

»Ja, sie hat gestern den Zug genommen.«

Schnell erzählt Alex ihr von Hannah. Es ist ungewohnt, offen darüber zu reden, er kann es noch nicht ganz fassen, dass jetzt alle wissen, dass es eigentlich nicht seine Schuld war. Jetzt kann niemand mehr den Unfall gegen ihn verwenden, und das erleichtert ihn.

»Du, ich habe noch einmal versucht, Gabriel zu erreichen, aber er hat natürlich nicht geantwortet.«

Er nickt und sagt, dass er Emils Bruder Peder eine Nachricht geschickt habe, aber der habe sich auch nicht zurückgemeldet. Emils Nummer ist nicht mehr erreichbar, aber Alex hat ihn vorsichtshalber noch einmal über die sozialen Medien angeschrieben.

»Wir sehen uns in deiner Mittagspause im Personalhaus.«

Sofi umarmt ihn kurz. Was ist zwischen Emil und Alice vorgefallen, dass er so überstürzt abgehauen ist? Alex kehrt zu seinem Arbeitsplatz zurück. Normalerweise findet er Zwiebelnschneiden stinklangweilig, heute jedoch ist er dankbar, dass die erste Aufgabe des Tages einfach und eintönig ist. Aber wenn er sich mit Sofi zum Mittagessen treffen will, muss er mit jemandem die Schicht tauschen.

»José, kannst du heute die Mittagsschicht tauschen?«

José ist gerade dabei, das Essen für das Personal zuzubereiten, Rentiergulasch.

»Ja, ich denke schon, gibt es etwas Besonderes?«

»Nein, ich muss nur noch eine Sache erledigen.«

»Eine Sache, was für eine Sache?«

José ist neugieriger als sonst, und Alex mag es nicht, ihn anzulügen. José hat etwas an sich, das ihn wie einen kleinen Bruder erscheinen lässt, er ist durch und durch ein feiner Kerl.

»Ach, nichts Besonderes, erzähl ich dir später.«

Alex trifft sich mit Sofi, zum Glück sind sie allein im Personalhaus. Sie setzen sich auf eines der Sofas vor dem Kamin.

»Fangen wir mit Emil an?«

Sofi nickt, und sie legen los, die Pause ist kurz. Sie suchen nach Emils Namen. Außer seinen Social-Media-Accounts finden sie ein paar Treffer in einem Skatermagazin, ein Interview in der Lokalzeitung, als seine Klasse Müll am Växjö-See sammelte, aber nichts Neues, das sie weiterführen oder ihnen einen Hinweis auf Emils Aufenthaltsort geben könnte. Alex redet sich ein, dass Emil an einem Strand in Tulum liegt, genau wie er es erzählt hat, aber er weiß nicht einmal mehr, ob er das selbst noch glaubt.

Sie suchen Emils Namen in Kombination mit dem Nord, finden aber nur viele Artikel über die Familie Duwal. Die meisten handeln davon, dass Alice und Carl Geld spenden, etwas für das Dorf tun oder dass das Restaurant Auszeichnungen erhalten hat. Keiner der Artikel scheint negativ oder kritisch gegenüber Alice zu sein. Der einzige Artikel, der etwas spannender ist, kann nicht angeklickt werden, der Link ist kaputt: »Machtspiel in den Wäldern von Åre – das Spiel der Familie Duwal mit der Wahrheit.« Er geht wieder auf Emils Social-Media-Konten, aber der hat seit November nichts mehr gepostet.

Sofi wirft sich frustriert aufs Sofa zurück.

»Was zum Teufel … Da ist nichts! Irgendwas muss passiert sein. Gabriel ist auch nicht zu erreichen, ich habe es schon mehrmals versucht.«

Alex denkt an Hannah und dass es vielleicht gar nicht so merkwürdig ist, nicht ranzugehen, wenn ein Ex anruft, mit dem man nichts mehr zu tun haben will. Aber er will Sofi nicht verletzen, also sagt er nichts. Vielleicht sollte stattdessen er versuchen, Gabriel anzurufen, aber er wartet noch mit seinem Vorschlag. Alex schaut auf die Uhr. Sie müssen jetzt los. »Okay, aber können wir nicht die Kollegen fragen? Vielleicht weiß jemand was …«

»Wenn wir anfangen, Fragen zu stellen, wird es sich sofort herumsprechen. Florence ist zu loyal, sie wird für immer hierbleiben. Das Gleiche gilt für Carol, sie mag ihren Status hier und ihr Gehalt übrigens auch.«

Alex nickt. Carol oder Florence würden ihnen kaum weiterhelfen oder ihm verraten, was er tun sollte, um Alice loszuwerden, bis er sein Empfehlungsschreiben von Thomas bekommt. Die Fluktuation unter den Mitarbeitern ist so hoch, dass sie sich wahrscheinlich nicht mal an Emil und Gabriel erinnern können, weil diese nicht besonders lange im Nord gearbeitet haben.

Sie seufzen, ziehen ihre Jacken an und gehen zur Tür. Alex ist nervöser denn je, er glaubt Alice überall zu sehen, obwohl sie noch gar nicht zurück ist. Da klingelt sein Telefon. Peders Name leuchtet auf dem Display, und er nimmt so schnell wie möglich ab. Alex und Sofi gehen nach draußen und stellen sich hinter eine Schneewehe an der Hausecke. Es ist unwirklich, Peders vertraute, raue Stimme zu hören, und Alex drückt den Hörer an sein Ohr, um kein Wort zu verpassen, während Sofi ungeduldig darauf wartet zu erfahren, worum es geht. Nachdem Alex aufgelegt hat, schaut er Sofi an.

»Sie haben seit Monaten nichts von Emil gehört. Anscheinend ist es nicht ungewöhnlich, dass er manchmal schwer zu erreichen ist, aber nach meiner SMS hat Peder bei der Bank angerufen.«

Alex' heftet seinen Blick auf Sofis Schuhe und holt tief Luft. Dann erzählt er ihr, was er gerade erfahren hat.

»Emil hat seine Konten seit Anfang Dezember nicht mehr angefasst, da hat er eine große Summe abgehoben.«

Alex beugt sich über den Sellerie, den er in gleich große Würfel schneidet. Er und die anderen in der Küche arbeiten wie immer schweigend, aber in seinem Kopf kreisen die Gedanken. Jedes Mal, wenn Sofi in die Küche kommt, um etwas zu holen, tauschen sie besorgte Blicke aus. Emil wollte wohl wirklich so weit wie möglich von Alice weg. Vielleicht ging es Gabriel genauso, vielleicht ist er auch im Ausland und hat eine neue Telefonnummer. Insgeheim hofft Alex immer noch, dass sie Gabriel nicht aufspüren, nicht jetzt, wo seine Gefühle für Sofi immer stärker werden. Die Ställe, die Sauna, die Hütte. All die Begegnungen mit Alice laufen wie ein Film ab, aber statt sich selbst sieht er Emil, der sie küsst. Hat es jemand bemerkt? Carl? Er denkt wieder an die SMS auf Emils Handy: *Das ist das letzte Mal …*

Alex ist fertig mit dem Sellerie und wischt sich unauffällig den Schweiß von der Stirn. Es ist heiß in der Küche, und Thomas ist besonders angespannt, weil er vermutet, dass jemand vom Guide Michelin im Speisesaal sein könnte. Florence sieht, dass er gerade fertig geworden ist, und schenkt ihm ein kurzes anerkennendes Lächeln.

»Alex, hol noch etwas Holz, nimm die Hintertür. Wie gesagt, für heute Abend sind zwei Einzeltische reserviert, also gehen wir kein Risiko ein. Lieber füllen wir jetzt gleich nach.«

Er zieht sich einen Fleecepullover über und marschiert zur Hintertür, um schnell zurück zu sein und Florence glücklich zu machen. Er stößt die Tür auf und hört einen Schrei.

»Merda!«

Er hat beim Öffnen der Tür aus Versehen eine Frau gerammt, die vom Parkplatz kam und dachte, der Eingang zur Küche sei der Eingang zum Restaurant. Sie hat ihre Tasche verloren, und ihre Sachen liegen verstreut im Schnee. Glücklicherweise scheint sie nicht verletzt zu sein, aber sie flucht immer noch wütend auf Italienisch, und Alex antwortet sofort so entschuldigend wie möglich, während er sich selbst für seine Unachtsamkeit verflucht.

»I am so, so sorry, please let me help you!«

»No worries, thank you. I am fine«, antwortet die Frau in gebrochenem Englisch.

Alex hilft ihr, ihre Sachen aufzuheben, und entdeckt dabei die Ecke einer cremefarbenen Visitenkarte. *Guide Michelin.* Er tut so, als hätte er sie nicht bemerkt, reicht ihr schnell die Tasche, zeigt ihr die richtige Tür und entschuldigt sich noch einmal.

Er muss mit Thomas sprechen. Er lässt das Holz Holz sein, eilt zurück ins Restaurant und geht direkt zum Chefkoch, was er sich noch nie getraut hat. Der Blick, den er erntet, als er Thomas unterbricht, der gerade einen gegrillten Seeteufel mit Topinambur zubereitet, lässt ihn seine Entscheidung beinahe bereuen. Doch er fasst sich ein Herz, beugt sich vor und erzählt ihm im Flüsterton, was gerade passiert ist.

Thomas lächelt breit, klopft Alex kräftig auf die Schulter, und kurz darauf ist Carol informiert. Wenige Sekunden später tritt die Italienerin in den Gastraum, und der Abend hätte nicht besser beginnen können.

Nachdem »Mrs. Fiorella« ihre Mahlzeit beendet hat, zu der auch eine der Spezialitäten des Hauses, gegrillter Hummer mit Haselnüssen und Sellerie, gehört, zückt sie wie üblich ihre Visitenkarte, um ihre Anwesenheit zu bestätigen. Thomas, der den ganzen Abend über blass, aber aufgeregt war, ist mehr als zufrieden. Er zwinkert Alex zu, bevor er die Küche verlässt.

Alle sind erleichtert, Lisa führt ein Tänzchen auf, und Jonathan zaubert ein paar Biere herbei. Jemand legt Musik auf, und ein kollektives Aufatmen geht durch die Küche. Jetzt können sie nur noch auf das Urteil warten, aber alles deutet darauf hin, dass das Nord ein Zweisternerestaurant bleiben wird. Alex bemerkt, dass Sofi immer wieder dicht neben ihm steht, so dicht, dass José ihnen vielsagende Blicke zuwirft, aber das ist Alex egal. Er genießt nur das Bier und die Atmosphäre. Für einen Moment gelingt es ihm, alles andere auszublenden und einfach im Hier und Jetzt zu sein. Gemeinsam mit seinen Kollegen lassen sie den Abend Revue passieren, die Reaktionen von Mrs. Fiorella auf die verschiedenen Gänge, alles wird bis ins kleinste Detail analysiert. Jedes Mal, wenn sich seine und Sofis Blicke treffen, verspürt er ein Kribbeln. Die Leute unterhalten sich angeregt, aber obwohl die Lautstärke hoch ist, zuckt Alex zusammen, als er hört, was Florence sagt.

»Jetzt wird sich Alice freuen, wenn sie am Freitag kommt und erfährt, dass der Guide Michelin hier war.«

Das Gespräch geht weiter, aber Alex ist unkonzentriert. Freitag, und es ist schon Mittwochabend. Er verschluckt sich an seinem Bier, seine Gedanken rasen. Das Wissen, Alice wiedersehen zu müssen, bringt ihn fast um den Verstand, er zieht seine Jacke an und eilt hinaus. Er weiß nicht, wie sie sein wird, wenn sie zurückkommt, und das macht ihm Angst.

»Warte, Alex!«

Sofi rennt ohne Mantel hinter ihm her, holt ihn ein und legt ihm eine Hand auf den Arm. Ihr warmer Körper dampft in der Kälte, ihre Wangen sind rot, ihr offenes Haar kräuselt sich an den Schläfen.

»Ich weiß, wie wir mehr über Emil und Gabriel herausfinden können.«

Sie beugt sich vor und flüstert in sein Ohr. Alex nickt. Dann spürt er, wie Sofis weiche Lippen sein Ohrläppchen berühren, erschaudert und neigt sein Gesicht so, dass sich ihre Lippen zu einem Kuss treffen.

25

Draußen ist es stockdunkel, und die Februarkälte sorgt dafür, dass Alex sich kaum bewegen kann, so kalt ist ihm. Seine Hände sind fast blauweiß, denn er hat seine Handschuhe vergessen, er hätte eine wärmere Jacke mitnehmen sollen. Es ist kurz nach sechs, aber es könnte auch mitten in der Nacht sein. Sie stehen vor der Kellertür neben der Villa, wo er Alice an Weihnachten geholfen hat, den Wein hochzubringen. Damals war es wunderbar, aber jetzt ist die Erinnerung nur noch schmutzig. Sofi hat ihm versichert, dass sie nicht erwischt werden können. Sie arbeitet schon so lange hier, dass sie weiß, wie man den Alarm ausschaltet. Außerdem hat sie noch einen Ersatzschlüssel von ihrem letzten Besuch. Das könnte ihre einzige Chance sein, etwas zu finden, das sie zu Emil und Gabriel führt, oder etwas anderes, das sie ein für alle Mal von Alice befreit.

»Wollen wir das wirklich tun?«

»Wir müssen. Wie willst du sonst weitermachen? Außerdem mache ich mir langsam Sorgen, wo Emil und Gabriel sind.«

Sie verstummt. Alex will nicht antworten, will die Angst, die sie beide verspüren, nicht in Worte fassen. Sofi schaut ihn entschlossen an.

»Du hast gesehen, wie sie sich kurz vor ihrer Abreise uns gegenüber verhalten hat. Sie wird dir das Leben nicht leicht machen, wenn sie zurückkommt.«

Alex erinnert sich an all das, was in der Hütte passiert ist, und schaut auf den Schlüssel in Sofis Hand.

»Bist du sicher, dass sie keine Kameras haben?«

Sofi zuckt mit den Schultern.

»Alex, ich habe so viele Jahre für sie gearbeitet. Alice macht immer eine große Sache daraus, dass man den Leuten vertrauen muss, hier geht ständig Personal ein und aus.«

Er drückt ihre Hand. Sie haben noch nicht über den Kuss gesprochen, als hätten sie Angst, die Energie zwischen ihnen zu zerstören, aber er denkt ständig daran. Er kann es kaum erwarten, sie wieder zu küssen.

Dann steckt Sofi den Schlüssel ins Schloss und dreht ihn um, aber Alex kann sich des Gefühls nicht erwehren, beobachtet zu werden, gerät fast in Panik, als er merkt, dass sie gerade ihre Fingerabdrücke auf dem Schlüssel hinterlassen haben, schaut sich aber nur nervös um und folgt Sofi dann ins Haus. Sie schleichen die Treppe hinauf, die vom Keller ins Erdgeschoss führt. Diesmal ist es anders, denn er geht hinter Sofi und nicht vor Alice die Treppe hinauf. Das Haus ist leer und dunkel, unpersönlich im Schatten. Die teure Kunst an den Wänden und die exklusiven Ornamente lassen es eher wie ein Museum als wie ein Zuhause erscheinen. Alex bewegt sich vorsichtig, um in der Dunkelheit nicht über etwas zu stolpern.

Sofi steigt eine weitere Treppe hinauf ins Obergeschoss. Dort war er beim letzten Mal nicht, und er hält den Atem an, aber man hört nur ihre eigenen vorsichtigen Schritte. Ein Schlafzimmer mit Flügeltüren führt in einen Nebenraum. Obwohl das Licht ausgeschaltet ist, zeichnen sich die Umrisse des Zimmers in der Dunkelheit ab. Die Einrichtung ist cremefarben und grün, auf dem Boden liegt ein dicker weißer Teppich. Alex bleibt am Bett stehen. Nirgendwo sind Fotos oder persönliche Gegenstände zu sehen. Sofi zieht leise die Schubladen der Nachttische auf, aber sie finden nur Taschentücher, Ohrstöpsel und eine halb leere, teuer aussehende Cremedose. Vorsichtig schieben sie die Doppeltür auf, die ins Büro führt. Große vergitterte Fenster geben den Blick direkt auf den Berg frei. Der Schreibtisch besteht aus einer schlichten Marmorplatte auf schlanken Beinen, ohne eine einzige Schublade, in der man suchen könnte. Es gibt auch weder Laptop noch Tablet – das muss Alice alles mitgenommen haben. Alex schämt sich, als ihm klar wird, dass er sich vorgestellt hat, sie würden in irgendeinem Schubfach etwas finden, wie in einem Fernsehkrimi. Quittungen vielleicht, Verträge, Tickets. Irgendetwas, das ihnen einen Hinweis darauf geben könnte, wohin Emil und Gabriel gegangen sind. Im Regal hinter dem Schreibtisch steht ein Hochzeitsfoto von Alice und Carl, aber kein Foto von Theodor. Die Fächer sind voll mit Jagdtrophäen, Büchern über die Jagd und verschiedenen Pokalen. An einer Wand hängt ein großes abstraktes Gemälde. Enttäuscht schleichen sie sich aus dem Zimmer und wollen gerade ins Badezimmer.

Da knipst im Erdgeschoss jemand das Licht an.

Sie hören eine Melodie und eine Stimme.

Alex erstarrt mitten in der Bewegung. Verdammt, er wusste, dass das keine gute Idee war. Sofi nimmt seine Hand und sieht genauso panisch aus, wie er sich fühlt, ihre Pupillen sind groß, und das Weiß ihrer Augen leuchtet in der Dunkelheit. Alice und Carl sollten doch erst morgen kommen. Vielleicht hat Sofi sich geirrt, sie müssen irgendeinen Alarm ausgelöst haben, deshalb ist jemand hier. Alex denkt fieberhaft nach. Welche Ausrede gibt es, wie werden sie sich erklären? Verzweifelt starrt er aus dem Fenster. Vielleicht gibt es eine Feuertreppe, über die sie fliehen können. Sie schleichen auf den Treppenabsatz, um zu sehen, wer spricht, und zu hören, was sie sagen.

Eine schnelle Stimme singt nahezu einige Worte, und nach ein paar Sekunden registriert Alex' Gehirn, dass es sich um eine asiatische Sprache handelt. Dann hört er das Geräusch eines Eimers, der mit Wasser gefüllt wird. Erleichtert stellt er fest, dass es sich weder um eine Sicherheitsfirma noch um Alice und Carl handelt. Er gibt Sofi mit Gesten zu verstehen: *die Putzfrauen!* Wahrscheinlich ist es viel einfacher, sich gegenüber Putzfrauen aus der Affäre zu ziehen als bei einem

Sicherheitsdienst, der nach einem Einbruchsalarm gekommen ist.

Alex geht leise die Treppe hinunter. Am Ende des Flurs, der zur Küche führt, sieht er den Rücken einer Frau, die an der Spüle hantiert. Die Stühle stehen auf dem Küchentisch, und er vermutet, dass sie sich gleich umdrehen und mit dem Wischen beginnen wird. Auf dem Boden steht eine Papiertüte mit frischen Schnittblumen, und er sieht eine weitere Tasche mit Delikatessen. Die Putzfrau spricht mit jemandem über die Freisprechanlage ihres Handys, und aus dem Wasserhahn fließt Wasser in den Putzeimer. Wenn sie sich jetzt beeilen, können sie unbemerkt zur Kellertür gelangen und davonkommen. Er fordert Sofi mit einem Wink auf, ihm zu folgen, und kurz darauf stehen sie dicht nebeneinander an der Tür und lauschen, ob die Frau sie gehört hat. Die Stimme in der Küche verstummt, aber nach ein paar Minuten hören sie die Musik lauter werden und dann das Plätschern von Wasser, als die Putzfrau den Wischlappen in den Eimer taucht. Schritt für Schritt steigen sie in den dunklen Keller hinab. Alex hat Angst, dass die Treppe knarrt oder sie in der Dunkelheit ausrutschen. Endlich sind sie wieder unten im Keller, und er atmet kurz auf. Wahrscheinlich ist die Putzfrau schon eine Weile in der Küche, und es gibt keinen Grund für sie, nach unten zu kommen, wenn sie die beiden nicht hört. Solange sie es schaffen, die Kellertür leise hinter sich zu schließen, sollte das kein Problem sein.

Der Adrenalinspiegel schießt in die Höhe, als sie zur Tür schleichen. Dann hören sie Schritte im Stockwerk über ihnen. Sie erstarren, es klingt, als würde jemand zur Kellertreppe gehen, und die Tür ist mindestens zehn Meter entfernt, sie werden es nicht schaffen, bevor die Person unten ist und sie sieht. Sofi öffnet eine Tapetentür, die Alex vorher nicht bemerkt hat, sie führt in einen Raum unter der Treppe. Drinnen ist es stockdunkel, er merkt, dass sie in einem Lagerraum stehen. Die Schritte sind verstummt, die Putzfrau scheint doch nicht herunterzukommen, aber die Musik ist immer noch zu vernehmen.

»Warum gehen wir nicht jetzt? Was ist, wenn Alice und Carl kommen?«, flüstert er Sofi zu.

»Okay, lass uns rausschleichen.«

Alex stößt im Dunkeln gegen etwas. Mit einem lauten Knall fällt es um. Oben verstummt sofort die Musik. *Verdammt!* Sie erstarren und rühren sich nicht vom Fleck, als würde das helfen, wenn jemand die Tür aufstoßen und sie hier finden würde. Sofis Atmung ist zu hören, obwohl sie sich bemüht, so leise wie möglich Luft zu holen.

»Hello?«

Jemand ruft die Kellertreppe hinunter. Dann hören sie Schritte, die sich entfernen, und es dauert eine Weile, bis die Musik endlich wieder einsetzt. Sie warten eine Minute.

»Wir müssen nachsehen, was du umgeschmissen hast«, flüstert Sofi, »und es wieder aufstellen, damit man nicht merkt, dass wir hier waren. Ich versuche, Licht zu machen.«

Alex hört, wie sie mit der Hand an der Wand entlangfährt und nach einem Schalter greift. Das Licht geht an und erhellt den Raum, der sich als viel größer erweist, als Alex gedacht hatte. Sie stehen in einem Kontrollraum, eine Wand ist voll mit kleinen Bildschirmen, und vor ihnen steht ein Desktop-Computer, der mit einem größeren Bildschirm verbunden ist.

Sie sehen sich fragend an.

Überall sind Bildschirme.

Vorsichtig drückt Alex auf die Maustaste des Desktop-Computers, und mehrere der kleinen Bildschirme erwachen zum Leben.

Die Bilder, die sie zeigen, stammen von Überwachungskameras.

»Du hast doch gesagt, die haben kein Überwachungssystem!«

Sofi schaut ihn an, sie ist leichenblass. Überall auf dem Grundstück befinden sich Kameras. In der Küche. In den

Ställen. In der Personalküche. Aber auf keinem der Monitore ist das Innere der Villa zu sehen. Alex sieht Florence in der Küche, wie sie ihre Messertasche auspackt, hört sie sogar summen, sie ist die Erste und hat natürlich keine Ahnung, dass sie jemand beobachten kann. Die Ställe sind leer, aber in der Personalunterkunft sitzt jemand an der Kücheninsel und blättert in einer Zeitschrift. Alex kann nicht erkennen, wer es ist, aber es ist klar, dass alles, was sie sich ansehen, jetzt passiert, in Echtzeit.

Sie schauen sich an. Sofi klickt weiter, und neue Bildschirme leuchten auf.

»Warte!«

Alex' Beine geben nach, als er begreift, was er sieht. Obwohl er weiß, dass es wahr ist, beugt er sich vor und starrt auf das körnige Bild. Das Bett, der Nachttisch, die Tasse Wasser, das Ladegerät und der Pullover, der über den Sessel in der Ecke geworfen ist. Alles ist noch da, wo er es vor dem Weggehen gelassen hat. Die Kamera ist auf das Bett gerichtet.

Er denkt an all die Male, als Alice ihn genau in dem Moment angerufen hat, wenn er zur Tür hereinkam, oder, ohne zu zögern, direkt zu seinem Platz in der Küche ging. *Sie wusste schon, wo er war.* So muss es gewesen sein, als sie mit dem Zettel in die Küche gekommen ist, sie muss auf der Überwachungskamera gesehen haben, dass das Handy noch im Zimmer lag und er deshalb nicht antwortete.

Er fragt sich, ob der Kontrollraum von Carl oder Alice benutzt wird oder ob sie hier zusammen sitzen und zuschauen. Die Tür war ja nicht abgeschlossen, und die Monitore liefen, also ist es wohl kaum ein geheimer Raum, auch wenn sich die Tür ziemlich unauffällig in die Wand unter der Treppe einfügt. Sofi klickt auf einige Ordner, die sie auf dem Desktop gefunden hat.

»Was machst du da?«, zischt er so leise wie möglich.

Sie schüttelt den Kopf und deutet auf den Bildschirm.

»Scheiße«, sagt sie.

In dem Ordner, den Sofi geöffnet hat, befinden sich weitere Unterordner, die alle mit einem Vornamen in Großbuchstaben beschriftet sind. »ALEX«. Aber auch »EMIL« und »GABRIEL«. Alex hat noch Zeit, »SAMIR« und »JEAN« zu lesen, bevor er wie hypnotisiert auf den Ordner mit seinem Namen klickt.

Er ist voll mit Dokumenten in verschiedenen Dateiformaten.

Er muss sie nicht öffnen, um zu verstehen, worum es da geht. Der Ordner enthält zahllose Artikel und Informationen über seine Vergangenheit.

26

Alex rennt durch den Wald und wird immer schneller. Was für ein kranker Mensch sammelt Informationen über andere, die schwach wirken oder denen etwas zugestoßen ist, und verwendet das gegen sie, um sie so auszunutzen, wie Alice es getan hat? Es ist ungefähr eine Stunde her, dass sie die Villa verlassen haben. Wäre Sofi nicht da gewesen und hätte sie nicht die Dateien geschlossen, die Bildschirme wieder so hinterlassen, wie sie sie vorgefunden hatten, und den Klappstuhl, den er im Dunkeln umgestoßen hatte, wieder hingestellt, säße er wahrscheinlich immer noch da und würde lesen. Alice hat Artikel über den Unfall und Informationen über seine Familie zusammengetragen. Sie weiß alles über ihn. Sie muss ihn gecheckt haben, noch bevor Emil ihn kontaktiert hat. Es stellt sich die Frage, welche Rolle Emil dabei gespielt hat. War er wirklich nur verzweifelt, musste schnell einen Ausweg finden und dachte dabei an Alex?

Alex rennt sich die Lunge aus dem Leib, aber er kann seinen Gedanken nicht davonlaufen, er kann nicht vor der Angst und der Verwirrung fliehen, die in ihm wüten. Hätte er doch mehr Zeit gehabt, sich Emils Ordner anzusehen! Jetzt weiß er nur von Spielschulden in einem Casino in Monaco und einem gescheiterten Selbstmordversuch. Auch Gabriel hatte wohl finanzielle Probleme.

Sofi meinte, sie kenne Samir, er habe vor ein paar Jahren kurz als Sicherheitsmann im Nord gearbeitet, ein junger, gut aussehender Mann. Aber die anderen Namen sagten ihr nichts. Wusste Emil von den Ordnern? War er derjenige, der über Alex recherchiert und ihn als Nachfolger vorgeschlagen hat? Bei dem Gedanken wird er langsamer, alles dreht sich, und er setzt sich auf den Boden, obwohl er nass wird, als der Schnee unter seinem Hintern schmilzt. Es ist kein Zufall, dass er die Stelle im Nord bekommen hat. Emil muss gesehen haben, dass er einen Job suchte und dass er in mehrfacher Hinsicht perfekt passte. So spielte Alex' mangelnde Erfahrung keine Rolle, sondern war eher von Vorteil. Aus diesem Grund musste er auch nie ein richtiges Bewerbungsgespräch führen.

»Sie wollen ihr eigenes Team zusammenstellen, die Leute prägen!«, hatte Emil gesagt. Jetzt weiß er, was damit gemeint war.

Das Schwindelgefühl lässt nach, er spuckt ein paarmal in den Schnee, bevor er aufsteht und sich auf den Rückweg macht. Er ist müde, friert und hat Angst. Er will nur noch weg. Aber er hat kein Geld und keinen anderen Job. Wenn er kündigt, ist er in der Branche geliefert. Außerdem wäre es für Florence und Thomas fast unmöglich, so spät in der Saison noch jemanden einzuarbeiten, und er will weder seine Kollegen noch Sofi im Stich lassen. Er liebt seine Arbeit.

Nachdem Sofi ihn von den Computern losgerissen hatte, hatten sie das Haus hastig verlassen. Sie musste direkt zur Arbeit, und er hoffte inständig, dass die Putzfrau nicht zufällig aus dem Fenster schaute, während sie davoneilten. Aber er schließt gar nichts mehr aus, wahrscheinlich gibt es auch im Freien Kameras. Nachdem er und Sofi sich getrennt hatten, stand er in seinem Zimmer herum und wusste nicht, was er tun sollte. Das Einzige, woran er denken konnte, war, dass er gefilmt wurde, dass vielleicht alles aufgezeichnet wurde, und schließlich schnappte er sich seine Trainingssachen, zog sich auf der Toilette um und ging nach draußen, um zu laufen.

Er war so schwach, so manipulierbar.

In ein paar Stunden beginnt seine Schicht, und er fragt sich, ob Alice im Kontrollraum sitzen wird, wenn sie aus Südafrika zurückkommt, um ihm zuzusehen, wie er an seinem

Platz steht. Er weiß nicht einmal, ob das, was sie entdeckt haben, illegal ist. Es ist nicht illegal, Informationen über eine andere Person zu sammeln, und man hat sicherlich das Recht, Überwachungskameras auf seinem Grundstück zu installieren. Auf jeden Fall ist es unwahrscheinlich, dass ihn jemand ernst nimmt, und er hat keine wirklichen Beweise. Alice und Carl stehen dem Polizeichef nahe, Alex hat seinen Namen mehrmals auf der Gästeliste des Nord gesehen. Er weiß nicht. Er weiß gar nichts mehr.

Alex reißt die Tür zu seinem Zimmer auf, verschwitzt und erschöpft nach fast zwei Stunden Laufen, aber klarer im Kopf. Hoffentlich kommen Alice und Carl erst morgen, wie sie gesagt haben, damit er und Sofi sich heute Abend treffen und weiterreden können. Er ist ganz in Gedanken versunken, während er seine Schuhe auszieht, und noch dabei, die Eindrücke des vergangenen Morgens zu verarbeiten.

Da bemerkt er, dass jemand in seinem Bett liegt.

Unter dem Rentierfell, das ihren Körper kaum bedeckt, ist Alice nackt und lächelt ihn an.

Sein erster Gedanke ist, dass Carl sie jetzt beobachten könnte. Instinktiv weicht er ein paar Schritte zurück, aber der Raum ist nicht groß, und er kann nirgendwohin. Er zwingt sich, stehen zu bleiben. Weiß Alice, dass sie heute Morgen in der Villa waren? Er hat Angst, etwas zu sagen, das Sofi schaden könnte, und er hat nicht mehr mit Alice gesprochen, seit sie vor ihrer Abreise im Speisesaal zusammengesessen haben. Er fragt sich, wie sie in sein Zimmer gekommen ist, aber ihm wird im selben Augenblick klar, dass für sie keine Tür verschlossen ist.

»Hast du mich vermisst?«

Alex fröstelt in seinen feuchten Laufklamotten, aber er will sich nicht ausziehen und duschen, solange sie noch da ist. Er bemüht sich, entspannt zu wirken, und setzt sich widerwillig auf die Bettkante, möglichst weit von ihr entfernt. Er versucht sich einzureden, dass er ein Angestellter ist und sie seine Chefin. Er will seine Antwort so formulieren, dass sie nicht missverstanden werden kann. Sie schaut ihn erwartungsvoll an, aber er kennt sie inzwischen gut genug, um zu wissen, dass unter der Oberfläche eine Anspannung herrscht. Jeden Moment kann ihre Stimmung umschlagen, und was dann passiert, ist unvorhersehbar.

Alice hat einen Sonnenbrand und trägt den Schmuck, den Carl ihr kurz vor der Abreise geschenkt hat. Er sieht die Szene vor sich, wie offensichtlich verärgert sie war, aber überrascht und glücklich tat. Er denkt an das Eiswasser, die Kabelbinder, den unfreiwilligen Geschlechtsverkehr, das Wort, das er bisher nicht einmal gegenüber sich selbst benutzen will, obwohl er weiß, dass es so war. Alice hat ihn vergewaltigt.

Es ist so viel passiert in der Zeit, als sie weg war. Der Erfolg am Inspirationstag, der Vorfall mit dem Guide Michelin, der Thomas glücklich gemacht hat, Ediths Besuch und Hannahs Geständnis. Und das Wichtigste: Er ist jetzt mit Sofi zusammen. Er will Alice bitten zu gehen, denkt aber, dass dies vielleicht seine einzige Chance ist, sie direkt zu fragen, was mit Emil und Gabriel passiert ist. Er steht vom Bett auf und lehnt sich an die Wand.

»Ich muss wissen, was mit Emil geschehen ist.«

Alice lacht, wirkt aber nicht überrascht. Dann lächelt sie und wickelt eine Haarsträhne um einen Finger. Er merkt, dass sie mit ihm flirten will. Noch immer weigert sie sich, ihn zu verstehen.

»Was willst du wissen?«

Er gerät aus dem Konzept, weil er erwartet hat, dass sie ausweichender antwortet.

»Warum hat er das Nord verlassen?«

Alice tut so, als würde sie darüber nachdenken, wackelt mit den Zehen und betrachtet ihre perfekt rot lackierten Fußnägel. Sie lächelt, als wolle sie, dass er sich neben sie ins Bett legt.

»Hm, über Nacht hatte er auf einmal ein akutes Bedürfnis nach Sonne und Wärme, wenn ich mich recht erinnere.«

Ihre Stimme ist sanft und entspannt, als würden sie über das Wetter sprechen. Als sie merkt, dass er mit ihrer Antwort nicht zufrieden ist, fährt sie fort, zugleich lässt sie ihn spüren, dass dieses Thema bald abgehakt sein sollte.

»Ich habe ihm ein Ultimatum gestellt und gesagt, wenn du jetzt, kurz vor Saisonbeginn, gehst, musst du einen adäquaten Ersatz suchen.«

Sie klopft aufmunternd neben sich auf das Bett, um ihm zu signalisieren, dass er kommen soll.

»Ich finde, er hat das wirklich gut gelöst.«

Das ist Alice' Version der Wahrheit. Er denkt noch einmal über ihre letzte SMS an Emil nach, sieht aber ein, dass es keinen Sinn hat, weiter nachzufragen. Sie wird ihm keine ehrliche Antwort geben. Stattdessen sagt er mit leiser, klarer Stimme, als würde er mit einem Kind oder einem ungehorsamen Hund sprechen:

»Alice, du musst gehen. Und zwar sofort. Wir können uns so nicht mehr treffen. Ich bin nicht interessiert, du bist meine Chefin, und du bist mit Carl verheiratet. Ich gehe jetzt duschen, und wenn ich zurückkomme, will ich, dass du weg bist.«

Er dreht sich um, geht ins Bad, schließt die Tür, um ihre Reaktion nicht zu sehen, merkt, wie ihm das Herz bis zum Hals klopft, versucht, langsam durch die Nase ein- und durch den Mund auszuatmen, um sich zu beruhigen. In der Dusche dreht er das Wasser auf die höchste Stufe, sodass es dampft. Dann duscht er abwechselnd heiß und eiskalt, so lange er kann. Als er fertig ist, wickelt er seinen Bademantel fest um sich und schließt die Badezimmertür auf. Er wartet, lauscht und geht hinaus.

Er ist allein in seinem Zimmer.

27

Da er weiß, dass er fast überall beobachtet wird, verbringt er so viel Zeit wie möglich in der Küche, und die Arbeit läuft gut. Er hat einen weiteren Schulterklaps von Thomas geerntet und durfte ein paar Überstunden einlegen, als sie unterbesetzt waren. Seit ihrem Abstecher in die Villa hat er noch nicht richtig mit Sofi reden können. Ihm ist klar geworden, dass Alice vermutlich auch seine Telefone abhört, und er traut sich nicht, Sofi eine SMS zu schreiben oder sie anzurufen.

Es ist noch mehr als ein Monat bis zur Saisonpause, bevor das Nord über den Sommer schließt. Aber er weiß nicht, ob er so lange durchhält. Vielleicht sollte er sich jetzt nach einem anderen Job umsehen? Seit über einer Woche hat er nichts mehr von Alice gehört, sie hat nicht mehr versucht, ihn zu kontaktieren, seit er sie gebeten hat, den Raum zu verlassen, aber obwohl das eine Erleichterung ist, macht es ihn auch unsicher. Reicht es wirklich aus, dass er es ihr einfach gesagt hat?

Als Edith anruft, ist er gerade dabei, Kaffee zu kochen, er hat einen freien Tag und plant, von morgens bis abends auf der Skipiste zu sein, so weit weg von Alice' Kameras wie möglich. Leider arbeitet Sofi gerade, sonst hätte er sie gebeten, ihn zu begleiten. Seine Schwester ist aufgeregt und fängt an zu reden, bevor er noch irgendetwas sagen kann.

»Hör mal, ich bin so glücklich! Weißt du, wer unsere Mutter gestern angerufen hat?«

»Nein, wer?«

Er lächelt, als er sie so aufgeregt hört. Es ist schön, dass sie wieder in Kontakt sind und sie ihm erzählen möchte, wenn sie sich über etwas freut.

»Deine Chefin!«

Alex entgleitet die Kaffeekanne. Wie gelähmt steht er da und starrt auf das braune Pulver, das sich über die Dielen, seine Socken und den Teppich verteilt hat.

»Meine Chefin?«

»Ja, Alice! Sie hat mir für diesen Sommer einen Job angeboten als Assistentin in ihrem Haus am Mittelmeer, wo du diesen Sommer kochen wirst. Stell dir vor, Alex, wir können den ganzen Sommer zusammen verbringen!«

Edith kommt kaum zu Atem, die Worte sprudeln nur so aus ihr heraus, und Alex steht da, wartet, ohne zu wissen, worauf. Unruhe macht sich in ihm breit, weiße Blitze flackern vor seinen Augen.

»Ich werde unglaublich gut bezahlt, sie hat zu Mama gesagt, weil du so gut in der Küche warst, gibt sie deiner Familie einen Bonus. Sie hat für Mama, Papa und Julia ein Fünfsternehotel auf Sizilien gebucht.«

Alex hält sich an der Spüle fest und beugt sich über das Becken, während Edith fortfährt.

»Natürlich haben sie gesagt, dass sie das nicht annehmen können, aber Alice hat darauf bestanden, und schließlich haben sie nachgegeben. Sie scheint wunderbar zu sein, Alex, und ich bin sicher, sie schätzt dich mehr, als du denkst. Und ich dachte, ich würde diesen Sommer bei der Post arbeiten!«

Alex kriegt keinen Laut heraus, aber Edith bemerkt das gar nicht und redet weiter. Mit zitternden Händen schenkt er sich ein Glas Wasser ein. Seine Familie. Dass es nicht so einfach vorbei sein würde, war ihm klar, aber dass sie seine Familie in die Sache reinziehen würde, damit hatte er nicht gerechnet. Und was meint sie damit, dass er diesen Sommer für sie arbeitet? Irgendwie muss er seine Schwester warnen, ohne dass sie erfährt, was zwischen ihm und Alice vorgefallen ist. Er reißt sich zusammen und versucht, normal zu klingen, während er antwortet.

»Oh, das klingt gut, Edith! Hör zu, ich habe es ein bisschen eilig, aber ich rufe dich später an.«

Er muss überlegen, was er sagen und tun soll, bevor er seinen Eltern oder Schwestern zu viel verrät. Gerade jetzt, wo sie sich wieder annähern, will er nichts tun, was ihre Beziehung wieder zerstören könnte. Düster schickt er Alice eine SMS.

Wir müssen reden, wann können wir uns treffen? Heute Abend?

Die Antwort kommt sofort.

Natürlich, jederzeit. Komm um 19 Uhr zu mir. C ist nicht zu Hause./A

Alex zieht seine Snowboardkleidung an. Er ist dankbar, dass er nicht mit steifen Skiboots auf ein Auto warten und dann per Anhalter ins Zentrum von Björnen fahren muss, wo der Bus abfährt. Zugleich fühlt er sich wie eine Puppe, denn alles, was er trägt, sogar seine Unterwäsche, ist von Alice. Ihm bleibt nichts anderes übrig, als sofort mit Sofi zu sprechen, obwohl er ahnt, dass Alice zuhören könnte. Es klingelt eine Weile. Er will ihr unbedingt vermitteln, dass er ihr etwas zu sagen hat, etwas, das nicht warten kann. Wo sie niemand belauschen kann. Er schaut auf die Uhr. Wenn er Glück hat, hat sie noch nicht angefangen zu arbeiten. Endlich hebt sie ab.

»Hey, du, ich und ein paar andere wollten auf die Piste gehen. Lisa hat mich gebeten, dich zu fragen, ob du mitkommst.«

Er versucht, so zu tun, als wolle er Sofi nicht allein treffen, aber seine Taktik funktioniert nicht, frustriert hört er, wie sie zögert.

»Ich weiß, dass du arbeiten wolltest …«

Mit der Kraft seiner Gedanken versucht er Sofi zu vermitteln, dass sie die Arbeit schwänzen soll, um ihn zu treffen, was keine leichte Entscheidung ist. Aus seiner Frage scheint sie abzulesen, dass die Situation verzweifelt ist, denn zu seiner Erleichterung antwortet sie, dass sie es versuchen wird.

»Okay, ja, vielleicht. Ich frage mal Carol, ob ich etwas später kommen kann. Sagen wir um elf Uhr unten an der Skihütte?«

Er findet rasch eine Mitfahrgelegenheit, aber der Bus hat Verspätung und ist voll. Als er sich zum Einsteigen anstellt, rast ein silbernes Auto vorbei. Alex reckt den Hals. Er könnte schwören, dass er Gitt am Steuer gesehen hat und dass jemand neben ihr auf dem Vordersitz saß, aber weil das Auto so schnell fuhr, ist er sich nicht sicher. Er befürchtet, dass es Alice war, hofft aber, dass er sich geirrt hat. Der Bus hält an der Haltestelle, und er geht zum Lift.

»Hallo!«

Sofi winkt, als sie ihn sieht.

»Musstest du lange warten?«, fragt er und sieht sich nach Alice um.

»Nein, alles in Ordnung. Die Schlange am Lift ist nicht lang, gehen wir.«

Sofi geht vor, und er folgt ihr mit dem Snowboard unter dem Arm. Der Liftführer strahlt, als er Sofi sieht, begrüßt sie und beginnt ein fröhliches Gespräch. Er ist offensichtlich ein alter Schulfreund. Alex verkrampft sich, er will los, um mit Sofi zu reden, bevor Alice kommt, denn inzwischen ist er sich absolut sicher, dass es nur eine Frage der Zeit ist, bis sie auf der Piste auftaucht.

Als sie endlich im Liftkorb sitzen, nimmt er sein Handy, schaltet es aus und sagt Sofi, sie solle dasselbe tun. Der Lift ist schnell, er hat nicht viel Zeit. So schnell er kann, erzählt er von dem Gespräch mit Edith. Sofi sitzt still da, nickt und lässt ihn reden. Sie hat Angst, das sieht er.

»Scheiße, Alex, was machen wir jetzt?«

Er schließt die Augen. Er weiß es nicht, hat keine Lust mehr, keine Ideen. Sofi dreht sich um, niemand in dem Korb vor oder hinter ihnen trägt eine weiße Jacke und einen Bogner-Helm.

»Ich glaube, wir sollten die Handys weiterhin so wenig wie möglich benutzen«, sagt sie.

Er fühlt sich leer, weiß keine Antwort. Er würde am liebsten abhauen, aber er weiß, dass Alice dann seine Familie angreifen könnte. Sie hat viel zu viel Macht und Geld, und es ist klar, dass sie ihn nicht gehen lässt, bis sie selbst genug hat. Das Ende der Saison abzuwarten, ist auch keine Lösung, wenn sie ihn dann in ihr Haus in Cagnes-sur-Mer zwingen will.

Der Wind weht leicht, und Alex wünscht sich, er könnte die Zeit anhalten, einfach mit Sofi hier sitzen, sich nicht mehr um Alice kümmern müssen, einfach verschwinden.

Er denkt an Emil, sein Vorbild aus der Kindheit. An die Unterlagen, die sie über seine Spielschulden und den Selbstmordversuch gefunden haben. Emil mag ihm die Chance auf einen Traumjob gegeben haben, aber der Gedanke, dass das auch Emils Ticket weg von Alice war, lässt ihn erschaudern. Geplant, kalkuliert. Er kann sich nicht vorstellen, dass er selbst das mit jemand anderem machen würde, wer zum Teufel tut so etwas?

Nachdem er den Liftkorb vor und hinter ihnen noch einmal überprüft hat, wagt er es, seinen Arm um Sofis Schultern zu legen, und sie lehnt sich an ihn. Aber dann sind sie auch schon oben, müssen den Bügel öffnen und runter. Sie fahren zum nächsten Lift und von dort aus weiter hoch auf den Gipfel. Das Wetter ist herrlich, aber Alex kann kaum atmen, obwohl die Luft klar ist und die Sonne vom strahlend blauen Himmel scheint. Nervös sieht er sich nach Alice um. Die Schlangen an den Liften sind kurz, jetzt, wo die Sportferien vorbei sind, und es ist wenig los auf der Piste. Sie gleiten über das Plateau, nachdem sie aus dem Lift gesprungen sind, und können fast direkt weiter, ohne warten zu müssen. Dann steigen sie in die kleine Gondel, die nur wenige Personen fasst, und rutschen nach innen, um einer Familie hinter ihnen Platz zu machen. Erleichtert stellt Alex fest, dass Alice nirgends zu sehen ist. Bald haben sie einen guten Vorsprung. Plötzlich dreht sich Sofi zu ihm um und sieht ihn konzentriert an.

»Okay, ich habe einen Plan. Ich bin mir nicht sicher, ob er funktioniert, aber so kann es nicht weitergehen, Alex.«

Eines der Kinder lässt beim Einsteigen seine Skier fallen, und in dem Chaos, das daraufhin entsteht, sieht Alex ein vertrautes Gesicht.

Sofi erstarrt, als sie sieht, wo Alex' Blick gelandet ist. Auf Alice und ihrem privaten Skilehrer.

Sie drängt sich an der kurzen Schlange vorbei und geht direkt auf sie zu. Ihr Blick ist rabenschwarz. Sekunden bevor sie einsteigt, hält der Liftbetreiber sie auf, und die Türen schließen sich vor ihrer Nase.

»Hast du ihren Blick gesehen?«

Alex nickt angespannt.

»Was machen wir jetzt? Sie muss deine Anrufe mitgehört haben, wie sonst hätte sie uns so schnell finden können?«

Sofi setzt sich steif neben ihn, beide wissen, wie ernst die Lage ist.

»Vielleicht hat sie dich nicht erkannt«, sagt Alex, »du hast ja deine Skibrille auf und hättest irgendwer sein können. Fahr du schon mal vor, wenn wir oben sind, ich warte auf sie. Es ist besser, wenn ich zuerst versuche, allein mit ihr zu reden.«

Alex sieht, dass Sofi überlegt. Sie will ihn nicht allein lassen, aber schließlich nickt sie.

»Okay. Wir können uns später bei meinen Eltern treffen, dann erzähle ich dir mehr über den Plan. Ich schreibe Carol, dass ich heute gar nicht kommen kann, dass ich krank bin.«

Sofi drückt seine Hand fest, bevor sie aussteigt und schnell ihre Skier anschnallt, um den Hang hinunterzugleiten, während Alex oben bleibt und auf Alice wartet. Er muss nicht lange warten. Sie sieht zufrieden aus, als sie ankommt und ihn bemerkt. Langsam geht sie auf ihn zu, die Skier geschultert.

»Ich dachte, ich hätte Sofi gesehen«, sagt sie.

»Ah, wo denn?« Mehr sagt er dazu nicht. Sie kann glauben, was sie will, stattdessen wechselt er schnell das Thema. »Ich habe dich in der Schlange gesehen und dachte, wir könnten jetzt reden statt heute Abend?«

Er versucht gar nicht erst, nett zu klingen, am liebsten würde er sie anschreien und schütteln. Er will sie fragen, was zum Teufel sie mit seiner Familie macht. Alice winkt dem Skitrainer zu, der den Gruß erwidert und dann den Hang hinabfährt.

»Gern. Ich muss nur noch kurz telefonieren.«

Er hört, wie sie in ihr Handy spricht und lacht, dann steckt sie es wieder in die Tasche.

»Wir fahren mit dem Scooter hoch zur Toppstugan. Dann können wir in Ruhe reden, ich denke, das brauchen wir, du und ich.«

Mit ihr allein zu sein, ist das Letzte, was Alex will, aber er widersteht dem Impuls, sich die schwarze Piste hinunterzustürzen. Sie würde ihn sowieso in kürzester Zeit einholen. Er muss sie zur Rede stellen, um eine Antwort zu bekommen.

Die Fahrt zum Gipfel geht zügig, und sie überholen mehrere Gruppen von Menschen, die mit Schneeschuhen den Berg hinaufstapfen. Alex würde am liebsten mit ihnen tauschen. Als sie ankommen, flüstert Alice dem Scooterfahrer etwas zu und gibt ihm ein paar Geldscheine. Der Fahrer betritt die Hütte, und Alex hört, wie die Leute darin protestieren, als er sagt, dass die Hütte wegen eines Wasserschadens leider geschlossen werden müsse, sie aber an einem anderen Tag willkommen seien. Einer nach dem anderen kommt heraus, und als die Hütte leer ist, winkt Alice ihn hinein. Sie schließt die Tür ab. Sie sind wieder allein.

Er schaut sich um. Eine kleine Küche, Holzbalken an der Decke, Tische mit Bänken und Rentierfellen darauf. Eis und Schnee bedecken die kleinen Fensterscheiben. Mit der richtigen Person wäre es schön, hier zu sein, aber das hier ist etwas ganz anderes. Er stellt sich neben die Tür. Alice macht es sich bequem, zieht Helm und Handschuhe aus, knöpft den engen Skianzug auf und schlüpft aus dem Oberteil, sodass sie in einem engen Unterhemd herumläuft. Es sieht nicht so aus, als ob sie einen BH trägt, ihre Brustwarzen sind durch den Stoff deutlich zu sehen.

»Warum hast du Edith erzählt, dass ich diesen Sommer für dich koche?«, platzt er heraus und hört, wie seine Stimme zittert.

Alice schaut ihn verständnislos an. Sie durchquert den Raum und stellt sich neben ihn.

»Was meinst du damit, es ist doch nur dir zuliebe?«

Alex macht noch einen Schritt auf die Tür zu, tastet nach der Klinke, merkt aber, dass sie nur mit einem Schlüssel zu öffnen ist und Alice diesen aus dem Schloss gezogen hat.

»Du musst dir jemand anderen als mich suchen.«

Alice sieht ihn freundlich an, beugt sich vor und streichelt ihm über die Wange.

»Du sorgst dich um deine Familie, nicht wahr?«

Dann drückt sie ihre Lippen auf seine, nimmt seine Hand und führt sie fest an ihre Brust. Er spürt, wie ihre Brustwarze unter dem dünnen Stoff hart wird. Als sie ihre Zunge weiter in seinen Mund schiebt, verliert er die Fassung, schmeißt sich gegen die Tür und beginnt, daran zu zerren. Die Erinnerungen an die Misshandlungen in der Hütte überwältigen ihn, und zu seiner Überraschung bemerkt er, dass er schluchzt und die Tränen nicht zurückhalten kann. Das Gefühl von Ohnmacht zerreißt ihn innerlich, er ist erschrocken, welche Emotionen in ihm aufsteigen.

Alice weicht zurück und sieht ihn angewidert an. Er kann nicht aufhören und sieht durch seine Tränen, wie sie ihren Helm aufsetzt und ihren Overall anzieht, sichtlich genervt.

»Du scheinst dich heute nicht besonders gut zu fühlen, Alex. Vielleicht ist es besser, wenn wir uns ein anderes Mal unterhalten. Ich melde mich.«

Sie zieht den Schlüssel aus der Tasche, schnaubt verärgert und schiebt sich an ihm vorbei, um die Tür aufzuschließen. Er stolpert hinterher, und sie knallt die Tür hinter ihnen zu. Mit schnellen wütenden Schritten hebt sie ihre Skier auf, schnallt sie an und rast den Hang hinunter. Alex bleibt zurück, zu keiner Regung fähig. Er steht da und friert, obwohl ihm die Sonne ins Gesicht scheint. Schließlich holt er sein Handy aus der Tasche. Nach einigen Versuchen gelingt es ihm, sich so weit zu konzentrieren, dass er Sofis Adresse nachschlagen kann. Dann schnappt er sich langsam sein Board und fährt den Hang hinunter. Er hätte Sofi direkt folgen sollen, anstatt sich einzubilden, er könne Alice zur Einsicht bewegen. Das Einzige, was ihn antreibt, sind der Gedanke, dass Sofi anscheinend einen Plan hat, und die Tatsache, dass es im Haus ihrer Eltern unmöglich Kameras geben kann.

28

Die rote Villa mit den schwarzen Zierbalken steht direkt neben der Schule von Åre. Sie ist zwischen zwei neuen Villen eingezwängt und wirkt fehl am Platz. Das ganze Dorf scheint so gebaut zu sein – neu gemischt mit alt. Er steht auf dem Treppenabsatz vor der Haustür, der voller schneebedeckter Blumentöpfe, Skier und anderer Dinge ist, und atmet tief durch. Er versucht, das Gefühl loszuwerden, das Alice' Hände an seinem Körper hinterlassen haben. Zuerst drückt er zaghaft auf die Klingel, aber beim Gedanken an das, was er gerade in der Gipfelhütte erlebt hat, presst er den Knopf fester.

Ein grauhaariger Mann um die fünfzig öffnet die Tür, Alex erkennt ihn von neulich, als er Sofi abgeholt hat. Der Vater ist eine Kopie von Sofi, sieht genauso mürrisch aus wie sie, wenn sie in dieser Stimmung ist, und verzieht keine Miene, als er hört, dass Alex Sofis Kollege ist. Er stellt sich als Gerhard vor, drückt Alex fest die Hand und ruft in breitem Dialekt in Richtung Küche, dass Sofi Besuch hat. Dann murmelt er etwas von Kaffee trinken. Alex zieht Schuhe und Jacke aus. Der Flur ist schmal, vollgestopft mit Kleidung und Skiausrüstung. In einem angrenzenden Abstellraum lagern Wathosen, Skier und andere Outdoor-Ausrüstung. Die Tür auf der linken Seite führt direkt in die Küche, wo Sofis Familie um den Tisch versammelt ist, Kaffee trinkt und selbst gebackenes Gebäck mit Butter isst. Sofis Mutter bringt ihm gleich eine Tasse und stellt sich als Anna-Karin vor. Alex sagt seinen Namen und begrüßt kurz Sofis Bruder Nils.

»Du willst doch einen Kaffee, oder?«

Alex nickt und nimmt sich höflich ein Stück Gebäck.

»Danke, lecker«, sagt er, und Anna-Karin nickt zufrieden.

Gerhard deutet auf eine ausgestopfte Jagdtrophäe an der Wand.

»Vierzehnender aus Duwals Revier. Ihr könnt froh sein, dass ihr für sie arbeiten dürft.«

Alex nickt zustimmend, das Gebäck klebt an seinem Gaumen. Sofis Eltern sind genauso verblendet wie alle anderen in Åre. Zum Glück scheinen sie nicht allzu gesprächig zu sein, und Alex starrt auf die Wachstuchdecke, während Sofis Bruder die Geschichte fertig erzählt, die durch Alex' Klingeln unterbrochen worden ist. Nach einer Weile steht Sofi auf und entschuldigt Alex und sich selbst. Sie haben es kaum die Treppe hinauf und in Sofis Zimmer geschafft, da wirft Alex sich auf ihr Bett. Er versucht zu atmen, so wie er es von der Schulberaterin gelernt hat, als es ihm nach dem Mopedunfall richtig mies ging, und schaut auf eine große Reislampe, die von der Decke hängt.

»Was zum Teufel habe ich getan, warum bin ich da reingeraten, wir müssen hier weg.«

Er brabbelt weiter, ohne zu wissen, was er sagt. Sofi lässt sich neben ihn aufs Bett fallen. Er will sein Leben wieder in den Griff bekommen, greift nach ihr, will ihre Wärme spüren.

»Sofi, ich weiß nicht, wie ich so dumm sein konnte.«

Er erwartet von ihr, dass sie ihm sagt, dass alles gut wird, dass sie ihn beruhigt, dass sie ihm von dem Plan erzählt, den sie im Lift angedeutet hat. Er braucht ihre Energie, ihren Glauben, dass alles gut wird. Aber zum ersten Mal, seit er durch die Tür gekommen ist, sieht er, dass sie deprimiert ist, und ihm fällt jetzt erst auf, dass sie beim Kaffee mit ihren Eltern ungewöhnlich still war. Er befürchtet, dass sie ihm den Laufpass geben wird, setzt sich auf und sieht sie an. Sie schweigt immer noch. Dann räuspert sie sich, ihr Gesicht ist leichenblass.

»Alex, ich glaube, er ist tot.«

Er erstarrt. Flüstert: »Gabriel?«

Sie nickt.

»Die ganze Zeit dachte ich, er sei ein Mistkerl, weil er sich nie gemeldet hat, einfach verschwunden ist, aber dann …«

Alex ist fassungslos. Irgendwo tief in seinem Inneren hat er gedacht, dass Gabriel auch am anderen Ende der Welt ist, er hat ihn sich in irgendeinem Restaurant in Australien vorgestellt. Sofort sind seine Gedanken bei Emil. Er schaut wieder zu Sofi, die jetzt leise weint.

»Hast du was entdeckt?«

Sie presst die Antwort mühsam hervor.

»Schau mal.«

Mit Tränen in den Augen reicht sie ihm ihren Laptop. Im Browser sind mehrere Fenster geöffnet. Das erste ist eine Gedenkseite auf *Fonus* für einen gewissen Gabriel Björklund. Sofi wischt sich die Tränen mit dem Ärmel ab und zeigt darauf.

»Die Daten stimmen genau mit dem Zeitpunkt überein, als er aufgehört hat, auf meine Nachrichten zu antworten. Der Name, das Alter, die Uhrzeit, alles passt. Das ist Gabriel. Und schau mal, wer Geld gespendet hat.«

Sofis Stimme ist kraftlos, und er zieht sie an sich. Schweigend lesen sie die Beileidsbekundungen von Verwandten und Freunden.

Wir werden dich nie vergessen! / Deine Cousinen Line und Thilde

Der Himmel hat einen Engel heimgeholt, ruhe in Frieden,
lieber Gabriel, Oma.

Alex denkt an Hedda, aber dann fällt sein Blick auf einen Kommentar unten auf der Seite, er zeigt ihn Sofi, aber die hat ihn schon gesehen.

Ruhe in Frieden! Wir bitten alle, die können, um eine Spende für NTF. Alice und Carl Duwal.

»Wie ... wie ist er gestorben?«

Sofi klickt auf einen Artikel im *Helsingborgs Dagblad* und liest laut vor:

Schwerer Autounfall zwischen Helsingborg und Lund. Ein junger Mann Anfang zwanzig ist am Sonntagabend bei einem Unfall in der Nähe von Glumslöv ums Leben gekommen. Nach Angaben der Rettungskräfte befand sich zum Zeitpunkt des Unfalls kein Hindernis auf der Straße. Die Polizei vermutet, dass das Fahrzeug mit hoher Geschwindigkeit unterwegs war und der Fahrer die Kontrolle über das Auto verlor. Er war vermutlich sofort tot. Die Angehörigen wurden informiert.

Auf dem Foto in der Onlineausgabe der Zeitung stehen die Rettungskräfte neben dem demolierten Auto. Gabriels Name wird in dem Artikel nicht genannt, aber Sofi nickt.

»Das ist sein Auto.«

Sie klickt einen anderen Artikel an.

NTF Safe Traffic erhält 10 Millionen – neue Fahrzeuge werden angeschafft. »Wir freuen uns sehr über die großzügige Spende der Familie Duwal ...«

»Nein, ich kann nicht mehr lesen.«

Sofi knallt ihren Laptop zu. Tränen laufen ihr über die Wangen, sie ist rot im Gesicht und rotzverschmiert. Sie legt sich aufs Bett und weint in ein Kissen, aber Alex öffnet den Computer wieder, um sich den letzten Artikel anzusehen, den sie gegoogelt hat.

Erfolgreicher Schüler erhält Stipendium für englische Privatschule. Gabriel Björklund hat ein Stipendium der Victoria-Duwal-Lern-Stiftung erhalten, weil er sich in der Schule besonders hervorgetan hat. Nach der 8. Klasse wechselt er nach London auf das renommierte Eton College, wo auch Theodor Duwal, der Sohn des erfolgreichen Unternehmers Carl Duwal, studiert.

Alex wartet, bis Sofi sich aufgesetzt hat, bevor er sie um eine Erklärung bittet.

»So muss Gabriel mit der Familie Duwal in Kontakt gekommen sein. Ich hatte keine Ahnung, er hat mir das nie erzählt. Wahrscheinlich wollte er nicht, dass jemand denkt, er hätte den Job nur bekommen, weil er die Familie kennt.«

Sie schüttelt den Kopf.

»Alex, was, wenn es kein Unfall war, was, wenn Alice etwas damit zu tun hat?«

Alex denkt an Alice' Antwort auf seine Frage nach Emil: »Er hatte eine plötzliche Sehnsucht nach Sonne und Wärme«, dieselbe Erklärung, die Emil ihm gab, als sie sich in Kopenhagen trafen. Vielleicht war Alice seiner überdrüssig geworden und nicht umgekehrt. Er hört noch die aufgeregte Stimme seiner Schwester am Telefon, als sie ihm erzählte, dass er in diesem Sommer Alice' Privatkoch am Mittelmeer sein würde. Am liebsten würde er vorschlagen, zur Polizei zu gehen, aber er weiß, dass das sinnlos ist. Sie haben keine Beweise, dass Alice und Carl etwas Illegales getan haben, und wenn sie aussagen, dass sie ihr Personal überwachen, müssen sie zugeben, dass sie in die Villa eingebrochen sind. Und natürlich ist es nicht auszuschließen, dass Gabriel tatsächlich einen Autounfall hatte. Die Polizei würde wahrscheinlich nicht einmal eine Anzeige aufnehmen, man würde sie für Idioten halten. Der regionale Polizeichef ist Stammgast im Nord, ebenso die Regionalabgeordnete und der Stadtrat. Alice hat die ganze Gemeinde hinter sich, sie kennt jeden, und die meisten Leute wissen ihre großzügigen Geschenke zu schätzen.

»Nach dem Unfall scheint es keine Untersuchung gegeben zu haben, man geht einfach davon aus, dass es ein tragischer Unfall war, ein junger Mann, der zu schnell gefahren ist. Vielleicht war es das, wir wissen es nicht.«

Sofis Gesicht ist ausdruckslos, sie lehnt an der Wand. Er sieht, dass ihr kalt ist, nimmt eine Decke vom Fußende des Bettes und wickelt sie um sie.

»Alle dachten, Gabriel hätte aufgegeben. Ich war vor allem traurig und wütend, dass er einfach weggegangen ist, also habe ich mich damals nicht um ihn gekümmert. Am Anfang hatten wir noch sporadischen Kontakt per SMS, aber dann hat er einfach nicht mehr geantwortet.«

Sofi wird wütend, während sie spricht.

»Niemand sonst im Nord war eng mit ihm befreundet, die Leute kommen und gehen ständig, also scheint niemand mit ihm in Kontakt geblieben zu sein, nachdem er weg war. Und jetzt stellt sich raus, dass er kurz darauf starb!«

Alex versucht, sie zu trösten, aber er weiß nicht, wie. Er hat nur einen Gedanken im Kopf. Dass Emil auch etwas zugestoßen ist und er der Nächste sein könnte.

»Sofi, wie hättest du das wissen sollen? Es tut mir so leid für dich.«

Er umarmt sie. Er weiß nicht, was schlimmer ist: bei Alice zu sein oder sich Sorgen zu machen, was passieren könnte, wenn sie die Nase voll von ihm hat.

»Meinst du, wir können uns ein Prepaidhandy besorgen, ohne dass Alice es merkt?«

Sofi schaut ihn an und nickt langsam.

»Mein Bruder kann sicher eins kaufen, wenn ich ihn frage.«

Alex entspannt sich und schließt die Augen, öffnet sie aber sofort wieder, als er Sofi weitersprechen hört.

»Und was den Plan angeht … Ich glaube, ich weiß, wie wir

Alice in ihre Schranken weisen können. Erinnerst du dich an den Artikel hinter der Paywall, als wir nach mehr Informationen über Alice gesucht haben?«

Alex denkt nach und erinnert sich an die Überschrift. *»Machtspielchen in den Wäldern von Åre – das Spiel der Familie Duwal mit der Wahrheit.«* Er nickt.

»Es hat sich herausgestellt, dass der Autor des Artikels ein Freund von Nils ist. Anscheinend arbeitet er jetzt bei *Östersunds-Posten*.«

Alex verdaut die Neuigkeit. Er bringt nur ein »okay« heraus und schaut Sofi fragend an.

»Er ist immer noch kein Fan von Alice oder den Duwals, um es mal so zu sagen.«

Sie holt tief Luft und sieht ihm in die Augen.

»Er könnte dein Ticket hier raus sein, weg von Alice.«

29

Alice steht auf ihren langen schmalen Langlaufskiern ein Stück vor ihm. In ihrer grau-weißen Tarnkleidung ist sie kaum zu erkennen. Ihr Haar hängt zu einem Zopf gebunden über dem Rucksack, aus dem er das Gewehr herausragen sieht. Alex starrt darauf.

Als er an diesem Morgen in die Küche kam, um seinen Arbeitsplatz einzurichten, erschien Gitt und teilte Florence mit, dass Alice die Hilfe eines Mitarbeiters benötige und ausdrücklich nach Alex gefragt habe. Das machte es ihm unmöglich, Nein zu sagen. Er musste zurück in sein Zimmer, um sich etwas Wärmeres anzuziehen, während Gitt in der Tür wartete. Zum Glück kam gerade kein Kollege vorbei. Er versuchte nicht einmal, mit ihr zu diskutieren, zog sich nur mechanisch an und folgte ihr zu den Scootern. Eigentlich hatte er sich geschworen, nie wieder mit Alice allein zu sein, aber da er in der Küche abgeholt wurde, blieb ihm nichts anderes übrig.

Statt seine Arbeit zu machen, befindet er sich jetzt in einem verschneiten Wald und schaut Alice und Gitt bei der Auerhahnjagd zu. Es ist ihm unangenehm, mit ihnen weit weg vom Nord zu sein, wenn sie bewaffnet sind. Er hat nicht vergessen, wie Gitt die Axt gegen die Wand des Holzschuppens geschleudert hat. Am Morgen hatte er das Gefühl, mitkommen zu müssen, und jetzt bedauerte er es. Aber was hätte er tun sollen? Sich vor Florence und der ganzen Mannschaft weigern?

Einer seiner Füße ist im Stiefel eingeschlafen. Vorsichtig bewegt er ihn, um ihn aufzuwecken, aber Gitt wirft ihm sofort einen warnenden Blick zu. Trotz der Nadelstiche in seinem Fuß wagt er es nicht, sich zu bewegen. Mühsam unterdrückt er ein Gähnen, er hat letzte Nacht nicht viel geschlafen. Er ist so lange wie möglich bei Sofi geblieben, aber am Ende musste er nach Hause fahren und in seinem Zimmer schlafen, weil er wusste, dass er vielleicht beobachtet wurde.

Erst kürzlich meinte jemand in der Küche, dass die Hauptsaison für die Vogeljagd vorbei sei, aber Alice ist das egal. Alex sieht, dass Gitt durch das Fernglas schaut, und bleibt reglos und mucksmäuschenstill stehen, um sie nicht zu stören. Er schluckt und konzentriert sich auf seinen tauben Fuß. Im Moment vermisst er sogar die weniger angenehmen Seiten der Küchenarbeit, das Schweigen von Thomas und den scharfen Blick von Florence, das Thymiansortieren, das Nüssehacken, einfach alles, solange er nur nicht dort sein muss, wo er gerade ist. Der Wald ist schön, still und ruhig, ganz anders als in den Bergen, wo es fast immer windig ist, aber er will so schnell wie möglich zurück ins Nord.

Ein leichter Nebel liegt über dem Wald, Eiskristalle glitzern in der Luft. Auf den Ästen der Bäume lastet eisiger Schnee. Das Gelände variiert. Offene Flächen und Kiefernwälder wechseln sich mit Sumpfgebieten ab, ein idealer Ort für die Auerhahnjagd, wie Alice findet. Langsam legt sie den Kopf in den Nacken und blickt in die Baumwipfel, wo sie zwei Hähne im Visier hat.

Die Entfernung ist perfekt, sie zieht leise das Gewehr aus dem Waffenfach ihres Rucksacks, holt das Magazin aus einer Tasche und lädt nahezu lautlos. Einer der Hähne reckt den Hals, er spürt etwas. Die beiden Vögel lösen sich von dem Ast, auf dem sie sitzen, und heben in den hellen Himmel ab. Ein Schuss fällt, aber zu spät.

»Wie können sie nur so scheu sein! Lasst uns einen Kaffee trinken«, ruft Gitt.

»Ich, die sonst immer trifft!«

Alice schüttelt den Kopf und geht zu Gitt hinüber, die schon angefangen hat, ein Feuer zu machen.

»Wir haben Zeit«, sagt Gitt lächelnd. »Wir haben ja noch den ganzen Tag.«

Sein Körper verkrampft sich, als er sie das sagen hört. Er hatte gehofft, sie würden sich bald auf den Rückweg machen. Allein von hier wegzukommen, ist offensichtlich keine Option. Er kennt sich im Wald nicht aus und ist ein miserabler Skilangläufer, aber Alice und Gitt scheinen sich von der körperlichen Anstrengung nicht beeindrucken zu lassen. Er sitzt hier fest, bis sie beschließen, dass sie für heute fertig sind. Widerwillig setzt er sich neben Gitt und nimmt eine dampfende Tasse Kaffee entgegen, die sie ihm reicht. Alex fragt sich, ob sie schon einmal so dagesessen hat, nur mit Emil oder Gabriel oder vielleicht mit einem von Alice' früheren Liebhabern. Ob sie einen eigenen Willen hat oder nur tut, was Alice ihr sagt. Gitt holt kleine kompakte Zimtschnecken und geräuchertes Rentierfleisch hervor, das sie mit einem scharfen Messer in mundgerechte Stücke schneidet, während sie und Alice Jagdwitze machen, die er nicht versteht. Sie beachten nicht, dass er schweigend dasitzt, völlig unbeteiligt am Gespräch, und er ist dankbar, dass sie ihn ignorieren. Der Grund für seine Anwesenheit ist auch völlig unklar, sie haben ihn noch um nichts gebeten. Er beobachtet aufmerksam Alice' Mimik, versucht in ihr zu lesen und ihre Stimmung zu erkennen, aber sie ist seltsam uninteressiert an ihm. Er hat das Gefühl, dass er nur hier ist, damit sie ihn im Auge behält. Vielleicht, damit er nicht wegläuft wie Emil?

Er denkt an Sofi, dann an den Plan, an dem sie gearbeitet haben, die Enthüllungsstory über Alice und ihren Machtmissbrauch im Nord. Der Schlafmangel macht sich bemerkbar, als er am Feuer sitzt. Er gähnt wieder, und Alice dreht sich zu ihm um. Sie verzieht den Mund und scheint sich über seine Müdigkeit zu ärgern. Dann spricht sie ihn plötzlich an.

»Alex, wusstest du, dass Gitt eine Expertin für die Auerhahnjagd ist?«

Er nickt, und sie erzählt weiter.

»Die Vögel sitzen hoch oben in den Bäumen und haben ein ausgezeichnetes Sehvermögen. Wenn man nicht aufpasst, läuft es wie vorhin. Nicht viele Leute kommen in den Genuss eines solchen Jagderlebnisses, also hoffe ich sehr, dass du dankbar bist.«

Gitt lacht trocken, als sie aufsteht, den Rest vom Kaffee über das Feuer schüttet und das Essen zusammenpackt. Als sie sich kurz entfernt, um das GPS einzustellen, bemerkt er, dass Alice ihn forschend ansieht, ihn von oben bis unten mustert. Ihre Wangen sind gerötet, sie zieht ihr Halstuch hoch, das sie zur Gesichtstarnung trägt, und streift ihre Handschuhe über.

»So, jetzt brauchen wir erst mal ein bisschen Jagdglück! Gitt, du übernimmst die Führung.«

Sie steigen wieder auf die Ski, und Alex' Magen krampft sich zusammen, während er über den weichen Schnee gleitet. Trotz der herrlichen Weite will er mit jeder Faser seines Körpers fliehen. Neue Vögel werden gesichtet, sie bleiben wieder stehen, und er hält die Luft an. Dann ein Knall, ein Windstoß, etwas beißt ihn ins Ohr, er greift sich an den Kopf. Sein Skihandschuh wird nass, es dröhnt in seinen Ohren.

Blut tropft vom Ohrläppchen, aber er scheint nicht weiter verletzt zu sein. Sein Ohr pocht, er zieht die Mütze herunter und drückt sie gegen das Ohrläppchen, um den Blutfluss zu stoppen. Erschrocken erkennt er, was geschehen ist. Die Kugel muss ihn gestreift haben! Er hyperventiliert, bekommt eine Panikattacke und schnappt verzweifelt nach Luft. Wie aus weiter Ferne, obwohl sie direkt hinter ihm steht, hört er Alice lachen. Sie kommt auf ihn zu, die Waffe in der Hand. Wie gelähmt wartet er, eine Hand ans Ohr gepresst. Gitt ist verschwunden, er kann sie nirgends sehen.

»Oje. Endlich wachst du auf, Alex! Gut, dass du den

Kopf nicht nach links gedreht hast, das wäre schlimm gewesen.«

Die Erkenntnis trifft ihn wie ein Faustschlag in die Magengrube. *Sie hat absichtlich auf ihn geschossen.* Er hat Eisengeschmack im Mund, vielleicht hat er sich auf die Zunge gebissen. Es tut nicht weh, aber sein Kopf pocht, und sein Ohr ist heiß. Vielleicht ist er so voller Adrenalin, dass er nichts mehr spürt. Alice gleitet lautlos an ihn heran und stellt sich so hin, dass sie sich gegenüberstehen.

»Sicherheit ist wichtig bei der Jagd. Du bist ein Anfänger, aber bei der Sicherheit darfst du keine Kompromisse machen.«

Sie lächelt nachsichtig und gibt ihm mit einer Handbewegung zu verstehen, dass er ihr folgen soll. Will sie damit ausdrücken, dass er selbst schuld ist, dass sie auf ihn geschossen hat? Bevor er sich eine Antwort überlegen kann, fällt ein weiterer Schuss. Alex wirft sich zu Boden, aber diesmal ist der Schuss weiter weg, und ein Vogel fällt von der Tanne vor ihnen. Gitt hat einen Volltreffer gelandet. Sie gehen zu dem Hahn, der unter dem Baum im weichen Schnee liegt. Es ist kein Blut zu sehen, nur dichtes Gefieder und ein leerer Blick. Er war schon tot, bevor er am Boden aufkam.

Triumphierend hebt Alice den dicken Vogel auf.

»So schöne Vögel, ein sehr scheues Wild. Man muss klug und ausdauernd sein, um sie zu erlegen.«

Alex weiß nicht, was er sagen soll, nach dem Streifschuss ist er völlig aus dem Gleichgewicht, er will nur noch so schnell wie möglich aus dem Wald raus. Hatte sie geplant, seinen Tod durch einen versehentlichen Querschläger zu inszenieren? Wie Gabriels Autounfall? Erleichtert stellt er fest, dass Gitt angehalten hat, um zu checken, wie sie am besten zurück zum Auto kommen.

»Dieser Weg ist zu steil, lasst uns stattdessen in Richtung Süden abbiegen und querfeldein hochfahren«, erklärt sie.

Alice ist begeistert und nickt Gitt zu.

»Was für eine Beute! Der hat wahrscheinlich über vier Kilo! Vielleicht lasse ich ihn heute Abend von Thomas zubereiten«, sagt sie und zwinkert Alex zu.

Er antwortet nicht, sondern fährt einfach hinter Gitt her und spürt, wie Alice' Blick in seinem Nacken brennt, während um sie herum die Dämmerung hereinbricht.

30

Die Märzsonne erwärmt den Schnee und lässt ihn in Rekordzeit schmelzen, wie Kollegen berichten, die schon in den letzten Jahren hier waren. An mehreren Stellen im Hof liegt der Kies frei, und man muss keine Angst mehr haben, beim Überqueren des Hofes auszurutschen. Alex eilt zur Küche. Er richtet den Blick nach unten und joggt fast, weil er fürchtet, dass Alice oder Gitt auftauchen und ihn daran hindern, seine Schicht zu beginnen. Er ist so darauf konzentriert, den Eingang zur Küche zu erreichen, dass er zunächst gar nicht bemerkt, dass ihn jemand beobachtet. Als er fast da ist, sieht er Carl vor dem Eingang stehen, mit einem Gewehr über der Schulter und zwei Hunden an der Leine. Es ist nicht das erste Mal in dieser Woche, dass er Carl vor dem Restaurant oder im Innenhof begegnet. Alex hat das Gefühl, ihn immer und überall zu sehen. Carl scheint plötzlich ungewöhnlich viel Zeit zu Hause zu verbringen.

Obwohl er so tun sollte, als wäre nichts, bleibt er ruckartig stehen, will am liebsten in die andere Richtung laufen, geht aber dann weiter zum Kücheneingang, winkt Carl kurz zu und schließt erleichtert die Tür hinter sich. Wahrscheinlich hat Carl auf jemanden gewartet. Vielleicht auf Thomas, denn der begleitet ihn manchmal auf die Jagd.

Froh, dass er es in die Küche geschafft hat, holt sich Alex eine saubere Schürze und macht sich an die Arbeit. Die erste Aufgabe des Tages ist das Kochen der Brühe, und er beginnt, das Huhn vorzubereiten. Sobald er an etwas arbeitet, ist es für Alice schwieriger, ihn zu erreichen, denn es würde komisch aussehen, wenn sie ihn dabei unterbrechen würde.

Er wählt die Gewürze für die Brühe aus und nimmt den Duft in sich auf. Seit dem Streifschuss im Wald sind seine Sinne geschärft, er ist ständig nervös und schläft noch unruhiger als vorher. Er träumt, dass Alice im Kontrollraum sitzt und ihn beim Schlafen beobachtet. Er hat das Handy bei sich, das sie ihm gegeben hat, damit er antworten kann, wenn sie sich meldet. Er will verhindern, dass sie wieder mit Zetteln in der Küche auftaucht. Wenn Sofi und er ihren Plan in die Tat umsetzen wollen, muss er Alice im Glauben lassen, dass sie wirklich die Kontrolle hat und dass er diesen Sommer mit ihr wegfährt. Er vermutet, dass Carls Anwesenheit sie daran hindert, ihn zu weiteren Treffen zu zwingen.

Sofi hat ein Telefon mit einer Prepaidkarte besorgt, damit sie miteinander kommunizieren können, ohne abgehört zu werden. Eine Idee, die sie ironischerweise Alice verdanken. Alex bewahrt es in seinem Messeretui auf und holt es nur heraus, wenn er absolut sicher sein kann, dass ihn keine Kamera filmt. Trotz des minimalen Kontakts, den er zu Sofi hat, um Alice nicht noch mehr zu verärgern, fühlt er sich ihr näher als je zuvor. Sofi fing an zu weinen, als sie von dem Schuss hörte, der sein Ohr gestreift hatte. Er hat gemerkt, wie wichtig er für sie geworden ist, und das hat Gefühle in ihm geweckt, von denen er nie geglaubt hätte, dass er sie noch einmal erleben würde.

Ein paar weitere Kollegen kommen hinzu und beginnen, ihre Plätze einzurichten. Jonathan lässt einen Topf fallen, jemand lacht. Die Leute sind müde, eine gewisse Unruhe liegt in der Luft. Die Saison neigt sich dem Ende, und es wird Zeit, sich zu überlegen, wie es weitergehen soll. Einige wissen es schon, viele sind unsicher und haben nur vage Pläne. Lisa hat einen begehrten Platz an einer Kochschule außerhalb Tokios ergattert, um in die japanische Küche einzutauchen, und Minna hat einen Job als Kellnerin in einem Einsternerestaurant in Helsinki. José hingegen wirkte in letzter Zeit ein wenig niedergeschlagen, und einen Ferienjob scheint er auch nicht in Aussicht zu haben. Alex würde sich ihm gerne anvertrauen, aber er will nicht riskieren, José in den Albtraum hineinzuziehen, in dem er sich befindet.

Er macht die Brühe fertig und legt dann zeitgleich mit Sofi eine Pause ein. Sie gehen eine Weile nach draußen, stellen sich etwas abseits, und Sofi senkt ihre Stimme.

»Ich habe mit dem Journalisten gesprochen, und er scheint interessiert zu sein. Wir müssen nur dafür sorgen, dass er die Leute in der Küche interviewen kann, ohne dass Alice oder Carl etwas merken.«

Er nickt besorgt. Sofi sieht müde aus. Ganz anders als einige der Mitarbeiter, die schon eine richtige Bräune haben. Ihre Haare sind zu einem unordentlichen Knäuel gebunden, ihr Gesicht ist fahl. In der letzten Woche hat sie rund um die Uhr gearbeitet, um Carol bei der Organisation von Alice' großer Osterparty zu helfen. Die Feier findet anlässlich des zehnjährigen Bestehens des Nord statt und ist in diesem Jahr mit einer Wohltätigkeitsveranstaltung verbunden, deren Erlös in den Ausbau der Sportanlagen des Dorfes fließt. Letztes Jahr wurden eine Kletterwand und eine Pferdekoppel gebaut, im Jahr davor ein Skatepark und jetzt eine Ruderhalle.

»Weißt du, das mit den Spenden ist nur Show, wie alles bei Alice. Die Ruderhalle ist ja schon fertig. Warum sollte sie auf Geld von anderen warten? Sie hat doch selbst mehr als genug davon.«

Unruhig löst Sofi ihr Haar und bindet es dann wieder zu einem ebenso schlampigen Knoten. Alex streicht ihr sanft über die Wange, nachdem er sich umgeschaut und vergewissert hat, dass niemand sie beobachtet. Sofi hat ihm von dem Fest erzählt. Das Konzept besteht darin, dass wohlhabende Leute so viel wie möglich für einen Platz beim Abendessen bezahlen, wobei die Spenden auf einem Bildschirm angezeigt werden, damit die, die am meisten geben, besonders glücklich sind. Eine Einladung zu diesem Fest ist offensichtlich ein Zeichen dafür, wer zur Spitze der Gesellschaft gehört, und das Prestige der anschließenden Fuchsjagd kann nicht mit Geld erkauft werden. Es ist ein sehr erlauchter Kreis.

Wieder eine von Alice' ewigen Jagden, denkt Alex und ist erleichtert, dass sie mit dem Fest beschäftigt und Carl in der Nähe ist. Trotzdem fühlt er sich müde nach all den schlaflosen Nächten. Er hofft, dass sie ihren Plan ausführen und von hier verschwinden können, bevor er gezwungen wird, sie wieder zu treffen. Sofi fährt fort:

»Und dann gehen sie am Ostersonntag in die Kirche und stecken einen großen Scheck in den Klingelbeutel, damit alle Alten im Dorf denken, was für wunderbare Menschen sie sind. Das ist so krank.«

Sie ist hibbelig und schiebt den Stress auf das Fest, aber Alex weiß, dass ihre eigentliche Sorge ist, was passiert, wenn der Plan nicht aufgeht und er Alice im Sommer ans Mittelmeer folgen muss.

Als er nach der Pause in die Küche kommt, um Florence um Anweisungen zu bitten, ruft Carol nach ihm. Sie sieht nicht glücklich aus, und er eilt zum Büro, wo sie in der Tür auf ihn wartet. Sie winkt ihn heran und zischt leise.

»Hast du die Nummer von hier herausgegeben?«

Er versteht nicht, was sie meint. Sie spricht langsamer, wirkt sehr sauer.

»Hast du die Nummer von hier herausgegeben? Ernsthaft, Alex, wir sind keine Pizzeria! Wir arbeiten in einem Zweisternerestaurant, falls du es noch nicht gemerkt hast.«

Als sie sieht, dass er überhaupt nicht versteht, wovon sie spricht, beruhigt sie sich, aber nur ein wenig.

»Jemand verlangt am Telefon nach dir.«

Carol führt ihn ins Büro und zeigt auf ein Festnetztelefon, dessen Hörer auf dem Schreibtisch liegt. Er wusste, dass es eine Telefonnummer für das Restaurant gibt, die sie herausgeben, wenn jemand mit der Küche Kontakt aufnehmen muss, aber das kommt praktisch nie vor. Eigentlich nur, wenn der

Hofmarschall anruft, um für jemanden aus der königlichen Familie einen Tisch zu reservieren. Er dachte immer, dass die Nummer zu einem Handy gehört, und wusste nicht einmal, dass es im Büro ein Festnetztelefon gibt. Warum jemand dort anruft und nach ihm verlangt, ist ihm ein Rätsel, er vermutet, dass es Alice ist, aber das kann er Carol nicht sagen. Er hat eine böse Vorahnung, jetzt wird sie wieder versuchen, ihn wegzulocken. Er fragt sich, ob er es irgendwie vermeiden kann, den Anruf anzunehmen.

»Bist du sicher, dass ich gemeint bin?«

Carol verdreht die Augen, und Alex entschuldigt sich.

»Wer ist es denn?«

Carol schaut auf ihren Notizblock, auf dem sie einen Namen notiert hat. »Er nennt sich Ante Filipsson, und er klingt nicht nüchtern. Alex, ich weiß nicht, was das ist, aber ich schwöre dir, wenn du so etwas noch einmal machst, werde ich es Alice sofort sagen.«

Sie steht in der Tür und zischt gereizt:

»Wenn jemand fragt, sage ich, dass deine Mutter wegen eines Notfalls in der Familie angerufen hat. Du hast drei Minuten Zeit.«

Dann verschwindet sie. Alex nimmt langsam den Hörer in die Hand, es ist lange her, dass er ein Festnetztelefon benutzt hat. Es fühlt sich ungewohnt an, und er überlegt, ob er einfach auflegen soll. Dann fällt ihm ein, warum der Name so vertraut klingt. Ante Filipsson. Der Nachbar von Emil und Peder, als sie noch klein waren, der alte Mann, der immer rauskam und sie anbellte, wenn sie auf der Straße Schlittschuh liefen. Jemand, an den sich wahrscheinlich nur er und Emil und Peder erinnern können.

»Alex.«

»Alex! Ich bin rausgekommen!«

Es rauscht am anderen Ende, als stünde jemand am Meer, wo der Wind weht, aber Alex hört sofort, dass es Emil ist. Er lebt!

»Emil? Ich habe versucht, dich zu erreichen, was machst du, wo bist du?«

Er hat so viele Fragen und sieht sich um, versucht sich zu erinnern, ob es im Büro Kameras gibt, aber er glaubt nicht.

»Ich bin raaaaaaaaus, Alex!«

Emil fängt am Telefon an zu singen, dann klingt es, als würde er hinfallen. Im Hintergrund hört man Stimmen. Jemand fragt, ob es Emil gut geht, und dann rauscht es wieder. Alex setzt sich auf den Stuhl hinter dem Schreibtisch, spürt, wie seine Frustration wächst, drückt den Hörer fester ans Ohr. Emil klingt betrunken oder bekifft, vielleicht beides. Er versucht, ihn wieder zum Reden zu bringen, sagt seinen Namen ins Telefon, aber Emil scheint vergessen zu haben, dass er Alex angerufen hat. Die drei Minuten, die Carol ihm gegeben hat, sind längst vorbei, aber er kann jetzt nicht auflegen. Gestresst schaut er zur Tür. Er muss herausfinden, wo Emil ist und was wirklich passiert ist. Erst denkt er, Emil hätte aufgelegt, dann hört er ihn am anderen Ende stottern.

»Ich wollte nicht ... Es ist wahr, Alex. Sie hat mir einen Job versprochen, ich war ihr Geld schuldig. Ich habe es nicht verstanden, ich wollte nicht, dass jemand verletzt wird, ich verspreche es, ich ...«

Dann folgt wieder ein Schaben, es klingt, als würde das Telefon zu Boden fallen, und das Gespräch bricht ab. Alex starrt auf den Hörer, gibt es da nicht eine Taste für Rückrufe, er probiert die Null, aber nichts passiert. Die Tür geht auf, und Carols Miene verrät ihm, dass sie nicht glücklich ist. Alex zerknüllt den Zettel mit dem Namen Ante Filipsson und geht benommen zu seinem Arbeitsplatz zurück. Emil hat ihn getäuscht, hat ihn mit Alice allein gelassen, obwohl er wusste, wohin das führen würde. Eine einfache Entschuldigung ist nicht genug, und was meinte er mit verletzt ...? Jetzt ist Emil weit weg vom Nord, während Alex hier ist.

Das Gefühl, nicht nur von Alice, sondern auch von Emil ausgenutzt worden zu sein, weckt eine Wut in ihm, von der er nicht geahnt hat, dass er sie in sich trägt.

31

Es ist Ostern, und eine Karawane exklusiver Autos rollt in Richtung Nord. Die meisten werden von privaten Chauffeuren kutschiert, die das Gelände verlassen, sobald die prominenten Fahrgäste abgesetzt sind. Die große Reithalle hinter dem Restaurant wurde vorübergehend zum Festsaal umfunktioniert, um den erwarteten zweihundert Gästen Platz zu bieten. Das reguläre Restaurant ist für diesen Abend geschlossen, damit sich das gesamte Personal auf das Fest konzentrieren kann.

Boizel-Champagner fließt in Türmen aus Kristallglas auf Tischen, deren Dekor von der jämtländischen Landschaft inspiriert wurde. Darüber hängen große Kronleuchter von der Decke. Viele der Weine wurden extra bestellt, und eine Flasche Heidsieck 1907 wird im Laufe des Abends versteigert, um noch mehr Geld zu sammeln.

Neben der Reithalle ist eine provisorische Küche errichtet worden, damit das Essen nicht kalt wird, wenn es zu den Gästen gebracht wird. Das Provisorium ist viel zu eng. Die Mitarbeiter drängen sich und stoßen ständig aneinander. Er steht neben José, gemeinsam arbeiten sie an der Station mit den Vorspeisen und kämpfen darum, rechtzeitig fertig zu werden. Keiner weiß, wo die Zutaten sind, und es ist wahnsinnig heiß, weil es keine richtige Lüftung gibt. Alex hält den Eierschäler, ein Spezialwerkzeug, und öffnet ein Ei nach dem anderen. José arbeitet manisch neben ihm, aber sie hinken hinterher. Weit hinterher. Alex steht der Schweiß auf der Stirn, immer wieder wischt er sich die Hände an der Schürze ab, um nicht abzurutschen.

In den vergangenen Tagen hat er Sofi kaum gesehen, und

wenn, dann entweder mit Carol oder Alice oder mit beiden. Sie weiß, dass Emil angerufen hat, aber sie hatten noch keine Zeit, sich richtig zu unterhalten. Er ist nervös, weil er wissen will, wie es mit der Zeitung weitergeht. Nach dem Fest wird Alice wieder viel zu viel Zeit haben, und er weiß, dass ihnen nur noch wenige Tage bleiben, bis sie wieder etwas von ihm will. Er hat ihre geladenen Blicke gesehen, die er absichtlich zu erwidern versucht. Aber die Intensität seiner Arbeit macht es jetzt unmöglich, sich darum zu sorgen, er muss sich auf die Eier konzentrieren, damit nichts schiefgeht.

Die Öfen zischen und rauchen, und er riecht den Duft des gegrillten Lammfilets mit Randen und Wintertrüffeln, das als Hauptgang serviert wird. In der Küche wimmelt es von Kellnern, die angewiesen werden, wie das große Finale des Dinners zu servieren ist: das Dessert aus gegrillter Ananas, die vor den Augen der Gäste mit Rum flambiert wird.

Jemand flucht, und ein Tablett mit Rüben fällt zu Boden. Die Atmosphäre ist so aufgeheizt und gereizt, dass man sie mit Händen greifen kann. Alle haben Mühe, sich in der überfüllten, ungewohnten Umgebung zu konzentrieren, und sie wissen, dass die Gäste bereits in Scharen eintreffen. Alex ist es egal, dass dies ein besonders wichtiger Abend für Alice ist, aber er will Thomas nicht enttäuschen. Die Vorspeise muss unbedingt pünktlich serviert werden, sonst gerät der Zeitplan durcheinander und der ganze Service aus dem Takt.

Sofi schiebt sich an ihm und José vorbei zu den Wasserkrügen. Ein Gefühl der Ruhe breitet sich in ihm aus, als er ihre Nähe spürt. Er sehnt sich danach zu gehen, damit sie eine echte Beziehung haben können. Obwohl sie noch nicht lange zusammen sind, weiß er, dass sie die Richtige ist. Er sucht sie, aber sie ist schon verschwunden. Alex macht sich wieder an die Eier für die Vorspeise, eine Version des Egg royal. Die Eier werden herausgenommen, zubereitet und dann wieder in ihre Schalen gelegt, die perfekt glatte Ränder haben müssen.

Vorsichtig legt Alex eine weitere leere fertige Eierschale in den langen Holzständer. Als er mit der ganzen Reihe fast fertig ist, sucht er nach einem sauberen Handtuch, um sich vor dem letzten Ei die Hände abzutrocknen. José reicht ihm wortlos eines, sie sind heute gut aufeinander eingespielt. Wie immer arbeiten sie schweigend, aber sie lesen fast die Gedanken des anderen. José fängt an, die nächste Charge zu füllen, und Alex holt die Pinzette und die Löffel, die er für den letzten Teil braucht. Wie immer fürchtet er, dass jemand gegen das Gestell mit den Eierschalen stößt, bevor sie fertig sind. Aber er ist froh, dass er heute mit José arbeiten kann. Wenn keine Katastrophe passiert, werden sie rechtzeitig fertig. Er tritt einen Schritt zurück und schaut auf die Eierschalen. Sie müssen sie noch zur Hälfte füllen und dann mit frischem Schnittlauch und russischem Störkaviar belegen. Als Alex sich umdreht, um den Kaviar zu nehmen, sieht er aus den Augenwinkeln, dass José sich umdreht und fünfzig fertige Schalen mit voller Wucht gegen die Wand schleudert. Sie zerbrechen auf der Stelle, keine Schale bleibt heil. Mindestens eine Stunde Arbeit in einer Sekunde zerstört. Alex traut seinen Augen nicht.

»Was zum Teufel machst du da?«, schreit er.

Sein erster Gedanke ist, dass José verrückt geworden ist, eine Art Anfall hatte. Er weiß, was er gesehen hat, aber er will es nicht glauben. Nicht José. Er starrt auf die Eier. Sie werden von vorne anfangen müssen, was bedeutet, dass sich die Vorspeise verzögert. Er erstarrt, als ihm klar wird, dass José mit seiner Sabotage Thomas, Florence und die anderen Kollegen verrät.

Er packt José, härter als erwartet. Trotz des wahnsinnigen Stresses halten alle inne und starren die beiden an. Wenn die Eier nicht fertig werden, wirkt sich das auf die ganze Kette aus, denn sie müssen zuerst raus. Der Aperitif ist fast vorbei, und die Gäste sind gerade dabei, ihre Plätze einzunehmen.

»Was meinst du?«, antwortet José, aber Alex sieht, dass sein Hals knallrot ist und er unter seinen Aknenarben stark errötet.

»Ich habe gesehen, was du getan hast.«

Alex' Stimme ist tiefer als sonst, er erschrickt fast vor sich selbst.

»Was?«

Florence stürzt herbei und betrachtet bestürzt das Chaos auf dem Tisch.

»Aber Alex, was hast du mit deinen Eiern gemacht?«

Alex steht schweigend da, als Florence in einen anderen Teil der Küche gerufen wird. José sieht ihn flehend an, zuckt dann mit den Schultern und flüstert etwas.

»Was hast du gesagt?«

»Tut mir leid, ich konnte nicht ablehnen, als sie mich gebeten hat, dir das Leben besonders schwer zu machen. Du weißt ja, wie sie ist.«

José sieht nicht mehr traurig aus, eher verbittert.

»Du warst sowieso immer der kleine Liebling, glaubst du, ich weiß nicht, dass du mit ihr zusammen warst?«

José wird lauter und spuckt die Worte aus. »Ich habe es genossen, die Schalen zu zerdeppern.«

»Habe ich gerade gehört, dass du Alex absichtlich sabotiert hast?«

Thomas steht hinter ihnen. José wirft ihm einen verächtlichen Blick zu, dann zieht er seine Schürze aus und verlässt die Küche. Irgendwie wirkt er fast erleichtert. Alex kann es nicht glauben. José, den er für seinen Freund hielt. Thomas schaut sich die zerbrochenen Eier an, dann klopft er Alex leicht auf den Rücken.

»Alex, you know I like your work. Ich werde immer ein gutes Wort für dich einlegen, egal was passiert. Es ist nicht in Ordnung, jemanden so zu hintergehen.«

Er wirft einen letzten Blick auf die traurigen Eierreste, seufzt, hebt eine Schale auf und legt sie zurück, bevor er weitergeht. Alex bahnt sich einen Weg zum Kühlschrank, er braucht mehr Eier, er weiß nicht einmal, ob sie ausreichend viele haben, dann putzt er seinen Arbeitsplatz und macht sich wieder ans Werk. Er glaubt, genug Füllung zu haben, aber er braucht noch mindestens fünfzig Schalen, die dann auch noch in den Ofen müssen, um gedämpft zu werden, damit der Inhalt schön cremig wird. Er will José hinterherlaufen und ihn fragen, ob er schon die ganze Zeit Bescheid gewusst hat, eine Erklärung verlangen. Das Stück Plastik, die verwüstete Station. War es José, der ihn sabotiert hat?

Sofi wirft besorgte Blicke in seine Richtung. Fast alle Gäste sitzen inzwischen, sie sind hungrig und warten gespannt auf das, was gleich serviert wird. Alex denkt an das, was Thomas soeben zu ihm gesagt hat. Es ist der rettende Ausweg, auf diese Worte hat er gewartet. Jetzt hat er seine lang ersehnten Referenzen. Was auch passiert, es gibt Hoffnung, wenn er das Nord verlässt.

Sobald er die Vorspeise geschafft hat, wird er mit Sofi sprechen und sie bitten, dem Journalisten Feuer unterm Hintern zu machen. Aber zuerst muss er fast fünfzig Eggs royal innerhalb von wenigen Minuten zubereiten, und er merkt sofort, dass das unmöglich ist. Lisa schiebt sich wortlos neben ihn. Wie immer hat sie ihre Aufgabe, die Dekoration des Desserts, viel schneller als geplant erledigt. Sie nimmt die Schüssel mit der Füllung und beginnt, unglaublich schnell und mit sicherer Hand jede Eierschale gleichmäßig mit der richtigen Menge zu füllen. Lisa ist eine Meisterin des Details und scheint das Tempo und das Verteilen des Kaviars auf jedem Ei fast zu genießen. Sie lächelt ihn aufmunternd an, sie muss gemerkt haben, wie verzweifelt er war.

»Hat geklappt, Alex!«

Als die Kellner mit den Eiern verschwunden sind, umarmt er Lisa. Er fühlt pures Glück. Etwas, das er schon lange nicht mehr gespürt hat. Er denkt an die Gäste, darunter einige der berühmtesten Köche Schwedens, die jetzt im Festsaal sitzen und von seiner Vorspeise naschen. Er kann sie nicht sehen, aber er weiß, dass sie genießen und bewundern, was auf ihren Tellern liegt.

Jetzt, wo die Eier serviert sind, hat er eine lange Pause, und da Lisa schon fertig ist, braucht er ihr nicht mehr zu helfen. Die Küche ist so voll, dass es besser ist, wenn er hier nicht im Weg herumsteht, und als er Sofi sieht, die auch eine Pause zu machen scheint, signalisiert er ihr, dass sie sich unterhalten müssen. Sie führt ihn durch den Durchgang, der zwischen der provisorischen Küche und der Reithalle gebaut wurde, und sie landen in einem Raum, der als Weinlager dient.

»Komm. Ich habe fünf Minuten, dann decken wir für die erste Zwischenspeise. Ich soll sowieso die Flasche holen, die nachher verlost wird.«

Sofi greift nach einer länglichen Holzkiste und stellt sie neben der Tür ab, damit sie nicht vergisst, sie mitzunehmen. Alex sieht, wie gehetzt sie ist. Sein kritischer Moment ist vorbei, aber sie hat noch den ganzen Abend vor sich. Sie ist die ranghöchste Bedienung und diejenige, die dafür sorgen muss, dass alles reibungslos abläuft.

Ein Mikrofon erwacht zum Leben, und Alice begrüßt alle. Noch bevor sie ihre Rede beginnt, brandet Applaus auf. Perfekt, jetzt wissen sie genau, wo sie ist, zumindest für die nächsten Minuten. Alex schließt die dünne Sperrholztür, und die Geräusche von draußen werden leicht gedämpft. Der Geruch von Wellpappe und Pferden sticht in die Nase, und Alex zieht Sofi an sich. Hält sie fest, so fest er kann.

»Was war mit José und den Eiern?«

»Er hat für Alice gearbeitet.«

Sofi sinkt in seine Arme.

»Aber jetzt habe ich eine Empfehlung von Thomas, wir müssen den Artikel so schnell wie möglich veröffentlichen. Dann verlassen wir das Nord, oder?«

Sie nickt entschlossen.

»Ja, genau! Das hat mir der Journalist gegeben.«

Sofi hält ihm einen USB-Stick hin, den Alex entgegennimmt und in der Hand wiegt.

»Als ich ihm von der Kameraüberwachung erzählt habe, wollte er einen Beweis. Mit dem Programm auf dem Stick können wir eine kurze Sequenz von dem aufzeichnen, was wir auf den Bildschirmen sehen. Er sagte, dass die Überwachungsaufnahmen der Enthüllung zusätzliches Gewicht verleihen würden. Wenn wir die Möglichkeit haben, zur Villa zurückzukehren …«

Er nickt und küsst sie sanft, genießt die Berührung ihrer Haut und saugt den Geruch ihres Haares auf. Sie riecht so gut, ihr eigener Duft vermischt sich mit einem schwachen Parfüm und dem Geruch von Rosmarin und Essen. Er will einfach mehr, schöpft Kraft und Hoffnung, wenn er sie in der Nähe hat. Sie hält ihn, streicht mit einer Hand seinen Rücken auf und ab. Das tut ihm so gut, er entspannt sich, fühlt sich innerlich warm. Das Verlangen wächst, als Sofi ihre Hand über die Innenseite seines Oberschenkels gleiten lässt. Zum ersten Mal fühlt er sich sicher, nicht gezwungen. Alice und alles, was sie getan hat, stehen immer noch unausgesprochen zwischen ihnen, aber Sofis Hände wirken heilend, waschen das Unbehagen weg, das Alice' Missbrauch in seinen Körper gepflanzt hat. Noch nie hat er für jemanden so viel empfunden wie für Sofi. Zärtlich erkunden sie sich mit allen Sinnen. Der Kontrast zu den erzwungenen Begegnungen mit Alice könnte nicht größer sein.

Die Zweisamkeit mit Sofi und der Hinweis von Thomas lassen einen Hoffnungsschimmer aufkeimen, dass der Plan tatsächlich funktionieren könnte. Er will nicht an José oder Emil denken, jetzt müssen sie sich darauf konzentrieren, wie sie das Nord verlassen können. Er küsst Sofi auf den Hals, aufs Ohr und will gar nicht mehr aufhören.

Keiner von ihnen merkt, dass Alice' Stimme verstummt und der Applaus verebbt.

Die schmale Tür öffnet sich, und sie zucken zusammen.

Alice schaut sie einen Moment an, dann beugt sie sich wortlos vor und hebt die Kiste mit dem Wein hoch.

»Du hast vergessen, mir die Flasche zu bringen, Sofi. Wir werden sie jetzt verlosen«, sagt sie mit neutraler Stimme und schließt die Tür hinter sich.

Alex und Sofi sehen sich besorgt an, dann eilt er in die Küche, und sie verschwindet wortlos in der Reithalle.

32

Es ist Montag, und nach dem Zwischenfall im Weinlager am Samstag hat Alex Sofi nicht mehr erreichen können. Alle sind in der Küche, um das Wochengericht vorzubereiten und die Utensilien wegzuräumen, die aus der provisorischen Küche zurückgebracht worden sind. Plötzlich ruft Florence, dass Alex ins Büro gehen soll. Ihre Stimme ist krächzend, und sie verschwindet im Speisesaal, ohne ihm zu sagen, worum es geht. Er legt das Messer weg und geht die paar Meter ins Büro, erfüllt von einer düsteren Vorahnung. Vielleicht ist es Emil, der einen weiteren Kontaktversuch unternimmt und diesmal nüchterner ist.

Gestern waren alle angewiesen worden, nach dem Fest aufzuräumen, und da Alice mit Carl zur Ostermesse in der alten Kirche von Åre gegangen war, hätten er und Sofi die perfekte Gelegenheit gehabt, sich einen Beweis für die Überwachung zu beschaffen. Aber Sofi tauchte nicht auf, und keiner, den Alex fragte, wusste, wo sie war. Er schrieb SMS, rief an und wartete auf eine Nachricht auf ihrem geheimen Handy. Er überlegte sogar, zu ihr nach Hause zu fahren, entschied sich dann aber zu warten. Sowohl Carol als auch Florence hatten gestern frei, sie sind hochrangige Angestellte und werden mit Aufräumarbeiten nicht behelligt, also konnte er sie nicht fragen.

Obwohl er und Sofi beschlossen haben, sich nur im Notfall zu melden, muss er wissen, ob mit dem Journalisten alles in Ordnung ist. Jetzt wird er richtig nervös und kann nur hoffen, dass alles nach Plan läuft.

Im Büro sitzt Carol vor dem Computer. Sie bittet ihn nicht, sich zu setzen, schaut nicht einmal auf, sondern zwingt ihn, stehen zu bleiben und zu warten. Dann schaut sie ihn endlich an, aber anstatt ihn wie üblich anzuschreien, entschuldigt sie sich fast, bevor sie zu sprechen beginnt.

»Also, Alex. Für den restlichen Sommer hat sich einiges geändert.«

Sie hält inne und nestelt an ein paar Papieren herum, er sieht, wie ihre Hände zittern. Er merkt, dass sie verlegen ist, versteht aber nicht, warum. Sie vermeidet es, ihm in die Augen zu sehen.

»Sofi Stenström arbeitet hier nicht mehr.«

Es ist ein merkwürdiger Moment, als sie endlich aufschaut und sie sich schweigend anstarren.

»Es hat sich leider herausgestellt, dass … Weinflaschen aus dem Keller verschwunden sind, und zwar nicht irgendwelche.«

Alex würde am liebsten über den Schreibtisch springen, um ihr den Hals umzudrehen, zwingt sich aber, keinen Muskel zu rühren. Da kommt sie, die Strafe von Alice.

»Willst du mich verarschen? Du weißt so gut wie ich, dass Sofi nie Wein gestohlen hat, dass es hier um ganz andere Dinge geht.«

Carol sieht ihn an. Er versteht, dass sie das nicht machen will. Sie und Sofi sind Kolleginnen und arbeiten seit Jahren eng zusammen. Alice muss sie dazu gezwungen haben.

Carol sieht traurig aus, antwortet nicht, fährt aber fort, als würde sie einen auswendig gelernten Text vortragen.

»Ich wurde auch gebeten, dich über deine neue Position zu informieren, du weißt schon, als persönlicher Assistent von Alice.«

Sie sagt etwas darüber, dass er natürlich Referenzen von ihnen bekommt, wenn er in Zukunft wieder als Koch arbeiten wolle, dass Thomas ihm das schon versprochen habe. Aber Alex hört kaum, was sie sagt, er will nur noch weg hier. Er muss Sofi finden. Carol spricht immer schneller, als wolle sie das Ganze so rasch wie möglich hinter sich bringen.

»Dein Arbeitsverhältnis als Angestellter im Nord endet sofort. Und du wirst sofort deine neue Stelle antreten, was bedeutet, dass du Alice bei der Fuchsjagd hilfst, die heute Nachmittag beginnt.«

Er will protestieren, aber er zwingt sich, ruhig zu bleiben, schluckt, und seine Kehle schnürt sich zu. Die Situation ist ausweglos. Wenn er jetzt ausflippt, ist sein Leben für immer ruiniert. Das weiß er. Carol sieht ihn an und versucht gar nicht mehr, die Fassade aufrechtzuerhalten. Seufzend schiebt sie ihm einen Zettel zu, auf dem seine gefälschte Unterschrift steht. Er könnte ablehnen. Thomas' Referenzen nehmen und sofort gehen. Aber er traut sich nicht, er weiß nicht, wo Sofi ist. Außerdem macht er sich Sorgen um seine Familie. Was wird aus Edith, wenn er jetzt das Nord verlässt? Vielleicht hat Alice sie schon in ein Flugzeug nach Frankreich gesetzt. Carol fährt fort, als sie ihn zögern sieht.

»Alice sagt, sie sei froh, dass du den Vertrag schon unterschrieben hast, der, wie du weißt, eine Vertraulichkeitserklärung enthält. Sie sagt, ihr trefft euch heute um Punkt drei Uhr in deinem Zimmer, um alles durchzugehen, was neu ist.«

Alex geht langsam aus dem Büro. In seinem Kopf überschlagen sich die Gedanken, während er versucht, alles zu verarbeiten, was Carol ihm gerade erzählt hat. Er kann nicht aufgeben, egal wie der Artikel aussehen wird, er muss jetzt etwas finden, womit er gegen Alice vorgehen kann. Auf dem Weg nach draußen kommt er an der Tür zum Speiseraum vorbei und sieht sie durch die Scheibe. Alice sitzt mit Florence am Tisch und wirkt entspannt. Sie lacht. Entschlossenheit keimt in ihm auf, und er denkt fieberhaft nach. Jetzt, wo Sofi weg ist und er nicht weiß, was der Journalist vorhat, muss er auf eigene Faust etwas organisieren. Er braucht jede Garantie, die er bekommen kann. Er hofft, dass Sofi das genauso sieht und den vereinbarten Prozess in Gang gesetzt hat.

Die exklusive Fuchsjagd beginnt heute Nachmittag, und nun ist er offiziell Alice' Spielzeug, bis sie genug hat und ihn wegwirft. Er traut niemandem in der Küche und fragt sich, ob sie schon wissen, was vor sich geht. Wahrscheinlich haben die meisten nur das Gerücht gehört, dass Alice sich eine Weile mit den jungen, gut aussehenden Angestellten amüsiert und dann, wenn sie das Interesse verliert, weiterzieht.

Er weiß, was er zu tun hat. Er hat weniger als zwei Stunden bis drei Uhr. Er verlässt die Küche und geht auf sein Zimmer. Im Bad öffnet er sein Messeretui und steckt das Geheimtelefon und die anderen Dinge, die Sofi ihm gegeben hat, hinein. Dann geht er wie in Trance zurück in die Küche, nickt einigen Kollegen zu, als hätte er einen Auftrag erhalten, nimmt einen Kasten Bier in die Hand und geht weiter zum Kücheneingang der großen Villa. Erst da merkt er, dass er keinen Schlüssel hat. Fast will er kehrtmachen, was hat er sich nur dabei gedacht, aber dann denkt er an Sofi und geht mit festen Schritten zum Kellereingang und legt vorsichtig eine Hand auf die Klinke. Jetzt hat er nichts mehr zu verlieren. Zu seiner Überraschung öffnet sich die Tür. Er zieht sie zu sich heran. Die Tatsache, dass sie nicht verschlossen ist, bedeutet nicht unbedingt, dass Alice oder Carl drinnen ist, es könnte genauso gut jemand vom Personal im Haus sein. Er geht hinein, muss das Risiko eingehen.

Wieder steht er im Keller und lauscht. Im Haus ist es still. Er stellt den Bierkasten ab, den er mitgenommen hat, falls jemand fragt, was er dort will, nähert sich der kleinen Tapetentür, die zum Kontrollraum führt, und schlüpft hinein. Er sucht nach einem USB-Anschluss am Desktop-Computer, findet aber zunächst keinen und gerät in Panik. Schließlich entdeckt er eine kleine Klappe, die sich öffnet. Da sind Buchsen für alle möglichen Kabel und zwei Anschlüsse, die funktionieren könnten.

Er drückt den Stick mit der Software in den Anschluss, dann nimmt er sein geheimes Handy und startet die App, die mit dem Programm verbunden ist. Auf dem Bedienfeld schaltet er alle Kameras aus, bis auf die sechste, die sein Zimmer zeigt, um sicherzugehen, dass die entsprechende Kamera aufgezeichnet wird. Er hofft inständig, das Richtige zu tun. Und dass es funktioniert.

Er überprüft noch einmal alles und lugt dann in den Keller. Es ist so still wie vorher. Wenn jemand zu Hause ist, dann wahrscheinlich in einem der oberen Stockwerke. Er schleicht hinaus, schließt die Tür zum Kontrollraum hinter sich und geht schnell zur Tür.

Als er die Klinke herunterdrückt und gerade rausgehen will, hört er eine bekannte Stimme hinter sich.

»Suchst du Alice?«

Alex dreht sich langsam um und sieht eine angelehnte Tür. Sie war vorher verschlossen gewesen, er hatte angenommen, sie führe zu einer Toilette oder einem anderen Abstellraum. Stattdessen sieht er ein Wohnzimmer mit großen Ledersesseln, Decken und Stofftieren an den Wänden. Im größten Sessel gegenüber der Tür sitzt Carl mit einer Flasche Macallan M Decanter und einem vollen Glas vor sich.

»Komm rein und setz dich, Alex.«

Carl deutet auf einen Stuhl, steht auf und holt ein weiteres Glas von einem Getränkewagen, gibt Eiswürfel hinein und füllt es bis zur Hälfte, bevor er zurückkehrt und sich wieder hinsetzt. Alex setzt sich gehorsam ihm gegenüber, sein Kopf ist völlig leer, das Adrenalin rauscht. Carl schiebt ihm das Glas hin, und Alex trinkt, obwohl er eigentlich keinen Whisky mag. Es ist sowieso alles vorbei, er kann genauso gut mit Carl trinken, wegrennen hat keinen Sinn. Carl trägt eine Cordhose, eine braune Jacke mit Flicken an den Ellbogen und eine Brille mit Bügeln in Schildpattmuster. Seine Haare sitzen wie immer perfekt, und für einen Moment erinnert er ihn an seinen Großvater, der starb, als Alex noch klein war. Er wirkt einfach sympathisch, und Alex fragt sich, was aus ihm geworden wäre, wenn er Alice nicht geheiratet hätte.

»Ich bin froh, dass du gekommen bist, damit wir reden können. Das hatte ich ohnehin bald vor.«

»Ja, nun, ich habe Bier vorbeigebracht, da war jemand in der Küche, der …«

Carl wirkt amüsiert, stellt sein Glas auf einen Untersetzer mit Jagdmotiv. Alex unterbricht sich. Er fragt sich, ob Carl ihn im Kontrollraum gehört hat oder nicht.

»Miteinander reden, ohne dass Alice dabei ist.«

Alex weiß, dass er rot wird. Carl räuspert sich und sieht Alex direkt in die Augen.

»Ich hoffe, wir können uns gegenseitig helfen, du und ich.«

Alex schaut ihn fragend an und versteht nicht, was er meint.

»Weißt du, nach zwanzig Jahren Ehe kenne ich meine Frau ziemlich gut. Viele Jahre lang habe ich mich geweigert, ihre Schwächen zu sehen. Sie hat sie selten gezeigt, jedenfalls nicht mir gegenüber. Ich konnte nicht verstehen, warum mein Sohn Theodor sie so hasste, und es ist mein größter Kummer, dass es ihr so geschickt gelungen ist, mich gegen ihn aufzubringen. Da war seine Mutter gerade gestorben.«

Alex antwortet nicht, und Carl steht auf, um sein Glas zu füllen. Obwohl er sich geschmeidig bewegt, sieht Alex, dass er mit einem Bein leicht hinkt. Wenn er müsste, könnte er Carl leicht davonlaufen, und er stellt sich vor, wie er direkt in den Wald rennt, sich zwischen den Bäumen versteckt und im Schnee verschwindet.

»Du hast schon herausgefunden, dass du nicht Alice' erstes Spielzeug bist, oder? Aber vielleicht das klügste, jedenfalls bis jetzt. Du bist ja immer noch hier, im Gegensatz zu den anderen.«

Carl hält inne und lacht trocken.

»Sei froh, dass du nur ein paar Monate gebraucht hast, um herauszufinden, wofür ich viele Jahre gebraucht habe. Vor

Silvester hätte sie es fast geschafft, frag mich nicht, was sie in letzter Sekunde umgestimmt hat.«

Carl sieht seine Verwirrung und fährt fort, scheinbar amüsiert über die eigenen Worte.

»Die Haselnuss? Und die Adrenalinspritze, mit der sie mich gerettet hat. Dir hätte man die Schuld gegeben, so war es geplant, also solltest du vielleicht froh sein, dass es so gekommen ist.«

Alex blickt wie versteinert zu Carl hinüber, der an seinem Whisky nippt.

»Aber Theodor und ich haben uns wieder vertragen, und nur das zählt.«

Dann stellt er das Glas ab, steht schnell auf und geht hinaus auf den Flur, wobei er Alex bedeutet, ihm zu folgen. Carl zieht seine Jacke an, öffnet einen Waffenschrank und holt ein Gewehr heraus, das er sich über die Schulter wirft. Alex fragt sich, ob es geladen ist. Carl schaut Alex eindringlich an, als wolle er sich vergewissern, dass er zuhört, während er sein Halstuch bindet. Dann geht er ein paar Schritte auf Alex zu, der unwillkürlich zurückweicht.

»Mein Sohn und ich versuchen schon lange, Alice dazu zu bringen, in die Scheidung einzuwilligen, und ich weiß, dass sie mich loswerden will, aber ich habe keine Beweise. Wahrscheinlich hat sie sich nur kurz zu mir hingezogen gefühlt, bevor ihr Interesse an meinem Geld die Oberhand gewann. Ich dachte, es wäre möglich, Beweise zu sammeln, wenn wir zusammen wegfahren, aber das ist nicht passiert.«

Carl seufzt, und Alex glaubt fast, dass er traurig aussieht. Er weiß nicht, was er sagen soll, und hört einfach zu, während Carl weiterredet.

Carl schnaubt und schiebt das Gewehr zurecht, das über seiner Schulter hängt. Jetzt hat er sich so weit vorgebeugt, dass Alex seinen heißen Atem spüren kann, aber er wagt keinen Schritt in Richtung Tür. Carl weicht ein Stück zurück und lehnt sich an den Türpfosten. Er nestelt an seinem Gewehr herum, und seine Stimme klingt etwas förmlicher, als er fortfährt.

»Du fragst dich wahrscheinlich, warum ich dir das alles erzähle. Also: Ich möchte, dass du etwas für mich tust. Meine Frau weigert sich, einer Scheidung zuzustimmen. Ich brauche etwas *Handfestes*, damit ich ihr keinen Cent geben muss, wenn ich es endlich geschafft habe, sie aus meinem Leben zu vertreiben. Alice hatte schon immer eine Vorliebe für Menschen, die sie leicht manipulieren kann, und ich weiß, wie das ist. Deshalb werde ich darüber hinwegsehen, dass du in mein Haus eingebrochen bist und mit meiner Frau geschlafen hast, wenn du mir einen Gefallen tust. Wenn du das schaffst, kannst du das Nord mit einem garantiert guten Empfehlungsschreiben von mir verlassen, vielleicht sogar mit einem netten kleinen Betrag zu einem Neuanfang, von dem ich weiß, dass ihr kleinen Köche ihn gernhabt. Das hängt vom Ergebnis ab, das du erzielst.«

Alex, der während des ganzen Gesprächs kein Wort gesagt hat, nickt nur und trifft eine Entscheidung. Jetzt, wo Sofi weg ist, muss er Carl in den Plan einweihen.

»Ich glaube, ich kann dir helfen. Wenn alles so läuft, wie ich hoffe, habe ich in ein paar Stunden etwas.«

Carl wartet darauf, dass er fortfährt. »Ich habe etwas, von dem ich hoffe, dass es funktioniert …«

Carl sieht erfreut aus, als Alex seinen Plan erklärt. Sie tauschen einen seltsam vertraulichen Blick aus, dann schaut Carl auf seine Armbanduhr und öffnet die Tür nach draußen.

»Das klingt gut, aber vergiss nicht, dass du mir etwas bringen musst, das ich gebrauchen kann.«

Alex nickt, obwohl er keine Ahnung hat, wie er das anstellen soll. Er muss einfach darauf vertrauen, dass die Technik, die er in Alice' Überwachungssystem eingebaut hat, funktioniert. Carl gibt ihm seine E-Mail-Adresse, und Alex speichert sie in der App auf seinem Handy.

»Ich gehe davon aus, dass wir in Kontakt bleiben, wenn es

nötig ist, und wenn ich dich jemals brauche, um vor einem Anwalt unter Eid auszusagen, möchte ich, dass du zur Verfügung stehst.«

Er wirft Alex einen letzten Blick zu, bevor er mit der Waffe über der Schulter verschwindet.

»Dieses Gespräch hat natürlich nie stattgefunden. Liefere mir, was ich brauche, und dann verschwindest du schleunigst von hier.«

33

Es ist drei Minuten vor drei, als Alex die Zimmertür öffnet. Auf dem kurzen Weg von der Villa zum Personalhaus sind ihm tausend Gedanken durch den Kopf geschossen. Er hat so viel, wofür es sich zu leben lohnt, und er will wirklich leben, nicht nur überleben, wie er es in den letzten Monaten getan hat. Er wird das beschaffen, was Carl verlangt hat, und dann wird er direkt zu Sofi fahren. Bald ist es endlich Alice und nicht mehr er, der in einer Falle sitzt, aus der es kein Entrinnen gibt.

Er schickt Sofi von dem geheimen Telefon eine SMS, dass er kommt, sobald er alles hinter sich hat. Wenn er Glück hat, läuft bei Sofi alles rund, und wenn das der Fall ist, bekommt Alice bald, was sie verdient. Alex denkt an Emil und Gabriel und an José, der auch ausgenutzt wurde. Das muss er jetzt in Ordnung bringen, zum Wohle aller.

Als er den Raum betritt, ist er verwirrt. Er war sich sicher, dass Alice auf dem Bett liegen oder vielleicht in einer aufreizenden Position in einem Sessel sitzen würde, mehr oder weniger unbekleidet. Stattdessen steht sie mit dem Rücken zu ihm am Fenster. Das bringt ihn aus dem Konzept. Die Kamera erfasst nicht den ganzen Raum, und er ist sich ziemlich sicher, dass sie gerade nicht im Bild ist. Jetzt muss er sie weiter in den Raum locken und sie dazu bringen, etwas zu sagen, das gegen sie verwendet werden kann, etwas, das Carl liefert, was er braucht. Außerdem müssen sie laut genug sprechen, damit der Ton auf dem Band zu hören ist. Er erinnert sich, dass es ein wenig rauschte, als er Florence summen hörte. Er weiß nicht genau, wie er es anstellen soll, er weiß nur, dass er es schaffen muss. Dass dies seine einzige Chance ist, wenn er eine Zukunft als Koch haben will, ein Leben mit Sofi und eine wirkliche Rückkehr zu seiner Familie. Es sei denn, er will so enden wie Emil oder, noch schlimmer, wie Gabriel.

In letzter Zeit war sie unzufrieden mit ihm, und er hofft, sie dazu zu bringen, die Beherrschung zu verlieren, damit sie etwas sagt oder tut, was Carl nützt. Aber zugleich weiß er, dass sie ihm immer einen Schritt voraus ist, und im Moment scheint es ein Ding der Unmöglichkeit zu sein, zu erreichen, dass sie auch nur eine ihrer Kontrollschichten aufgibt.

Er geht ins Zimmer und schließt die Tür ab. Dann setzt er sich aufs Bett und wartet, aber Alice dreht sich nicht um. Sie steht nur da, mit dem Rücken zu ihm. Alex wird immer unsicherer, was er tun soll. Er stellt sich vor, dass sie weiß, dass er im Haus war. Dass er mit Carl gesprochen hat. Sie weiß alles, wie immer, von Anfang an.

Gerade als er aufstehen und zu ihr gehen will, dreht sie sich um, und er ist erleichtert, als sie weiter ins Zimmer geht und sich neben sein Bett stellt.

»Es ist so schön draußen, ich sehne mich nach Sonne und Wärme.«

Ihr Blick kreuzt seinen, und die Gedanken an Kontrollverlust sind wie weggeblasen. Alles, woran er denken kann, ist, dass er allein in der Personalunterkunft ist und dass er die Tür abgeschlossen hat. Sein luxuriöses Zimmer fühlt sich wie eine Zelle an, die Wände bewegen sich langsam auf ihn zu. Vor seinem geistigen Auge sieht er seinen Körper leblos zwischen den Laken des Bettes liegen. Er kommt in die Realität zurück und hört seinen eigenen Atem, als sie sich neben ihn setzt.

»Wir bleiben in Åre bis zum 30. April, also Walpurgis, wenn das Nord bis zur nächsten Saison schließt, dann fahren wir ans Mittelmeer, wo deine Schwester zu uns stoßen wird. Ich freue mich schon auf Edith.«

»Ich möchte, dass du meine Familie in Ruhe lässt.«

Alice ist sofort verärgert, und in ihm keimt Hoffnung auf. Vielleicht wird es leichter, sie aus der Fassung zu bringen, als er dachte.

»Ich dachte, wir hätten das Thema geklärt, Alex.«

Er wirft einen Köder aus, um zu sehen, ob sie anbeißt.

»Du weißt nicht, wie es ist, eine richtige Familie zu haben, du hast ja die von Victoria übernommen.«

Sie schaut überrascht, aber mehr auch nicht. Er hatte auf eine stärkere Reaktion gehofft und sucht verzweifelt nach Themen, um das Gespräch in die richtige Richtung zu lenken.

»Du bist nicht echt, du kaufst dir die Leute nur, damit sie dich lieben.«

Alice lächelt, als schaue sie einem Theaterstück zu und frage sich, was der Schauspieler wohl als Nächstes tun wird. Alex fühlt sich wie ein Kind, als er hört, wie lächerlich er klingt, und seine Stimme zittert. Er wünscht sich, Sofi wäre hier, um ihm ins Ohr zu flüstern, was er sagen soll. Alice lehnt sich in die Kissen zurück und unterdrückt ein Gähnen. Es scheint nicht zu funktionieren. Er muss einen anderen Weg wählen.

»Mit Sofi bist du gescheitert.«

Er glaubt, einen Schatten über ihr Gesicht huschen zu sehen.

»Sofi? Ihre Familie liebt mich. Es ist eine Schande, dass sie gehen musste, sie war wirklich loyal, bis sie zu einer gewöhnlichen Weindiebin wurde.«

»Loyal? Du kaufst Menschen, dann tun sie so, als würden sie dich lieben. Hast du Emil auch gekauft? Aber mich kannst du nicht kaufen! Ich gehöre dir nicht, verstehst du? Ich hasse dich!«

Er hört, wie er fast schreit, und er weiß, dass sie versteht, dass er jedes Wort ernst meint. Jetzt ist sie wütend, aber er muss sie noch mehr anstacheln, wenn er eine Chance haben will, dass sie etwas sagt, was sie später bereut. Sie richtet sich auf, ihr Rücken ist gerade wie ein Brett und ihre Stimme eiskalt, als sie antwortet.

»Hey, du sollst wissen, dass du mir gehörst und dass alles, was ich haben will, mir gehört, ganz Åre! Und Emil, wenn du wirklich wissen willst, wo er ist, kann ich dir sagen, dass du ihn bald wiedersehen wirst. Er wartet auf dich in meiner Villa in Cagnes-sur-Mer, meinem eigenen Haus, von dem Carl nichts weiß, du brauchst dir also keine Sorgen um ihn zu machen. Emil würde alles für mich tun.«

Er muss sie dazu bringen, mehr von Emil und von Gabriel zu erzählen. Alex denkt an die Stimmen, die er im Hintergrund gehört hat, als Emil angerufen hat. Er ist sich ziemlich sicher, dass es Engländer waren. Jemand fragte Emil auf Englisch, ob es ihm gut gehe, bevor Emil sagte, er sei draußen, und der Anruf unterbrochen wurde. Er beschließt, es zu riskieren, und versucht, seine Stimme zu beruhigen, bevor er antwortet.

»Ich dachte, Emil wäre in England.«

Alice' Gesicht wird weiß. Endlich hat er es geschafft, sie zu schockieren.

»Hast du mit Emil gesprochen?«

Alex zuckt mit den Schultern und sieht, dass ihre Gehirnzellen auf Hochtouren arbeiten. Dann lehnt sie sich wieder zurück und schaut ihn amüsiert an. Er weiß, dass sie im Bild ist, der Winkel ist perfekt.

»Okay, kleiner Mann. Du willst die ›Wahrheit‹ wissen, geht es darum bei diesem kleinen Ausbruch? Emil hatte Schulden und war schwer drogenabhängig. Ich habe ihm geholfen, und danach war er wie besessen von mir. Ich habe ihm die Chance gegeben, neu anzufangen, ihm eine neue Identität gegeben.«

»Warum?«

Alice sieht ihn an, scheint ehrlich überrascht, dass er es nicht versteht. Es sieht so aus, als halte sie ihn für dumm.

»Er hat sich über etwas aufgeregt, das er für mich getan hat, aber er hat sehr undankbar reagiert, als ich ihm dabei geholfen habe.«

Alex denkt an Emils Pass, den er im Schrank gefunden hat.

»Da wir jetzt viel Zeit miteinander verbringen werden, können wir uns vielleicht darauf einigen, in Zukunft auf diese kleinen dramatischen Ausbrüche zu verzichten. Ich habe Emil in Monaco kennengelernt.«

Sie lächelt ihn an und fährt in lockerem Ton fort.

»Er hatte hohe Schulden und wollte zurück in die schicken Bars, in denen er gearbeitet hatte, bevor er spielsüchtig geworden war. Zuerst bekam er einen Job hier im Nord, dann hatte ich einen Job, den ich erledigen musste, und er bot mir an, ihn für mich zu übernehmen. Also haben wir uns darauf geeinigt, dass er die Probleme mit einer Person löst, die mir Unannehmlichkeiten bereitet hat und versucht hat, Geld von mir zu erpressen. Natürlich wurde er für seine Arbeit gut bezahlt.«

Alex versucht, so naiv wie möglich auszusehen, als würde er wirklich nicht verstehen, was sie meint, obwohl er endlich begreift, wie alles zusammenhängt.

»Wer?«

Alice verdreht die Augen.

»Gabriel, ein hinterhältiger Kerl, von dem du froh sein kannst, dass du ihm nie begegnet bist. Er hat mich bedroht und gesagt, er würde der Klatschpresse erzählen, wer ich wirklich bin. Wer tut so etwas jemandem an, der so großzügig war wie ich zu ihm? Du verstehst sicher, dass ich ihn damit nicht davonkommen lassen konnte.«

Alex weiß, dass er mehr braucht, er muss es von ihr hören.

»Was meinst du?«

Alice, offenbar wütend über seinen trägen Intellekt, beugt sich vor und packt ihn an den Schultern.

»Ich habe dafür gesorgt, dass Emil ihn mir vom Hals schafft, verstehst du? Und das ist die eigentliche Lektion, die du zu lernen hast. Ich glaube, du warst in letzter Zeit nicht sehr dankbar, und ich hoffe wirklich, dass du an deiner Einstellung arbeitest, damit wir einen schönen Sommer zusammen verbringen können.«

Alice steht auf und macht sich vor dem Spiegel die Haare zurecht. Alex hofft, dass sie immer noch im Bild ist, er will unbedingt, dass sie weiterredet.

»Erst lief alles gut. Emil konnte mein kleines Problem lösen, aber dann kam die Polizei und fing an, Fragen zu stellen. Emil hatte den Job nicht so sauber erledigt, wie ich gehofft hatte, also dachte ich, es wäre besser, wenn er für eine Weile verschwindet.«

Alex sitzt wie gelähmt da. Alice hat Emil einen Autounfall inszenieren lassen, damit Gabriel dabei ums Leben kommt. Und es berührt sie kein bisschen. Alice dreht sich zu ihm um und lächelt ihn an.

»Mach dir keine Sorgen! Emil weiß, dass er Probleme hat und dass nur ich ihm helfen kann. Wenn ihm das Geld ausgeht, kommt er zurück, und wir werden den Sommer zu dritt verbringen. Es macht nichts, wenn er sich für eine Weile davonschleicht. Er kommt immer zu mir zurück. Übrigens, kennen er und Edith sich von früher?«

Alex dreht sich der Magen um, als er begreift, worauf sie anspielt, auch wenn ihre Stimme bei der letzten Frage unschuldig klingt. Dann scheint sie vor dem Spiegel fertig zu sein, setzt sich neben ihn aufs Bett und nimmt seine Hand. Obwohl er sie wegziehen möchte, konzentriert er sich darauf, die Hand dort zu lassen, wo sie ist. Alice' Stimme ist sanft, wie die einer Mutter, die ein kleines Kind in den Schlaf wiegt.

»Ein Unfall passiert so schnell. Und ich mag dich wirklich, Alex. Du leistest Widerstand, aber bitte, sorg dafür, dass es in einem vernünftigen Rahmen bleibt. Und natürlich hasst du mich nicht, oder?«

Sie streicht sich eine Haarsträhne aus der Stirn und steht

auf, um zu gehen. Dann wird ihre Stimme wieder hart, und sie klingt entschlossen, als sie fortfährt.

»Ich werde mich jetzt für die Jagd fertig machen, und ich schlage vor, du tust das Gleiche. Wir sehen uns in einer halben Stunde, zieh dich warm an.«

Sobald sie den Raum verlassen hat, stürzt er zur Tür, schließt ab, reißt das Handy aus dem Messeretui und klickt auf die Aufnahme-App, die mit Alice' Überwachungssystem verbunden ist. Sie zeigt nichts an. Er klickt verzweifelt, hat Angst, aus Versehen etwas zu löschen. Dann sieht er, dass es doch funktioniert hat. Eine längere Sequenz scheint aufgenommen, aber noch nicht hochgeladen worden zu sein. Er dachte, das würde automatisch passieren, aber vielleicht ist es die Wi-Fi-Verbindung, die den Prozess verlangsamt. Der Upload scheint unglaublich langsam zu sein, aber sein Plan ist aufgegangen. Jetzt hat er etwas, das er Carl geben kann, das ihm bei der Scheidung helfen wird, und das er benutzen kann, um Alice in Schach zu halten, falls sie seine Familie wieder bedroht. Egal, was mit dem Journalisten passiert. Obwohl Alice Kontakte zur Polizei hat, will sie bestimmt nicht, dass die Aufnahme im Internet veröffentlicht wird. Er weiß schon lange, dass sie krank ist, aber dass sie so krank ist, jemanden umbringen zu lassen, das hätte er nicht gedacht.

Der Upload dauert an, und das frustriert ihn. Er will unbedingt zu Sofi, traut sich aber nicht, den Hof zu verlassen, bis er sicher ist, dass alles funktioniert hat und sie den Film haben. Widerwillig beginnt er, sich für die Jagd anzuziehen. Es ist besser, Alice in dem Glauben zu lassen, dass er mitkommt, sie darf auf keinen Fall ahnen, dass er abhauen will. Er nimmt seine Uhr ab, bereut es aber sogleich und legt sie wieder an, obwohl sie sich eher wie eine Handschelle anfühlt. Wenn er es schafft, hier rauszukommen, kann er sie vielleicht verkaufen, viel Geld hat er nicht. Wer weiß, ob Carl ernst gemeint hat, was er gesagt hat, und außerdem hat er bald keinen Job mehr. Er atmet tief durch, fühlt sich so klar im

Kopf wie schon lange nicht mehr, so ruhig. Es ist besser gelaufen, als er gehofft hatte, aber jetzt muss er sich beeilen. Das Jagdteam wird den ganzen Tag im Wald sein, und er weiß, dass Alice nicht von den Jagdplänen abweichen wird. Wenn er und Sofi so schnell wie möglich aufbrechen können, haben sie einen Vorsprung, bevor Alice merkt, dass sie weg sind. Widerwillig zieht er Schicht für Schicht die wärmsten Sachen an, die er hat. Hoffentlich ist die Aufnahme bald vollständig hochgeladen, damit er zu Sofi kann, aber bis dahin muss Alice darauf vertrauen, dass er sich auf ihren Plan einlässt.

34

Draußen im Hof sieht er, wie Alice die wenigen Auserwählten nach Reichtum und Rangnummer im Adelskalender einteilt. Der Fuchs ist hauptsächlich nachtaktiv, aber die Jagd beginnt heute Nachmittag. Sie werden über das weite Jagdrevier verstreut sein, und je weniger es bei jedem Durchgang sind, desto leichter wird es natürlich sein, den Fuchs anzulocken, denn man darf nur so wenig Lärm wie möglich machen. Alice ist rot im Gesicht von der Kälte, sie scheint in ihrem Element zu sein und lächelt ihn an, als sie ihn auftauchen sieht. Wie immer tut sie so, als sei nichts geschehen.

Als Alex zum ersten Mal von der Fuchsjagd hörte, sah er Pferde und Hunde vor sich, große Menschenmassen, die sich durch den Wald kämpfen, aber anscheinend ist es komplizierter. Sie werden eine Lockjagd veranstalten, bei der die Füchse mit verschiedenen Rufen angelockt werden, und die Hunde sind nicht dabei, weil der Schnee im Wald noch zu tief ist, als dass sie durchkommen könnten.

Er beobachtet Gitt und einige der Jäger, aber keiner nimmt Notiz von ihm. Die Wagen mit dem Proviant sind gepackt, alles ist vorbereitet, er merkt, dass sie zum Aufbruch bereit sind. Er wirft einen Blick auf die Tasche, in der er sein Handy versteckt hat. Der Film ist immer noch nicht hochgeladen oder an eine der angegebenen E-Mail-Adressen geschickt worden. Er hat die App so eingestellt, dass der Film an Carl, ihn selbst und Sofi geschickt wird. Ihm wird kalt. Er will nicht in den Wald gehen, aber er kann nicht von hier abhauen, bevor er weiß, ob der Plan funktioniert hat.

Vorsichtig geht er auf einen freien Platz zu, hinter einem Mann, der auf einem Motorscooter sitzt.

»Alex!«, ruft Alice ihm zu.

Zögernd dreht er sich in ihre Richtung und sieht, wie sie ihm zuwinkt. Alice macht ein paar schnelle Schritte auf ihn zu und zieht ihn zu der Gruppe von Männern und Frauen in Jagdkleidung. Sie lächelt, als sie ihn triumphierend und mit lauter Stimme vorstellt.

»Das ist Alex, mein neuer Assistent.«

Die anderen nicken höflich. Obwohl er spürt, wie Wut in ihm aufsteigt, zwingt er sich, ruhig zu bleiben, aber es ist, als könne Alice seine Gedanken lesen. Kaum hat er sich wieder auf den Weg zu dem freien Platz auf dem Scooter gemacht, ruft sie ihn zurück.

»Du fährst mit mir«, sagt sie laut, fast demonstrativ.

Er traut sich nicht, das Telefon noch einmal hervorzuholen, will nicht, dass sie weiß, dass es existiert und was darauf gespeichert ist. Er redet sich ein, dass er nur noch ein bisschen abwarten muss. Er weiß nicht genau, wohin sie im Jagdrevier gehen, wie weit er vom Dorf entfernt sein wird, aber das macht nichts. Sobald er den Film hat, wird er losrennen, auch wenn das bedeutet, dass er mehrere Kilometer durch den Wald laufen muss. Er schlendert so langsam wie möglich zum Motorschlitten, wo sie auf ihn wartet. Dann geht er das Risiko ein. Er greift in seiner Hosentasche ein letztes Mal nach seinem Handy, wendet sich für einen Moment von Alice ab. Unauffällig drückt er auf die App, obwohl es riskant ist. *Noch nicht hochgeladen.*

Alice ruft ihn noch einmal, sie wird ungeduldig. Schließlich muss er sich hinter sie setzen. Er denkt, dass er wenigstens nicht allein mit ihr sein wird, und stellt sich vor, wie die anderen ihn und Alice beobachten, während sie wegfahren. Der Gedanke, bald frei zu sein, tröstet ihn, und er schöpft Hoffnung, als sie auf dem Scooter losfahren und im Wald verschwinden. Da merkt er, dass etwas nicht stimmt. Die anderen fahren in eine andere Richtung.

Nun ist er doch wieder mit Alice allein.

Sie haben die Scooter längst zurückgelassen und sind schon gefühlt Stunden unterwegs, als Alice vor ihm auf dem Waldpfad stehen bleibt und lauscht. Um sie herum ist es dunkel und einsam, und er hat keine Ahnung, wo sie sind. Die anderen Jagdteilnehmer sind weit weg, nicht einmal Gitt hat sich ihnen angeschlossen.

»Du gehst vor.«

Alice' Stimme klingt warm, was ihm beinahe mehr Angst macht, als wenn sie wütend ist. Er hat sich das ganz anders vorgestellt. Hat gehofft, dass Alice mit der Jagdgesellschaft losziehen würde, konzentriert auf ihre Füchse, während er in Richtung Dorf verschwand. Notfalls wollte er vorgeben, etwas vergessen zu haben, und in sein Zimmer zurücklaufen, warten, bis der Film hochgeladen war, Sofi eine SMS schicken und sich dann davonschleichen. Er hätte Alice' Kontrollbedürfnis nicht unterschätzen dürfen.

Nichts läuft so, wie er es sich ausgemalt hat, und allein mit Alice zu sein, macht ihn nervös. Er würde sich besser fühlen, wenn Gitt dabei wäre.

Obwohl es ihm nicht gefällt, vorauszugehen und ihren Blick im Nacken zu spüren, geht er in die Richtung, in die sie zeigt, und versucht, ruhig zu bleiben. Alles, was er hört, sind Alice' Atem und das Knirschen des verharschten Schnees unter seinen Füßen. Er denkt an Sofi und an seine Familie.

Während Alice die Sachen auf dem Motorschlitten umschichtete, hatte er einen letzten Blick auf sein Handy geworfen. Die Datei war halb hochgeladen, aber der Upload schien stillzustehen. Das Netz ist hier draußen zu schlecht, oder es liegt an den Einstellungen, vielleicht hätte er den Ladevorgang auf eine niedrigere Qualität einstellen sollen. Er hat Zweifel, vielleicht sollte er es einfach riskieren und gleich abhauen. Doch wenn es nicht hochgeladen wird, ist es nutzlos für Carl und keine Gefahr für Alice. Er war so besorgt, dass die Aufnahme selbst funktionierte, dass er nicht daran gedacht hat, dass die Übertragung ein Problem sein könnte. Außerdem weiß er nicht, wie es Sofi mit dem Rest ihres Plans ergangen ist, ob der Journalist etwas gefunden hat, worauf er seinen Artikel aufbauen kann, eine Geschichte, die stark genug ist.

Alice hält hinter ihm die Hand hoch und scheint wieder zu lauschen.

»Füchse sind am Ende der Jagdsaison leichter zu täuschen, sie drehen durch, wenn sie lange kein Hasengeheul mehr gehört haben, und so lockt man sie heraus. Sie sind sehr hungrig nach dem langen harten Winter.«

Widerwillig geht er weiter, obwohl er am ganzen Körper zittert. Sein Handy brennt in der Innentasche. Er war so naiv, aber jetzt wird er immer wütender.

Die Bäume stehen dicht an dicht, und Alex bricht ein paar Äste ab, um sich draufzusetzen. Er friert und sein Körper schmerzt vor Anstrengung. Vielleicht sollte er doch lieber abhauen, aber er weiß nicht, wohin. In der Dunkelheit sieht alles gleich aus, er weiß nicht einmal mehr, wo der Pfad ist, von dem sie gekommen sind.

Alice setzt sich ihm gegenüber, er sieht etwas Glänzendes. Sie haben sich auf einer Lichtung niedergelassen, und Alice stützt ihr Gewehr auf einen Klappständer. Sie spricht, während sie das Gewehr einstellt. »Es ist gut, dass der Wind weht, dann hören uns die Füchse nicht so leicht.« Alex nimmt kaum wahr, was sie sagt, ihm ist trotz der vielen Schichten Kleidung furchtbar kalt. Unruhig sitzt er da und wartet auf den richtigen Moment. Er hat sich entschieden, er hält es keine Sekunde länger mit ihr hier draußen in der Kälte aus, der Film ist ihm egal, er hat die Schnauze voll. Er wartet darauf, dass sie die Konzentration verliert, damit er es versuchen kann. Er will nicht riskieren, dass sie ihn einholt und vielleicht mit einer Waffe bedroht. Alice seufzt glücklich und lächelt ihn an. Ihre weißen Zähne leuchten in der Dunkelheit. Sie scheint es zu lieben, hier zu sein, so wie er es hasst. Sie bittet ihn, sich mit dem Rücken zu ihr zu setzen, damit sie in beide Richtungen Ausschau halten können.

Dann hallt ein tiefer, widerlicher, unergründlicher Schrei durch den Wald. Zuerst denkt Alex, dass er aus ihm selbst kommt, aber dann wird ihm klar, dass der Schrei, einer der schrecklichsten, den er je gehört hat, aus einer Pfeife zwischen Alice' Lippen kommt.

»Der Ruf eines ängstlichen Vogels«, sagt sie. »So lockt man seine Beute an.«

Er schaut sie verblüfft an.

»Ich warte, bis der Fuchs angelockt ist, und dann schieße ich. Man muss warten können, man darf nicht aufhören, man darf nie aufgeben.«

Alex zittert am ganzen Körper, er kann kaum still sitzen. Er weiß nicht, wie er aufstehen und gehen soll, es fühlt sich an, als wären seine Arme und Beine lose Teile, die nicht mehr mit dem Rest seines Körpers verbunden sind.

»Es ist meditativ, so zu sitzen, nicht wahr?« Sie dreht sich zu ihm um, greift hinüber und streichelt seinen Oberschenkel.

Er bewegt sein Bein, und wieder durchschneidet ein Kreischen die Luft, diesmal die Imitation eines schmerzerfüllten Hasen. Alice hält eine ganze Sammlung verschiedener Pfeifen in der Hand.

»Man muss wissen, wo sich die Füchse gerne aufhalten. Dann ist es wichtig, dass man sich gegenseitig vertraut, denn wenn der Fuchs kommt, darf man sich keinen Fehler erlauben. Es ist ein bisschen wie in der Küche.«

Als Alice nach der dritten Pfeife greift, nutzt er die Gelegenheit und fasst in die Tasche. Er dreht sein Handy um und sieht erleichtert ein grünes Symbol mit einem Häkchen auf der App. Die Aufnahme ist fertig hochgeladen und an die angegebenen Empfänger gemailt. Seine Finger sind starr und unbeholfen, ohne zu wissen, wie es dazu kommen konnte, hat er etwas gedrückt. Ein »Ping« ist zu hören. Dann seine eigene Stimme und die von Alice. Er hat aus Versehen den Film gestartet, der irgendwo in der Mitte zu laufen begonnen hat. Verzweifelt klickt er auf dem Telefon herum, schafft es aber nicht, es auszuschalten, bevor Alice erkennt, was sie da hört.

»Hey, du solltest wissen, dass du mir gehörst und dass alles, was ich besitzen will, mir gehört!«

Ein neuer Schrei, menschlicher und verrückter, übertönt die Tonaufnahme, als Alice begreift.

»Was hast du getan, hast du mich aufgenommen?«

In ihrer Wut lässt sie das Gewehr fallen, das auf dem Ständer lehnt, und Alex sieht seine Chance gekommen. Er springt auf und rennt mit aller Kraft in den Wald. Die Zweige der Bäume schlagen ihm ins Gesicht, er tastet sich vorwärts, duckt sich und läuft so tief wie möglich, um hinter den Ästen zu verschwinden. Der Boden unter seinen Stiefeln fühlt sich instabil an, plötzlich taumelt er vorwärts, Nässe dringt in seine Kleidung. Er ist geradewegs in einen unter einer dünnen Schneedecke verborgenen Morast getreten und steckt mit einem Fuß fest. Er zieht und zieht, kann sich aber nicht befreien. Hinter ihm nähert sich Alice, ein Schuss pfeift durch die Luft. Er merkt, dass sie ihn im Visier hat, die Hitze, die er ausstrahlt, macht ihn für ihre Wärmebildkamera zum leichten Ziel.

»Für wen hältst du dich? Glaubst du, du kannst mich täuschen?«

Er schreit zurück, in der Hoffnung, sie aufzuhalten oder sie davon abzubringen, noch einmal zu schießen.

»Ich bin fertig mit dir, du kannst mir nichts mehr anhaben, ich habe alles auf Film. Wenn du schießt, kommt alles ins Internet.«

Alice schüttelt sich vor Lachen. Sie ist am Rand des Morasts stehen geblieben, ein paar Meter von ihm entfernt, und leuchtet ihm mit der Taschenlampe in die Augen.

»Eine Aufnahme? Glaubst du, die hilft dir? Ich kann das im Handumdrehen verschwinden lassen. Ich habe dir vertraut, Alex. Warum wollen mir immer alle wehtun …«

Alice hebt das Gewehr wieder an und richtet es auf ihn. Alex zerrt an seinem Schuh, er muss es irgendwie schaffen, sich aufzurichten, und überlegt, ob er sich ducken oder zur Seite werfen soll. Gleich verschwindet er, genau wie Gabriel, er spürt ihn fast neben sich, hört ihn schreien, dass er fliehen soll, bevor es zu spät ist. Alex starrt sie an, brüllt etwas. Sie senkt das Gewehr.

»Beruhige dich, ich werde dich nicht erschießen.«

Er schweigt, starrt sie weiter an.

»Aber es nervt, dass du ständig versuchst abzuhauen, vielleicht wäre es einfacher, wenn du den Sommer im Rollstuhl verbringen würdest, damit ich weiß, wo ich dich finden kann. Am besten rührst du dich nicht, sonst bist du gelähmt, wenn die Kugel danebengeht.«

Alex hatte eigentlich nicht vorgehabt, irgendwas von dem zu verraten, was er und Sofi geplant haben, aber er sieht in Alice' verrückten Augen, dass er alles tun muss, um sie vom Schießen abzuhalten. Wenn er weiterredet, kriegt er vielleicht die Chance, sich aufzurichten. Er zweifelt keine Sekunde daran, dass sie schießen wird.

»Alice, es ist vorbei. Morgen wird ganz Åre wissen, dass du glaubst, alle gehören dir. Es wird einen großen Bericht in der *Östersunds-Posten* geben.«

Tatsächlich hat er keine Ahnung, ob der Journalist, den sie kontaktiert haben, Zeugen gefunden hat, die aussagen wollen, und ob er eine Geschichte zusammengebastelt hat, die stark genug ist, um Alice und ihren Ruf endgültig zu zerstören. Er hofft, dass das Arbeitsumfeld, die einbehaltenen Löhne und die Art und Weise, wie Alice das Restaurant führt, für die Zeitung interessant genug sind, um die Story zu bringen, auch wenn sie noch nichts von der Überwachung erfahren haben.

Er sieht, wie sie zusammenzuckt. Sie scheint zu begreifen, was er sagt. Doch im nächsten Moment hebt sie die Waffe und zielt direkt auf ihn. Dann passiert alles auf einmal. Er schreit und versucht verzweifelt, sich zu befreien. Hinter ihm kracht es, und plötzlich steht da Carl mit einer Stirnlampe und einem großen Hund. Er schreit noch einmal laut auf, und Alice verliert für einen Moment die Fassung. Carl schaut zu Alex, der ihm bestätigend zunickt, dann streckt er seine Hand aus und zieht ihn hoch. Mit einem Schmatzen löst sich der Fuß. Carl beugt sich vor und sagt mit ruhiger Stimme, dass er rennen soll, und ohne zu zögern, tut Alex, was er sagt. Hinter ihm hört er laute Stimmen, aber sie werden immer leiser, und bald hört er nur noch den Wind und seinen eigenen keuchenden Atem.

35

Alex ist noch nie in seinem Leben so schnell gerannt. In der Ferne hört er etwas, das wie ein weiterer Schuss klingt, aber er weiß nicht, ob es von Alice und Carl kommt oder von einer anderen Gruppe der Jagdgesellschaft. Er geht weiter, will nicht daran denken, was er zurücklässt, und sieht nur noch Sofi und seine Familie vor sich.

Schließlich taucht der Berg im Mondlicht zu seiner Linken auf. Sein Orientierungssinn ist schlecht, aber er glaubt, dass er die Straße nach Fröå Gruva erreichen wird, wenn er in diese Richtung geht. Er zieht sein Handy aus der Tasche, hält es ans Ohr und ruft Sofi an. Sie hebt beim ersten Klingeln ab, und er wird fast ohnmächtig vor Erleichterung. Er erklärt ihr, wo er zu sein glaubt, seine Stimme ist heiser, und er bringt kaum ein Wort heraus.

»Alex? Ich komme, ich bin schon in der Gegend, ich habe Papa gefragt, wo er dich vermutet.«

Er glaubt, Hunde und einen Scooter zu hören, er weiß nicht, wer hinter ihm ist, aber er bleibt nicht stehen, um es herauszufinden. In der Ferne sieht er die Straße, er muss auf die Straße, damit Sofi ihn finden kann.

Das Geräusch des Scooters kommt immer näher, er ist zu langsam, Alice wird ihn einholen. Er stolpert durch die Bäume, und als er endlich die Straße erreicht, sieht er Scheinwerfer auf sich zukommen. Der Scooter ist nur noch wenige Hundert Meter entfernt, das entgegenkommende Auto rast ungebremst auf ihn zu. Es schlingert über die Fahrbahn, auf der sich große Schneehaufen mit nassem Kies vermischen. Gerade als er glaubt, dass der Scooter ihn eingeholt hat, schafft es der Fahrer, das Auto unter Kontrolle zu bekommen. Es ist Sofi. Sie hält an, und er wirft sich auf den Rücksitz. Sie gibt Gas, obwohl die hintere Tür noch offen ist. Ein Schuss ist zu hören, aber er verfehlt das Auto, und sie fahren mit hoher Geschwindigkeit auf das Björnen zu.

Keiner sagt ein Wort. Alex konzentriert sich aufs Atmen. Ihm ist so kalt, dass er mit den Zähnen klappert, obwohl die Heizung voll aufgedreht ist und ihm die trockene Luft in heißen Stößen ins Gesicht bläst. Schließlich siegt die Erschöpfung, und er schließt die Augen.

Er zuckt zusammen, als Sofi an einer Tankstelle in Gällö hält. Als sie mit zwei Pappbechern zurückkommt, kreuzen sich ihre Blicke zum ersten Mal, seit er ins Auto gestiegen ist. Sofi stellt den Kaffee ab, löst ihren Zopf und wickelt das Haargummi um ihr Handgelenk. Alex sieht sie an.

»Scheiße, was ist, wenn sie uns folgt?«

Sofi schüttelt entschieden den Kopf. Sie lächelt.

»Du hast gar nicht gefragt, wie der Artikel geworden ist.«

Er sieht sie erstaunt an, und sie lächelt noch breiter.

»So viele Leute wollten reden, Alex! Thomas, Pierre. Sogar Carol. Das hätte ich nie gedacht. Dass sie mich gefeuert hat, war wohl der Tropfen, der das Fass zum Überlaufen gebracht hat. Der Reporter hat Material, das zehn Jahre zurückreicht, auch wenn er nichts gefunden hat, was beweist, dass sie die Mitarbeiter überwacht hat, aber der komplette Text wird sich auf Alice fokussieren.«

Sofi nimmt einen Schluck Kaffee, bevor sie fortfährt.

»Sie wird in den nächsten Wochen so beschäftigt sein, dass wir das geringste ihrer Probleme sein werden. Es wird nicht einfach sein, sofort Personal für die nächste Saison zu finden.« Alex erzählt ihr alles über die Aufnahme, die er ihr und Carl geschickt hat, und was Alice darin über Gabriel und den inszenierten Unfall erzählt hat. Sofi schießen Tränen in die Augen, aber sie scheint nicht überrascht zu sein.

Alex hat immer noch Angst, trotz des Artikels und des Films. Er wagt nicht, darauf zu vertrauen, dass all das ausreicht, um von Alice wegzukommen. Aber das will er Sofi nicht spüren lassen. Vielleicht verschafft es ihnen etwas Zeit. Eigentlich will er gar nicht an Alice denken, er will nie wieder an Alice denken.

Alex schreibt seiner Schwester eine kurze SMS:

Edith, antworte nicht, wenn Alice dich kontaktiert, egal was passiert! Es ist alles in Ordnung. Ich melde mich bald. Drück dich, Alex

Dann tanken sie und setzen sich wieder ins Auto. Sie wechseln sich am Steuer ab und gleiten durch die schwedische Frühlingsnacht. Die Schneewehen werden kleiner, je weiter sie nach Süden kommen.

Sie fahren vorbei an Stockholm, dann an Söderköping und folgen der Strecke entlang der Ostküste, wo es kaum eine Stadt oder ein Dorf gibt, nur Wasser zur Linken und Wald zur Rechten. Mit jedem Meter, der sie vom Nord trennt, fällt Alex das Atmen leichter.

Obwohl sie brutal müde sind, will keiner von ihnen eine Schlafpause einlegen. Stattdessen schalten sie das Radio ein und versuchen, die Lieder mitzusingen, um nicht einzuschlafen. Alex weiß nicht, wann er das letzte Mal gesungen hat, es ist ungewohnt, seine eigene Stimme zu hören.

Am Rand von Kalmar halten sie an einem Rastplatz, um sich die Beine zu vertreten. Die Morgensonne scheint, die Luft ist kalt, aber leicht zu atmen. Er hört die Vögel in den Bäumen zwitschern und sieht den Huflattich am Straßenrand. Als sie über die Ölandbrücke fahren, ist der Himmel strahlend blau mit kleinen weißen Wolkenstreifen, und auf dem Wasser zeigen sich goldene Schlieren. Sie sind fast allein auf der Brücke, nur die Möwen schreien jenseits der Scheiben. Alex ist so müde wie noch nie und doch so unendlich erleichtert. Als sie die Brücke überqueren, greift er nach Sofis Hand und drückt sie ganz fest.

EPILOG

Öland, vier Monate später

Alex wirft noch einen Korb Pommes in die Fritteuse. Es ist heiß, sie haben viel zu wenig Ventilatoren. Durch das offene Fenster weht eine leichte Brise, aber das hilft nicht gegen die Hitze in der Küche. Die provisorische Arbeitsfläche unterscheidet sich deutlich von den breiten Edelstahlplatten im Nord, aber Alex vermisst sie nicht. Nirgendwo wäre er lieber als hier, in der kochend heißen Küche von Cinas französischem Bistro. Das Einzige, was er nicht mag, ist der Name Syd, den Cina so liebt und den er für eine zu offensichtliche Anspielung auf das Nord hält. Durch das Fenster sieht er, wie Sofi in ihrer weißen Leinenbluse und der schwarzen Schürze durch die Tischreihen geht, Bestellungen aufnimmt und Wein einschenkt. Er sieht, wie sie lächelt und einem Gast etwas erklärt, bevor sie weitergeht.

»Ein rohes Steak, zwei Moules frites und ein Chèvre chaud«, ruft Cina in die Küche.

»Oui, Chef«, schallt es zurück.

Cina hatte im selben Jahr ihren Job als Lehrerin aufgegeben, als er sein Diplom in der Tasche hatte, und beschlossen, endlich ihr Alkoholproblem in den Griff zu bekommen. Seitdem hat sie daran gearbeitet, den alten Bauernhof im Südosten Ölands, den sie von ihrem Großvater geerbt hat, zu renovieren. Als Alex vor einigen Monaten einsah, dass er sich eine neue Arbeit suchen musste, und sie anrief, war sie gerade dabei, das Restaurant zu eröffnen. Sie hatte Kontakte zu lokalen Erzeugern geknüpft, um den besten Käse, das beste Gemüse und das beste Fleisch zu bekommen.

Jetzt, wo sich die Sommersaison dem Ende neigt, kehren viele Schweden nach dem Urlaub in ihren Alltag zurück, und die Buchungen kommen neben den einheimischen Stammgästen vor allem von deutschen und niederländischen Touristen. Cinas Kenntnisse der französischen Küche, gepaart mit der beträchtlichen Menge an Weinflaschen, die sie aus dem Konkurs ihres vorherigen Restaurants retten konnte, haben ein schönes Ensemble entstehen lassen. Alex hat den Verdacht, dass nicht alles in die Konkursmasse geflossen ist, sagt aber nichts. Cina weiß nicht das Geringste von dem, was im Nord passiert ist, und Sofis Weinkenntnisse und die große Anzahl von Flaschen haben ihnen einen guten Start ermöglicht. Ein Renner ist das rohe Steak mit Bärlauchcreme, und er will die Felchen mit Wurzelgemüse und geräucherter Butter weiterentwickeln, damit noch mehr Leute entdecken, wie gut das schmeckt.

Als die letzten Gäste das Syd verlassen, ist die Sonne längst untergegangen. Der Augustmond steht über ihnen, und Sofi stürzt sich in die Wellen. Es ist flach, der Boden ist eine Kalksteinplatte, die sich im heißen Sommer erwärmt. Es ist, als lägen sie in einer Badewanne unter dem Sternenhimmel. Cina sitzt am Strand und raucht mit geschlossenen Augen eine Zigarette. Alex schwimmt durch das kühle Wasser, trifft auf Sofis weichen Körper, küsst sie, schwimmt ein Stück hinaus, legt sich rücklings ins Wasser, schließt die Augen und lässt es sich gut gehen.

In der aufgeräumten Küche des Bistros, schon bereit für die morgige Schicht, läuft das Radio. Doch weder Alex noch Sofi oder Cina hören die Spätnachrichten. Ein Reporter verkündet die Topstory:

»*Nach einem Hubschrauberabsturz bei Abisko werden zwei Menschen vermisst. Der Finanzier Carl Duwal und sein Sohn Theodor Duwal waren auf dem Weg zum Kebnekaise, als ihr Hubschrauber kurz nach vierzehn Uhr den Kontakt zur Flugsicherung verlor. Die Rettungsdienste suchen nun nach dem Hubschrauber, aber die schwierigen Wetterbedingungen mit Wind und Regen erschweren die Arbeit. Und damit zu …«*

DANKSAGUNG

Ein großes Dankeschön an unsere Familien und Freunde für ihre Unterstützung und Inspiration während des Schreibprozesses. Vielen Dank auch an alle, die Fragen beantwortet und ihr Wissen über Jagd, Wein und Essen mit uns geteilt haben. Insbesondere dem Küchenchef Niklas Ekstedt, der großzügig seine Zeit, sein Wissen als Koch und seine Erfahrung in der Haute Cuisine zur Verfügung gestellt hat.

Ein besonderer Dank geht an unsere Verlegerin Louise Eriksson für ihre unschätzbare Unterstützung vom Entwurf bis zum fertigen Buch!

Unser Dank gilt auch allen Mitgliedern unseres Teams bei Bookmark förlag, unserer Lektorin Anna-Karin Selberg und unserer Agentin Julia Angelin von der Agentur Salomonsson sowie Marcell Bandicksson, der dem Buch ein Cover gegeben hat, das unsere Erwartungen bei Weitem übertroffen hat.

Zu guter Letzt möchten wir uns bei all unseren Lesern und Zuhörern bedanken, ohne die dieses Buch nie entstanden wäre!

Anna und Katarina
April 2022